行於市，神墜入夢

繁華盛唐的背後，有多少故事不為史書所記載？

神、愛與恨、英雄與妖魅、詩人與仙人……

絕美又詭譎神祕，像極了夢境，又如真實如影隨形

目錄

目錄

內容簡介

全書共10篇小說，總計15萬字，是一部以唐朝為背景的奇幻小說集。包含了以唐滅西突厥為背景的愛情故事，在波瀾壯闊的歷史畫卷下，人物的細膩情感和內心世界幽怨動人，蕩氣迴腸。有書生與女妖的傳奇，跳出傳統模式，從多個角度發掘真相，懸疑與志怪並存；有海盜的故事，在愛與欲望之中，充滿了恐怖驚悚氛圍；有神與人之戀，從人性走向神性，最終上升到更高的生命邏輯；有來自外星世界的科技，融合了安史之亂的背景與宮廷內鬥，而這些祕密都被一個藏書家以剝繭抽絲的方式發現，從而建構出一個多場景、跨越歷史的時空的故事。10個故事各自獨立，但相互之間又存在內在關係。這是一部融合了歷史、志怪、神話、科幻、愛情、懸疑元素的作品。

內容簡介

代序

好的小說意味著超驗。

中國的奇幻小說，從漢魏六朝到明清，有自己的傳統，從東晉的《搜神記》到唐代的《玄怪錄》，從宋人徐鉉的《稽神錄》到明人編的《豔異錄》，再到清人袁枚的《子不語》，無論是文學語言，還是敘事結構，都曾達到一個巔峰。這些充滿了「怪力亂神」的故事，不再僅存於民間口頭傳播，經過文人的再創造後，出現了類型化敘事，進入了文學史家的視野，宋代為此編了一部多達500卷的大型小說類書《太平廣記》。這一類文學敘事被視為「稗官野史」，不被正統文人所重視，然而恰恰是這種帶著民間氣息與蠻荒氣質的作品，瓦解和顛覆了正統文學的「文以載道」、「歌以詠志」，在明清詩歌和文章都趨向下墮，在「前七子」、「後七子」的死胡同裡，在文章八股化的暗影裡，出現了《聊齋志異》、《閱微草堂筆記》的迴光返照。這是在現實之上尋求超驗，用華特·班雅明的話說：「在凡俗的形式瓦解之後，超驗文學器官是堅持存在於絕對物之中的形式。」

在中國古代小說，尤其是志怪小說史料中浸潤多年，白羽的語言和神思也幾乎盤出一層神韻的包漿。待他再提筆寫自己的小說，便得了幾分神力相助，彷彿久遠的傳統在他筆下復生。當他多年後回到祖屋，站在屋頂上，他再一次和多年前講故事的大爺爺的幽魂相遇，和那些失傳的手藝相

遇——他們都在頭頂星群中尋找曾經照亮自己的那一顆，並將自身的生命光暈折射回浩蕩星空。那些遙遠的奇蹟，由此完成了當代化的轉換。從志怪文學中抽出一根絲，向上繼承傳統，向下銜接我們的內在世界，白羽的小說把古典神話和民間傳說、歷史史料融為一爐，賦予它奇幻的面貌。譬如〈遠方奔騰的山影〉，是一篇以唐與突厥交戰為背景的作品，在宏大的歷史背景下，構建了小人物的命運，在細節的描摹上，極具紋理感。當他著筆人物心理，三言兩句，就勾出了前塵後世。

我幾乎快看不清她的臉了，但她的眸子裡依舊閃爍著星星般的微光。這樣死去，死的無聲無息，我不知道該不該遺憾，我對郡主說了很多話，似乎已經把這輩子要說的話都說完了。這些話，我從沒有對任何人說過。

這是唐軍校尉皇甫英和突厥郡主墜入泥沼，行將喪命時的一段文字。在悄無聲息裡完成了力拔山兮的情感渲染。是呵，人在絕望和困苦中，更能流露真實的心跡。即便是面對你的敵人。

〈荒原上的少女〉則寫一個受了傷的戰士，似夢似幻的經歷。

他牽起馬的韁繩，朝河水中走去。河水由淺到深，慢慢的沒過了馬腹，水流沖走了他衣甲上的血跡，也蕩滌了他內心的恐懼。他牽著少女的馬，踩著河底的石頭，緩緩走向對岸，水聲響在耳邊，世界如此之美。

「你要努力活著。」少女說。

「你要努力活著。」如此用力的話，從少女口中說出又何其輕盈，何其雋永。一種命運感油然而生。〈隱山記〉寫李白的故事，臨了來了一句：「命運彷彿債主，最後連本帶利都收走了。」

也許《城堡》中殺手的囈語，才真正透露出了作者的心境。在故事中，殺手退休後，為了給自己營造庇護所，每天不停的在地下挖洞。

我之所以活在這個糟糕的世界，支撐我的全靠想像。我對現世毫無興趣，我之所以要挖這麼多洞，其實也是一種想像。在日復一日的挖洞中，我找到了一種純粹的激情與平靜，那是來自大地深處的東西，伴隨著泥土、石頭、沙子和不知何時噴湧而出的水，那是絕對的寂靜，沒有結果就是答案，但是無比溫柔。

我與白羽談及寫作時，他曾說：「每個故事在醞釀階段，會在大腦裡懸浮好幾年，但在寫作階段會寫的非常非常快，有時候一天能寫七千字，好像有一雙手牽引著我，尤其是寫對白的時候，我感覺不是我自己在寫，是另外一個人和我對話，當我寫出上半句的時候，下半句就像大腦裡的回聲，有時候我覺得那些精彩的對話或獨白不是我在寫，是某種力量借助我的手來創造。」

這種寫作方式，本身就是一種超驗。此等迷人的寫作狀態，大概是每個寫作者都渴求的。「附體式」的寫作，如果用現代心理學術語加以解釋，便是「心流」——作者由此進入某種禪定。馬奎斯談《百年孤寂》時曾回憶道，當初本是帶著妻子和女兒外出度假，結果半路上突然被一個想法砸中，他當即感到，現在必須立刻馬上回到書桌前開始寫作。於是行程取消。接下來一段日子，每到飯點，妻子悄悄把飯送過來，而他忘記了外面的一切，幾乎寸步不離自己的書桌，就好像有兩隻大手抓著他的手去寫作一樣——他只是用打字機把腦袋裡的聲音複刻下來。

採四天下花釀一小杯酒。一個寫作者，當然不能指望靈感繆斯時時刻刻的眷顧，畢竟繆斯也很忙。到頭來，作者還是得在自己的生命裡沙裡淘金。不依賴於任何工具性力量，他唯一所能依賴的，就是自己的一顆心與一雙手。時至今日，人的手已經快變成手機的一個部件，萬物都在向著工具的方向退行，傳奇的世界也快要把人類拋棄了。當AI充當了歷史的說書人，甚至AI都會撒謊了，「人的創造」還能持續多久呢？

答案不用問AI，也別問人類。倒不如去問問「怪力亂神」，問問「野狐禪」，去問問我們心盲已久的另一重天地。我們既然在這裡，就有我們的使命。宇宙中沒有偶然。

代為序。

戴濰娜
牛津大學文學博士、杜克大學訪問學者

遠方奔騰的山影

1

大唐高祖武德三年，我追隨李勣將軍參與了平定宋金剛的戰鬥，那一年我十九歲。我父親是李將軍的副將，出征前染病，我弟弟又年幼，我以世家子的身分從軍，因我略通文墨，又會外藩文字，李將軍命我在他帳中掌管文書。不久，將軍見我一心只想建立軍功，無意操持文翰，給了我一副鎧甲和一把劍，將我編入了踏白軍，這是一支負責探查敵情的精銳旅伍。

此後的六年裡，我追隨李將軍參與了大大小小的戰鬥，討伐王世充、擒獲竇建德、擊敗高雅賢、平定徐圓朗、降服杜伏威、蕩平輔公祏……不斷累積軍功，從普通軍士擢升為校尉。貞觀三年八月，并州都督張公瑾向皇帝陛下上奏，建議對東突厥進行大規模的軍事行動。自前朝隋煬帝時，突厥人就開始侵擾邊地各州，大唐立國後，大臣們甚至建議高祖皇帝遷都避敵鋒芒。今上登基那一年，頡利可汗率領二十萬大軍迫近長安，逼得陛下在長安城西郊的渭水便橋上殺白馬結盟。張公瑾認為，如今大唐內部蕩平群雄，君臣一心，上下一體，國力鼎盛，到了解決外部問題的時候了。

貞觀三年十一月，皇帝陛下命李勣將軍與華州刺史柴紹、靈州大都督薛萬徹等將軍率領十幾萬人馬分路進軍，統一受定襄道行軍總管、大將軍李靖節制。貞觀四年正月五日，我大軍從雲中出發，無數戰旗在空中飄揚，宛若五彩斑斕的雲霞。身穿明光鎧的騎兵像移動的銅牆鐵壁，鋒利的矛在日光下閃耀著輝光，幾萬匹戰馬的蹄聲猶如洪流，發出奔騰的怒吼。身著短甲的弓弩兵受到步兵的保護，每個人身上都背著箭筒，箭羽的光澤閃動一團團光暈。輜重兵驅趕著馱馬拉著輜重車，有些巨大的車輛由駱駝牽引，車輪比人還要高，車上載滿了食物、兵器和衣甲。

十四日，大軍行進至白道，李勣將軍下令紮營，並命令精銳軍團保護水源。營火的煙柱飄起，散成了霧，覆蓋著荒原、山丘、林木，馬兒的嘶鳴、鎧甲的撞擊聲、兵營的口令聲、士兵們打樁紮行軍帳篷的聲音混雜在一起，震動著大地，這聲音洶湧澎湃，彷彿這荒涼的大地上多了一條巨流。晚暮時一名斥候來報，前方二十里的甜水井一帶發現了突厥遊騎兵。李勣將軍命令我和副手阿吐爾率小隊向更遠的區域探查。阿吐爾是個皮膚黝黑的漢子，當時唐軍中不但有鐵勒人、高麗人、契丹人、吐谷渾人、丁零人，甚至還有黑皮膚的軍士，有些人稱他們為崑崙奴，但在軍中，我們是地位平等的兄弟。我的好兄弟阿吐爾，為人勇敢堅毅，性格坦誠，是個好副手。我們率領十二人小隊，趁著夜色輕裝前行，路上我們發現了不少敵人的遊騎兵，盡可能都避開了，在甜水井以西四十里的山坳裡，我們發現了突厥大軍，帳篷一頂接一頂，宛若群山的峰頂。我們決定迅速返回營中，向大將軍呈報此事。

經過甜水井時，我們發現水井邊凌亂的馬蹄印，蹄坑裡有股尿騷味，阿吐爾下馬用手摸了摸，

馬尿還是熱的，顯然敵人的遊騎兵剛離開不久，從蹤跡來看，是朝著我大軍所在的方向去的。敵人的馬剛飲了一肚子水，必然緩步前行，不過這也用不了多久，他們就會發現我軍的存在。我和阿吐爾商量了一下，決定立刻追擊，消滅這支遊騎，順便抓個舌頭。我命士兵下馬，用麻布包裹馬蹄，將多餘的負重全部卸掉，在水井附近挖了一個坑，將物資妥善藏於其中，並恢復地表原貌。

一陣疾馳之後，我們在一片小樹林的邊緣發現了十餘個敵人，卸了馬鞍，躺在草地上過夜，連個警戒的哨兵也沒有，顯然他們還不清楚已到了我軍眼皮子底下。我和阿吐爾分派了擊殺目標給兄弟們，刀劍出鞘，悄悄摸了過去，睡夢中的敵人來不及反抗，就被我們一刀一個解決了，有個上了年紀的老傢伙反應很快，跪在地上乞降，我下令將他捆起來。將死去的敵人掩埋後，我們將他們的戰馬也全部牽走。

李勣將軍獲悉探報，十分高興，立刻審問了那個俘虜。頡利可汗的大軍總共有八萬人，其中騎兵三萬人，步卒五萬人，大營紮在甜水井西面的黑熊坳，已經四天了，遊騎四出，意圖尋找唐軍主力。李勣立即召柴紹、薛萬徹、趙猛、吳進等將領到大帳議事，他決定在甜水井阻擊敵軍。甜水井的北側是大青山餘脈，林木茂密，他命令靈州大都督薛萬徹率領五千騎兵埋伏在林中，兩軍酣戰時出擊。南側是濁流河形成的潮間帶，潮間帶中長滿了大片蘆葦，他命折衝將軍趙猛率兩千短刀手、五百鉤撓兵，穿牛皮靴，攜防潮用具和在泥塗中滑行的泥馬，潛伏在蘆葦中。華州刺史柴紹率領一萬二千兵馬繞道向北，翻過大青山，當突厥大軍主力離開黑熊坳營壘後，立刻奪營，使其喪失輜重與退路。李勣將軍自己親率三萬人馬，占領甜水井，正面列陣，抵禦頡利可汗的大軍。

頡利可汗得知唐軍搶占了甜水井後，留下五千人留守大營，親率人馬出戰，到達戰場時已是第二天的午後。他將全部精銳騎兵布置在中央，步兵排布在兩翼，企圖用騎兵將唐軍從中央撕成兩半，再用步兵將唐軍分割包圍。李勣將騎兵布置在兩翼，正中用兩層戰車分段設為拒馬，在戰車後埋伏陌刀兵、長槍兵和強弩兵。頡利可汗命令庶弟阿史那延羅率領一千騎兵衝陣，邊衝鋒邊放箭，騎兵衝到陣前時，企圖越過戰車構成的拒馬，唐軍槍兵們同時舉起了三丈長的銳矛，形成整齊密集的槍林，猶如一群龐大的刺蝟，撞在槍尖上的敵騎紛紛墜馬，後面的騎士被動延緩了衝擊速度，陌刀兵立刻趨前，劈砍敵人，一時血肉橫飛，人馬俱碎。阿史那延羅為之膽喪，調轉馬頭逃歸本陣，其部下也紛紛掉頭而逃，唐軍的弩箭猶如飛蝗，將大部分逃敵射落馬下。頡利可汗見首戰失利，下令將阿史那延羅處死，隨即號令全軍，向唐軍殺來。

敵軍距離唐軍兩百步，李勣將軍下令強弩手射殺正在移動的敵人，儘管殺死的敵人很多，但是突厥騎兵依舊洶湧而至。兩翼唐軍騎兵見守在中央的軍團扛住了敵騎的攻擊，立即左右包抄，碾壓敵人的步兵。我與阿吐爾在左翼，並轡向前，面對蜂擁的敵人和如雨般的箭矢，不停地向前衝殺，敵人的血噴濺在我的臉上，我顧不得擦拭，繼續揮動長槍刺殺，我的槍折斷了，我拔出腰刀繼續劈砍，刀捲了刃，血水順著小臂流到手臂肘，凝固成厚厚一層。我扔掉鈍了的刀，從腰間抽出銅錘擊打敵人，敵人的頭盔和顱骨一起發出清脆的破裂聲。戰鬥最激烈時，李勣將軍的親衛兵也投入了戰場。

兩個時辰的死戰，突厥大軍的衝擊減退，陣型向後移動，埋伏在山麓的薛萬徹見敵人露出疲

態，立刻全部出動，從側翼殺入敵軍，生力軍的加入，使突厥軍陷入徹底的混亂，潰兵慌不擇路，朝濁流河潮間帶逃去。埋伏在蘆葦中的唐軍將士坐著泥馬滑了出來，將泥足深陷的敵人一一殺死，那些企圖爬出泥潭的，也被鉤撓兵鉤住，丟了性命。

頡利可汗見自己的大軍陷入唐軍的包圍，敗局已定，調轉馬頭逃離戰場，他屬下的將領們一見，也都紛紛丟下自己的士兵逃命。逃到黑熊坳時，頡利發現自己的大營裡插滿了唐軍旗幟，知道營壘已失，不敢停留，繼續逃跑，一直跑到鐵山才駐足。收攏兵馬，所部已不足三萬人，步兵幾乎全部喪盡。

敵人沒了統帥，戰鬥很快就結束了。李勣將軍命折衝將軍趙猛率四千人留下來，照顧傷員、看守俘虜。其餘人休整一個時辰，趕在天黑前追擊敵人。

阿吐爾見我滿臉是血，胸甲和肘上血肉模糊，吃驚地問：「你受傷了？」

我望著同樣渾身是血的他，疲倦地說：「沒有，是敵人的血。」

我們脫掉衣甲，彼此查看對方。感謝菩薩保佑，除了手腕上的輕微擦傷，我們都沒有受傷。李勣將軍巡視軍營，見我們的甲冑扔在一旁，像死人一般躺在地上，也沒有責怪。踏白軍在行軍時充當斥候，戰鬥時則負責衝陣，是精銳中的精銳，這場戰鬥幾乎折損了我一半的兄弟，但我們的戰鬥意志依舊十分強烈。他命我們抓緊休息，盡可能多吃東西，把自己的肚子填飽，一個時辰後大軍將開拔。我打算再睡一會兒，讓阿吐爾在出發時叫醒我，否則下一次戰鬥中恐怕連戰刀也掄不起來了。

頡利可汗退守鐵山後，派出使者向大唐皇帝陛下求和。皇上派遣鴻臚卿唐儉和左武候大將軍安

修仁去鐵山接洽，看頡利是否真有求和之意。正當我們向鐵山進軍時，定襄道行軍總管、大將軍李靖的大軍也到了，兩軍會師後，李勣將軍認為，頡利可汗雖然戰敗，但精銳騎兵猶存，他一旦穿越沙漠，逃到大漠以西，得到鐵勒九姓的支持，那時候再要擊敗他，就難了。一則戰機已失，二則路途艱險，勞師遠征會付出巨大代價。現在大唐的使臣到了鐵山，頡利可汗必定放鬆警惕，我們正可以打他一個措手不及。

李勣將軍的建議得到了李靖贊同，兩人分頭行動，李勣進擊鐵山，李靖則率軍在突厥人逃亡的必經之路磧口阻截。為了隨時掌握敵情，李勣將軍命令我和阿吐爾率領小隊，輕騎突進偵查。離開大軍後，我們翻越大青山餘脈，狂風攜著冷冽的雨撲面而來，邊地的天氣總是說變就變，我輕踹馬腹，策馬越過一條溪流，我的兄弟們從馬鞍後解下皮質兜帽和斗篷，披戴在身，阿吐爾用他那粗大的黑色手掌一遍又一遍擦拭臉上的雨水，一邊咒罵著。在他的故鄉那片燥熱廣袤的土地上，從來沒有這樣突如其來的壞天氣。

雨下了整整三天，路上到處充滿了威脅，我們一邊警惕著可能發生的洪水和泥石流的暴擊，還要小心的搜索敵人。我的兄弟胡三不肯戴兜帽，他覺得那東西一點用也沒有，聚攏在帽簷上的雨水還經常順著後脖頸灌進衣服，他堅持戴著頭盔，雨水將頭盔上的翎毛澆溼耷拉了下來，好像他脖子上的不是腦袋，而是一隻垂頭喪氣的鳥。我心裡暗暗向老天爺禱告，希望天快晴朗，不止是胡三，我們所有人都溼透了，臉上掛著疲態，我知道他們都是善戰的、不怕死的士兵，可是再這樣下去，遲早會垮掉。再說，雨水導致我們無法生火，只能吃冰冷的肉乾，還有硬的像石頭一樣的麩子餅，

要是有火，放在上面烤一烤，無論是肉乾還是麩餅，那都是美味。對於這場追襲，我簡直快受夠了。除了吃冷食造成的胃部痙攣，溼冷的空氣還侵襲著我的骨頭，我感覺快散架了。

戰馬進入密林後，雨水暫時減弱了對我們的侵襲。我命令顏無忌注意左翼，胡三關注右翼，阿吐爾殿後。密林，往往是設伏的最佳環境。兄弟們全都繃緊了弦，就連馬兒似乎也變的小心謹慎，來自人馬的聲音消失了，只剩下大雨拍打枝葉的聲音，小隊就像無聲的黑色巨蟒，在密林中前進。我盡可能引領兄弟們走上正確的路，避免在林中迷路，落在地上的水在林中流淌，聚積成一道半丈寬的溪流，這讓我確信自己的判斷沒錯，我們正順著溪流的邊緣前進。當然，不下雨的時候，這是一條幾乎看不出來的淺淺的、乾涸的溪床。

走了一整個晚上，雨終於停了，我們到達了預定位置——臥仙臺，我讓趙大郎拿出地圖，確認這是宿營地，這裡視線很好，利於觀察，左側的樹木還能為我們提供隱蔽性。胡三和顏無忌負責搭帳篷，阿吐爾照顧馬匹，我費了老勁終於生起了一堆火。一條年幼的狼崽從草叢裡鑽了出來，牠似乎剛學會捕食，嘴裡叼著一隻兔子，貪玩的在山坡上逗留。胡三端起了弩箭，我正欲制止，但已來不及了，箭鏃刺破空氣，發出尖利的嘯叫，貫穿了幼狼脖頸，當我趕過去時，狼已只有出氣，沒有進氣了。

「沒有我的命令，為何放箭？」

「兄弟們已經好幾天沒有沾葷腥了。」他左手拎著兔子，右手提著狼。

我不忍責怪他，沒再說什麼。

2

拂曉時，薄薄的霧氣籠罩山林，我把士兵們喚醒了，命令大家刀劍出鞘，弓箭上弩，做好戰鬥準備。

我嗅到了危險的氣息。

一頭巨狼從霧氣中露出了頭，緩步登上了左方的小山丘，俯瞰著我們。牠的個頭足有一隻小水牛那麼大，兩隻匕首般的耳朵豎立著，咧著嘴，露出森森白齒，低聲嘶吼。牠的身後慢慢出現一頭、兩頭、三頭……那是一個龐大的狼群，目測有上百隻。在北方，十幾條聚在一起的狼並不鮮見，然而上百條狼聚在一起，卻是聞所未聞。我與阿吐爾對視一眼，立刻率領小隊後撤到一塊巨石下，背靠石壁，六人執矛，六人持弩，交錯而立。巨狼怒視著我們，低嗥了一聲，我們頓時緊張起來，然而狼群並未群起而攻之，只有一隻大灰狼向我們撲了過來，阿吐爾輕輕扣動弩機，弩箭貫穿了狼頭，狼倒下了。

這隻死掉的狼，是狼王的試探性進攻，牠在試探我們的實力。

狼王長嗥數聲，狼群呈半環形圍攏了上來，距離還有十步，我下令弩箭齊發，立即有八九條狼倒了下去，其餘的狼立刻掉頭而去。狼王從山丘上一躍而下，咬死了一條草狼。其餘的狼立刻恢復陣型，向我們撲來，一輪齊射，又有六七條狼倒下，但後面的狼沒有停下來，踏著牠們同伴的屍體，撲到了我們腳前，持矛的士兵一起出擊，將牠們刺死。

狼的報復凶狠而慘烈，我們打退了狼的兩波進攻，二十多條狼的屍體橫陳於地，狼群暫時停止了向前。狼王站在小山包上，冷冷地看著我們。這是一群極其凶悍的狼，但我們也不是吃素的，全都是經過嚴格訓練，從死人堆裡爬出來的百戰之士。大約過了小半個時辰，狼王從山丘上下來，率領狼群朝右邊的樹林裡奔去，我以為牠們遁走，隨即意識到我們有大麻煩了。戰馬拴在右邊的林子裡，狼是奔著馬去的，如果不救馬，我們的退路就斷了；如果去救馬，就會落入狼群的伏擊。這就是「出其所不趨，攻其所必救」，這是一條懂兵法的狼。必須救馬，因為我們還有更大的使命。

我命令士兵們收起弩，丟掉長矛，全部腰刀出鞘，一旦與狼群短兵相接，長兵器就無法發揮威力了。狼群騷擾馬兒，逗引的戰馬憤怒的揚蹄，有幾隻靠近的狼被踢飛，或踩死在蹄下。不過狼很快改變了戰術，跳躍而起，直奔馬背，雖然沒有成功，但卻擊破了馬兒的心理防線，馬兒瘋狂衝撞，受了不同程度的傷，拴在樹上的轠繩太短，無法躲避狼的攻擊，有好幾匹已被咬傷。我下令兩人為一個戰鬥小組，互相照應，衝入狼群，而這正是狼王想要的。

我們陷入了各自為戰的苦戰中。

狼的攻擊之凌厲，遠超我的想像。當我的刀劈下時，牠甚至會用嘴咬我的刀刃，我一刀劈掉了牠的下顎，他的上齒也在我的手臂上劃了一個口子，血汩汩的往外流。這種打法失策了，我號令大家向馬匹靠攏，保護阿吐爾解開馬轠繩，放馬逃生。最終，我們又殺死了二十多條狼，解救了馬兒，但也失去了兩名戰士。

狼群並沒有追襲逃走的馬，牠們的目標是我們，剩下的狼群將我們包圍在了中間，狼王將嘴巴

伸進土裡，不停的嚎叫著，那是一種沉悶的，彷彿哭泣的聲音，很快，東邊的樹林裡就出現了八九條狼，接著西邊又出現了八九條，是狼的援軍來了。不知還有多少條狼正在趕來的路上，這樣對抗下去，我們遲早會喪生狼口。阿吐爾建議先爬上樹，保存體力，我將十人分作兩隊，一隊上樹，另一隊掩護，一旦有狼靠近，就用弩射殺。五人成功上樹後，又在樹上用同樣的方法掩護我們爬樹。當狼王發現我們得逞後，悲戚地對著天空哀嗥了起來。

我們被困在樹上一整天，黃昏來臨，雖然暫時安全，但肚子卻咕咕叫，我們的乾糧袋都在帳篷裡，沒有食物也就罷了，最嚴峻的是焦渴，我嘗試摘了幾片樹葉放進嘴裡咀嚼，又吐掉了，奇苦無比，根本無法下嚥。有人在樹上哭了起來，我循聲望去，聽出是胡三。我大聲說道：「這不是你的錯，再說我們都吃了狼肉。別哭了。」

胡三不哭了，狼群卻在樹下聒噪了起來，阿吐爾連發數箭，每一箭都結果一條狼的命。隨即，其他狼圍上去，將死去的狼撕咬的粉碎，吞噬殆盡。我制止了他繼續殺狼，一則我們的箭越來越少，二則殺幾條狼於事無補。

入夜後，狼群變得十分活躍，樹下一片綠色的眼睛，彷彿一群幽靈。我不知道這意味著什麼，不過很顯然這是狼王在調動這支狼大軍。為了避免士兵們睡著從樹上墜落，我建議大家用腰帶將自己綁在樹幹上。過了一會兒，樹下傳來一陣奇怪的聲音，彷彿是狼在磨牙，我問另一棵樹上的夥伴：「阿吐爾，你聽到了麼，是什麼聲音？」

「我去查看。」他回應道。

他緩緩的，小心的順著樹幹往下爬去，距離地面還有兩丈高時，從懷中掏出火摺子，用嘴吹了吹，亮了起來，他驚駭的叫道：「狼在啃樹。」

這該死的狼，竟然想出了這一招。

士兵們聞訊，全都驚叫了起來，「校尉大人，下去拚了。」

阿吐爾手一抖，火摺子掉到了地上，引燃了半乾的、厚厚的落葉，火焰像金色的蛇一樣竄動，狼群嗷的一聲退到了十幾丈外。啊，狼怕火。我怎麼沒想到這一層。我立刻命令士兵們下地，在火圈內清理出一片無火區。又搜撿比較乾的柴木，點燃了兩堆大火。幸虧我選擇了林子邊緣的坡地紮營，這裡透風，雖然下了雨，但落葉乾得快，若是在灌滿水的林子裡，只怕連個火星子都濺不起來。

整個晚上，我們輪流向火堆填柴，狼群始終不敢靠近，但也不肯離去。狼王似乎在等，牠似乎知道，火堆附近的乾柴有取用完的時候。為此，我一再要求士兵們將半乾的枝條放進火堆，既延緩燃燒，又保證火不滅。

我們和狼群又僵持了兩天兩夜，偶爾有狼企圖穿越火堆，我們就將牠射殺，倒在火中後皮毛燃燒散發出一股惡臭味，狼紛紛退避。第三天的時候，又飢又渴的士兵們快撐不住了，有三個人陷入了昏迷。狼也是一樣，不斷有狼倒下，被其他同類撕碎分食。人和狼都到了最後的時刻。這群狼之所以一直纏著我們，是因為有頭狼指揮，如果射殺頭狼，狼群必然四散。不過他好像知道弓弩的厲害，一直躲在射程外，我和阿吐爾嘗試了幾次，都失敗了。

「校尉大人，再僵持下去，我們都得死。」名叫趙大郎的士兵說。

「你有何良策？」我問道。

「誘敵深入。」

「怎麼誘敵？」

他看了一眼狼群，彷彿怕狼聽懂我們的話似的，壓低聲音說：「我知道校尉大人想殺頭狼，可頭狼不肯靠前。我們不如躺在地上裝死，慢慢讓火熄滅，待頭狼靠近時，殺了牠。」

我看了一眼阿吐爾，他目光堅毅，無疑他也同意這個主張。只是這很冒險，躺下後我們的戰鬥力會大減，再沒有了火，狼更加肆無忌憚。

我想詢問其他人的意見，他們都已圍了過來，齊聲說道：「校尉大人，做吧。」

我們將昏迷不醒的三個夥伴用繩子綁著，送上了樹杈。然後躺在火堆後面，等待火焰熄滅。不再添柴的火焰逐漸變小，狼也一點點靠近。狼王似乎等不及了，好幾次驅策狼群突破火堆，可是距離火焰還有兩丈地時，無論牠怎樣吼叫，狼群都不肯向前，甚至有三條退縮的狼被咬死，其他狼也不肯向前。狼面對火時，有來自骨子裡的恐懼。

狼王低吼著，一點點靠近，牠在等待最後的時刻到來。

當火堆徹底熄滅，頂上冒出一縷白煙時，狼王一躍而起，直撲躺臥在地上的胡三，其他狼幾乎是同時越過了火堆，狼王的嘴距離胡三的臉不到半尺，他的短刀像閃電般劃過，狼王狂嗥一聲反彈了出去，胡三削掉了牠的一隻耳朵，在牠的臉上留下了深深的一刀。隨即一支支弩箭射出，狼紛紛倒下，狼王一個彈躍，又重重的砸在了地上，阿吐爾的弩箭貫穿了牠的前腿，當阿吐爾高舉銳矛，

準備了結牠的性命時，牠掙扎著站了起來，一雙黃棕色的眸子毫無懼意，甚至有一種面對死亡的凜凜傲氣。

受到重創的狼和人對峙著，似乎阿吐爾那致命的一擊落下時，所有的狼都會和我們拚命。

「別殺牠。」我制止了他。

阿吐爾將矛丟在了地上，狼王長嗥一聲，蹦著三條腿遁入密林，其他的狼猶如退潮的潮水一般，紛紛離去。

胡三警惕的望著密林，握著刀的手顫抖了起來。

「狼走了。」我說。

他彷彿沒聽到我的話，手依舊顫抖個不休，我試圖從他手裡取下刀，可他抓得死死的，彷彿刀柄和手掌黏在了一起。

「狼走了，不會再來了。」

胡三這才鬆開手裡的刀，一屁股坐在了地上，大哭了起來。我拍了拍他的肩膀，立刻下令將掛在樹上的三個兄弟放下來，尋找馬匹，還有水源。

在下過幾天雨的林中找水不難，馬兒卻沒有蹤影，不知是跑遠了，還是殞命於狼群。在與狼群的戰鬥中，我失去了四個兄弟，我決定帶著剩下的人徒步前進。可是沒走多遠，阿吐爾也倒下了，我想將他扶起來，發現他渾身像火炭一樣，他在發燒。

趙大郎看了一眼，說道：「這是狼毒發作了，狼牙上有毒，被咬過的人會中毒而死。」我這才發現，阿吐爾的小腿上不斷滲出血，那是狼撕咬過的地方。

「我也被狼咬過，為何沒發作？」我伸出被狼咬傷的右臂，那裡有個狼牙撕開的口子，已經結痂了。

「這個……屬下就不太明白了。」

我讓兩個士兵抬著阿吐爾前進，並命令趙大郎想辦法找些藥材，林子裡有的是草藥，我也不知管用不管用，搗碎後敷在了阿吐爾的傷口上，又為他煎了一些藥服下。

我們又走了一天，不得不停下來，又有兩個兄弟病倒了。

阿吐爾一會兒醒，一會兒昏迷，他每次醒來都請求我將他丟下，盡快追趕大軍。

「我絕不會丟下我的一個兄弟。」

在山中延宕了五天後，我們始終沒有發現馬兒，不過阿吐爾的臉色紅潤起來了，那兩個昏迷的兄弟服了趙大郎找來的草藥，狀態也在好轉。

3

趕到鐵山時，戰鬥已經結束。留守的將士們告訴我，大軍襲擊了頡利可汗在這裡的營地，俘虜了他的半數人馬。頡利可汗西逃時，在磧口又遭到李靖將軍阻截，僅帶數百騎逃走，不知所終。李

勳將軍留下命令，若我趕回營地，命我進入沙漠搜索。我將兄弟們盡數留下，決定一個人進入大漠，阿吐爾卻死活也要跟著我。

「你的身體尚未康復，進入沙漠太危險了。」

「我不會讓我的兄弟一個人冒險，絕不會。」

我沒辦法再拒絕他。

我們向營中借了兩匹健壯的馬，重新換上鋒利的兵刃，帶上充足的食物和水，一起進了大漠。

十一天後，我們到了大漠的另一邊，遠遠看到一頂帳篷，在風中瑟瑟發抖。我們把馬藏在沙丘後，握著短刀悄悄摸了上去。我們很容易就控制了對方，帳篷外的男人五十多歲，也許不止，臉被太陽晒得黢黑，腰是彎的，手掌上全是老繭，穿著突厥人的衣服。帳篷裡的是個女人，滿臉汙垢，很快阿吐爾又從帳篷裡的羊皮堆下發現了一個十三、十四歲的男孩，奪下了他手裡那把屠宰牛羊的短刀，將他捆了起來。

男人的目光充滿了懼意，女人更是不停地發抖，小男孩倒是渾然不怕，一副拚命的架勢。

「解開繩索，放了他們吧。」我說。

「高過車輪的男人，都要殺掉，他們是敵人。」阿吐爾說。

「戰爭結束了，屠戮也應該結束，已經死了太多人了。」

在那一家三口的茫然眼神中，我們跨上戰馬離開了那小小的牧地。遠方是奔騰的山影，宛若一

群巨象，日光灑在廣袤的大地上，反射出刺眼的光，不知名的大鳥在天空盤旋，地上的投影轉瞬即逝。李將軍總是說，我是他最好的踏白校尉，因為我有最好的直覺，能在最短的時間裡以最快的速度找到敵人，但自從遇到狼群之後，我開始懷疑自己。不知道是不是趙大郎說的「狼毒」發作，從穿越大漠開始，我的腦子就變得恍恍惚惚，總是睡不醒一樣。不過我沒有將此事告訴阿吐爾，避免引起他的困擾。我們一整天騎在馬上，任由馬兒奔馳。阿吐爾性格沉靜，不能算是寡言，可是如果你不開口，他也會不說一句話。到了中午時，我的恍惚感更加強烈了。

「阿吐爾……」

「校尉大人。」

「我們歇一會兒。」

「是，大人。」

我們下了馬，阿吐爾撿拾草棵子，從腰間的鹿皮囊中掏出火鐮，在打火石上打火，一下，兩下、三下……他敲打著那塊傷痕累累的打火石，火星子飛濺在薄且乾的草皮上，火苗終於升騰了起來。我卸下馬鞍，讓馬兒也獲得片刻的清靜。馬兒撒了個歡，回來了，在兩三丈遠的地方啃食著沙地上可憐的草皮。我們從背囊裡取出肉乾，在火上烤軟，慢慢咀嚼。阿吐爾永遠都生機勃勃，精力旺盛，他只需要休息一兩個時辰，就會變成敏捷、強悍的戰士。他的生活很簡單，吃飽、睡覺、戰鬥。他總是刀不離身，即便是睡覺的時候，懷裡也抱著刀鞘。他不畏懼狼、不畏懼黑暗，不畏懼死，毫無牽掛。我不知道，對他而言，這個世界是否存在令他害怕的東西，比如我腦子裡此刻的恍

惚。從軍後，我有將近十年沒有回過家了，戰鬥總是一場接著一場，從南方到北方，從太原到朔方，除了殺戮就是殺戮，除了追擊還是追擊。自從父親去世後，家裡就剩下母親和弟弟了，父親沒有留給我們多少產業，我的薪俸也很微薄，每個月發了軍餉，我會把大部分錢寄回家中。弟弟在家書中說，他考中了秀才，這讓我很高興。這個家裡，有一個人在戰場上廝殺就夠了。

每一次血戰結束，我都感覺剩下的時光不多了，我之所以沒死，只是僥倖而已，然而我還從來沒有為自己活過。我沒有愛過一個人，也不曾被一個人愛過。我說的愛，指的是男女之愛。軍中的弟兄，有不少邀過營妓，或有過窯姐兒，我則一次都沒有。我不是不想要，我只是想要一個真正彼此相守一生的人，而不是片刻的歡愉。對於一個刀頭舔血的士兵來說，這也許是個可笑的想法。

我和阿吐爾歇了片刻後，收拾停當馬匹，重新上路。憑著直覺，我知道目標出現了。視野裡是一片燒焦的小山，草被燒了個乾淨，樹木過火以後，留下一攤燒的發白的灰燼。我們到了山丘頂上，看到了一條清澈的河流。河流的轉彎處是大片沼澤地，一群水鳥被驚飛了。八九個突厥士兵，被一小支騎兵隊伍逼到了河灣裡，那些突厥人極其剽悍，儘管一個接一個倒下，但仍然拚死抵抗，直到剩下最後一個人，那人不停地揮舞著手中的彎刀，連續殺了七八個進攻者。很顯然他在保護一個很重要的人，身後十幾丈的河岸邊，有一頂漂亮的帳篷，帳篷頂上裝飾著金色鷹形紋飾，那是可汗才能用的裝飾。也許，頡利可汗就躲在那頂帳篷裡。騎士們身穿白色衣甲，披風上有火焰形圖案，看起來是渾邪沁人，突厥可汗殺了他們的先王，故而與突厥人是世仇。頡利可汗如果落在他們手裡，必死無疑。

我和阿吐爾對視一眼，決定從渾邪沁人手中搶人，我們大聲呼喊著，縱馬衝了下去，渾邪沁人不辨虛實，四散而逃。我們的馬衝到帳篷前，阿吐爾警惕的看著攔路的突厥戰士，那人身高將近九尺，身穿重鎧，頭戴有面甲的鐵盔，左手拄槍，右手持彎刀，刀鋒上的血一滴一滴落在地上。阿吐爾嘗試性的用長矛磕向彎刀，刀飛了。突厥戰士仰面倒地，頭盔滾落一旁，才發現他已經沒了半邊臉，那是鈍兵器錘擊造成的。我心中不由一凜，人死了，尚能屹立不倒，雖然他是我的敵人，但仍為他的忠勇心生敬意。

我讓阿吐爾在帳篷門口警戒，自己持刀闖了進去，帳篷裡只有一個人，準確的說是個女子，她戴著面紗，用突厥語問道：「你是何人？膽敢持刀入帳。」語氣帶著一股不容質疑的力量。

我將刀入鞘，用突厥語答道：「在下大唐踏白軍校尉皇甫英。」

女子似乎楞了一下，說道：「你怎會說我們的話？」

「家母是突厥人，幼年曾學過，略還記得幾句。」

她點了點頭，盯著我手裡的繩子說：「我是可汗的妹妹，我跟著你走便是了，不必捆綁。」

先前在軍中時，曾聽李將軍說，頡利可汗有一妹，是頡利可汗之父啟民可汗與隋朝義成公主的女兒，年幼時被隋煬帝封為昭義郡主。或許就是她。

我正準備問頡利可汗的下落，阿吐爾衝了進來，說道：「我們有麻煩了。」

我們三人出了帳篷，只見白晃晃一群人，目測有數千人，全都是渾邪沁人，為首一人戴著高高的帽子，帽沿上插著一支孔雀翎，那是他們的酋長。

我拱手作揖道：「在下大唐踏白校尉皇甫英，還請行個方便。」

酋長身旁有個帽子上裝飾雁翎的騎士，騎著一匹菊花驄，手執銳矛，用矛鋒指著我斥道：「見了大王，還不下跪。」

我笑道：「我乃上國將軍，爾不過邊陲小邦之主，豈有上國將軍跪拜下邦酋長之理？」

那人的馬到了我近前，冷笑著說：「口氣倒不小，我今有千軍，你二人能逃一死嗎？」

我徐徐抽出劍，回應道：「豈不聞，犯強漢者，雖遠必誅。我今雖二人，卻可以酣戰而死，但大軍一來，爾小邦君臣也難逃一死。」

那人不再搭話，盤馬揮槍，向我刺來，我揮劍招架，堪堪擋住一擊，頓覺如泰山壓頂。他在馬上，人借馬力，馬助人威，我若要取勝，唯有向他的座騎下手。當他再次向我衝來時，我一個側翻，躲開一擊的同時，轉身用劍柄猛擊馬股，馬兒受驚，將那人狠狠地掀下馬。未料那人輕捷若猿猴，甫一落地，便魚躍而起，他丟掉手中折斷的矛，從拔出彎刀，將刀斜著舉過了左肩，伴隨著耀眼的刀光，他像一陣風向我襲來。我避開利刃，向他的肋下刺出一劍，他面朝下，一頭栽在河邊的爛泥裡不動了。

渾邪沁酋長臉色一變，隨即又緩和下來，說道：「皇甫將軍，只要你將那女子留下，寡人可免你殺我猛士之罪。」

我厲聲說道：「若想將人留下，除非我的血流乾。」

渾邪沁酋長與身旁身穿黑衣的人低聲交談了幾句，調轉馬頭，數千騎士隨之絕塵而去。

我望著遠去的人影，撲倒在地，我雖刺中那渾邪沁騎士的肋下，但他的刀也砍中了我的肩，若非我穿著短甲有防護，只怕難逃活命。肩甲雖然擋住了劈砍，但那一擊的力量仍然不可小覷，不亞於被鐵棍擊中，我感覺肩膀都碎了。郡主掀起自己的面紗，查看我的傷勢，她的面龐露出的一剎那，我的心猛地一顫。阿吐爾的目光都直了，黑色的大臉上浮現一抹潮紅，猶如燒紅的鍋底。我看著阿吐爾臉上變幻的神色，叮囑道：「這是昭義郡主，不可以俘虜視之，我們要將她帶回朝廷……」

我的話沒說完，就暈了過去。

不知過了多久，醒來時天色已昏黃，我張目四望，聽到一陣奇怪的聲音，循著聲音望去，竟是阿吐爾，他被人用繩子捆了起來，嘴裡還塞著一塊破布。我從地上爬起來，肩膀雖然仍舊劇痛，但並不影響手臂的運動，我將他解開，問道：「怎麼回事，郡主呢？」

他怒氣沖沖的說：「那個女人太厲害了，你暈過去後，她就跑了，我去追她，她將我摔倒在地……」

「什麼？勇士阿吐爾被一個女人摔倒在地？」

阿吐爾臉羞得黑裡透紅，說道：「我們都小瞧了她，她不但將我摔倒在地，還將我捆……」剩下半句，他吐了吐舌頭，沒有說出來。

「人呢？」

「騎著馬跑了。」他指了指河流的下游。我立即和阿吐爾上馬，朝下游追去，不過追了二里地，我們就停下了，馬蹤忽然在河邊消失了。我望了望寬闊的河流，不過我立刻就斷定她沒有渡河。因

為我在旁邊的蘆葦叢中發現了幾處歪斜的腳印，只是此時河水上漲，其他腳印被淹沒了。阿吐爾說的沒錯，我們都小瞧了她。這位郡主絕非一般的女子，她不但身手敏捷，而且慧黠過人，她在這裡下了馬，鑽入了蘆葦叢，讓河水抹去行蹤，也許去了下游，也可能去了上游，不過有一點很明顯，她要渡河。

我和阿吐爾分頭行動，他往上游搜索，我往下游搜索。我騎著馬沿著河岸奔馳了三十餘里，寬闊的潮間帶上有一隻鶴，鶴頭上一點猩紅。除此之外，什麼也沒有。當我正欲離去時，我猛然意識到，「鶴」就是郡主。我從馬上一躍而下，奔了過去，她的大半個身體陷入了淤泥中，半幅白色的裙子漂在泥水中，頭頂上紅色的寶石閃閃發亮。

「別過來，別……」

當我聽清郡主的聲音後，已經晚了。我嘗試拔出自己的腿，卻陷得更深，更快了。

「別動，千萬別動，像我這樣，盡可能躺著……」她似乎是對我說，又像是對自己說。她臉色蒼白，似乎連眼睫毛都是白色的，淺色的瞳孔裡閃爍著悲傷。

我穩住了自己，身體似乎向下陷落的慢了。「郡主……」

「別叫我郡主，叫我玉伽，我的名字叫玉伽……」

「玉伽郡主，別怕，我相信我的兄弟會找到我們的。」

我的話似乎給了她一些希望，她的眼中閃爍著光，彷彿有星星。她眼睛一眨不眨的盯著我，貝齒咬著嘴唇，在唇邊留下淺淺的印痕，她伸出了自己的手，似乎想抓住什麼，身體卻下陷得更快

了。我伸過手去，她先是一愣，隨即緊緊地攥住了我的手。她的手柔若無骨，冰冷極了。

「我父親只有我一個女兒，哥哥也很寵愛我，你們在鐵山打敗了我們，我和哥哥走散了，本來我們一直向西跑，可是跑著跑著，哥哥就不見了……」

玉伽郡主向我講述了她的身世，還有她在草原上的家，她養過一隻鵰，突厥語的意思是「風」。她說風是自由的，可以去任何地方，也可以在任何地方停駐。我們隔著三尺，握著對方的手，互相望著對方，天色已經完全暗了下來，郡主的聲音也越來越小，「如果能活著，我想去你的家鄉看看，你看看你娘……」

我幾乎快看不清她的臉了，但她的眸子裡依舊閃爍著星星般的微光。

這樣死去，死得無聲無息，我不知道該不該遺憾，我對郡主說了很多話，似乎已經把這輩子要說的話都說完了。這些話，我從沒有對任何人說過。

4

阿吐爾在潮間帶邊發現了我的馬。

我和郡主都沒死。

天亮後，三個人騎著馬一路向東，我和郡主不說話，阿吐爾更是半句也沒有。

好幾次，郡主欲言又止，她咬著絲線滾邊的袖口，咬的咯吱吱響，似乎下了很大的決心，用突厥語說：「皇甫英，你不應該將我送去你的朝廷。」

「那我該如何？」

「走，就你和我，我們一直走。」

「去那裡呢？」

「去沒有爭鬥，沒有人的世界盡頭。」

「這是背叛，按大唐律法，這是死罪。」

她柔聲說道：「你是真傻，還是裝傻。」

「在下身分低微，心有所慕，只是……」

「只是什麼？」

「只是配不上郡主。」

她笑了一聲，更像是在哭。

馬蹄震撼著大地，旌旗遮蔽了太陽的光芒，一大隊唐軍出現在我們的前方，從旗號來看，是驍騎將軍吳進所率的人馬。

吳進見到郡主後，立刻將我以通敵之罪關押了起來，對阿吐爾卻網開一面。

看守將我和俘虜們關在一起。一個俘虜說，頡利可汗從磧口逃脫後，打算投奔弟弟阿史那蘇尼

失的部族，但在途中被張寶相將軍擒獲，已押至長安。大唐天子赦免了他，還封他為右衛大將軍，在長安賜給他宅邸。皇帝陛下頒布了赦免俘虜詔，所有被俘的人入關後，將安置在代郡。

不知為何，看守故意剝掉了我的衣服，將我半裸著丟進臨時充當監牢的柵欄裡。半夜時，我聽到有人輕輕敲擊近處的木桿。我爬了起來，藉著微弱的星光，發現是阿吐爾。他將一件羊皮襖從縫隙裡塞了進來，低聲說道：「校尉大人，天太冷了，穿上這個。」

我沒有言語，不過還是穿上了皮襖。他低著頭走掉了。

大軍走了一個多月，我被單獨關在一輛囚車裡。踏白軍的兄弟趙大郎、何三、顏無忌有意無意的從車邊經過，似乎在謀劃什麼。大軍行進到一片湖邊，開始埋鍋造飯，看守囚車的兵士也鬆動了。從囚車的欄杆間望去，廣袤的湖水波光粼粼，近岸的地方開滿了金色的蓮花。我一度以為那是我的幻覺，但我立刻意識到，遠方的山脈就是大青山，濁流河的水最後注入的地方，就是這片湖。回到白道，見到李將軍，我就有為自己洗刷冤情的機會。

大軍在湖邊停了兩天，營地裡開始流傳一個謠言。

有個和我關在一起的突厥俘虜說，驍騎將軍吳進遇刺了，刺殺他的是個女人。這時候，趙大郎走過來和看守搭話，阿吐爾趁機將一個木牘塞進了我的手裡，上面用碳灰寫著一句突厥語：別了，皇甫。

我吃驚的問道：「哪來的？」

阿吐爾低聲說：「屬下也不知道，早晨醒來的時候，我在床鋪上發現了這個，立刻就拿來了。」

我懷疑的望著他，問道：「你認識突厥語？」

他遲疑了一下，點了點頭，他不但認識，而且聽得懂。

「快告訴我怎麼回事。」

「昨天晚上，吳進命軍士將郡主送到他的營帳去。之後，聽說遇刺了。」

「郡主呢？」

「還不知道，士兵們正在四處搜查，營中丟了一匹馬。」

「吳進死了？」

「沒有，他受了重傷，沒有死。」

我和阿吐爾說話的時候，趙大郎已經放倒了看守，將我放了出來，說道：「校尉大人，快逃吧，刺傷吳進的刀上有你的名字，我讓何三在湖西邊備了馬，記住，那裡有棵老松樹。」

我辭別了趙大郎和阿吐爾，向湖西遁去。當我看見那棵松樹時，沒看到馬，反而遇上了一群埋伏的兵士。我心中一陣懊惱，想不到阿吐爾和趙大郎會出賣我。我被捆在馬背上，押到了湖東的中軍大帳，帳篷前的旗杆上掛著三顆人頭，我仔細看了一眼，認出了何三、顏無忌，還有阿吐爾那顆巨大的黑色頭顱，他怒氣沖天，猶如他故鄉草原上憤怒的獅王。我瞬間明白，我的兄弟並未出賣我，是我們都落入了吳進的圈套。

兵士將我從馬背上解下，扔在了地上，吳進若無其事的走出大帳，但從他晦暗的臉上看的出，

他肯定受了傷。他坐在士兵搬來的胡床上，一揮手，將我小隊的其他兄弟們押了上來，我憤怒極了，問道：「你抓他們何干？」

「和你一樣，他們都是叛逆。」

「胡說，他們和此事毫無關係。」

他殘酷的看著我，說道：「斬首。」

我的兄弟們沒有一個人吭聲，隨著劊子手們揮下的大刀，盡數人頭落地，我悲憤的看著這一切，大怒道：「吳進，你這濫殺無辜的狗賊。」

他吼叫道：「那女人用的是你的刀，這是通敵的證據。」又指了指旗杆上的人頭，說道：「還有他們，都是叛徒，誰也逃不脫我的手掌心。」

我心如刀割，悔恨無極。

我真不應該將那柄刀送給玉伽郡主，那天晚上阿吐爾將我和她從沼澤中救出來後，鬼使神差的，我將那柄刻有我名字的刀送給了她。

「那個臭女人，竟然抵死不從。原來是因為你，你們有私情……，不過她也沒逃走，」吳進舉著一隻小巧的暗紅色靴子，那是郡主的鹿皮靴。「就在那片水裡，我們找到了這個，哈哈哈……」他將靴子扔到了我眼前，狂笑了起來。

我掙脫士兵的挾制，撿起靴子，靴子雖溼透了，金絲花紋依舊充滿生力，似乎還帶著郡主身上

的隱隱香氣。我用嘴吹掉黏在靴幫上面的草莖，望著眼前的湖水，湖中開滿了金蓮花。我縱身躍入水中，吳進狂喊了起來，士兵們紛紛放箭，水沒過了我的頭頂，光線越來越暗，瘋狂湧入我的口鼻。但我依舊睜大眼睛，四處搜索著郡主的身影。無數的水草，像水底的蛇，逐漸纏繞在我的脖頸上。撕破水面的弩箭一根根逼近，一片寒芒，彷彿水底閃爍的星光。

當我們無法掌握自己的命運時，我們還可以選擇死亡。

5

吳進派人搜索了整片水域，只找到了我的腰帶，那是我故意丟棄在水中的。他不知道的是，我不但是一個陸戰好手，同時也是一個潛水好手。我在水中潛伏了一天，直到搜索隊伍離去。

吳進拔營後，我一直尾隨著，渴了就喝路邊的汙水，餓了就吃草根。我需要兵器、衣甲還有馬匹，我突然想起來，之前為了輕裝前行，曾和小隊成員在甜水井卸下過物資。吳進回軍的路上，必定在甜水井紮營。我晝夜兼程，翻越大青山，在一條溝邊發現了馬兒，馬屁股上有踏白軍的烙印，這雖然是匹老馬，但極大加快了我的腳程。到達甜水井後，我找到了藏物資的地方，但並沒有立刻挖掘，因為那裡有一串可疑的腳印，那是我熟悉的腳印。就在我疑惑間，一個身影向我撲了過來。

「趙大郎！」我喝止了他。

是他，他是踏白軍唯一還活著逃出來的兄弟。

我們互相望著對方，衣衫襤褸，狀如乞丐，抱頭大哭起來。趙大郎告訴我，他和阿吐爾將我放出囚車後，本以為人不知鬼不覺，誰知回去的路上就被吳進的親兵抓住了。阿吐爾奮力反擊，才掩護他逃脫，小隊的兄弟被殺時，他就躲在不遠處的草叢裡。我投湖後，他以為我也死了，因此晝夜不停地往回趕。他要找到李將軍，為死去的兄弟們伸冤。

「郡主呢？她真的死了嗎？」

「郡主那晚被綁著送進那狗賊的大帳，他沒想到郡主身上帶著刀，他撕扯郡主的袍子，想玷汙郡主時，被郡主刺了一刀。等侍衛親兵發現時，郡主已不見了身影。」

「靴子是怎麼回事？」我從懷裡掏出那隻靴子。

「吳進派人搜遍了大營方圓二十里，也未見郡主的身影，後來有個士兵在大帳前的湖水裡看到了靴子。我猜郡主逃走了，故意將靴子扔進水裡，造成投湖的假象。」

這符合郡主的性格。

先前埋藏的物資，食物已壞掉了，但是裝在牛皮袋中的衣物、短甲都完好無損，用麻繩捆綁在一起的兵器也沒有丟。我們換上衣服，穿上短甲，帶上匕首、袖箭，我又將一斤重的流星錘纏在腰間，其他東西重新放了回去。

我們在甜水井等了兩天，也沒有等到吳進的影子。莫非他走了大青山另一側的路線？我和趙大郎決定分頭搜索，他身上帶著傷，我把馬兒讓給了他。兩天後，我看到了一片熟悉的林木——那是

我們之前被狼襲擊的地方，臥仙臺。這裡橫七豎八的丟著士兵們的屍體，還有遺棄的帳篷。很快，我就在一棵樹上看到了星形標記，那是我們踏白軍用來聯繫的暗號。我猜趙大郎來過這裡了，果然，耳邊響起三長一短四聲鳥叫，我朝鳥叫的地方摸過去，在一塊隱蔽的石頭後面找到了他。

「發生了什麼？」

「狼，狼襲擊了吳進和他的人。前一天晚上，我爬上了樹，看到吳進的大帳紮在臥仙臺，士兵們發現了狼，到處獵殺狼，煮狼肉吃。半夜時，狼群襲擊了吳進的大帳，吳進被嚇破了膽，連夜拔營而逃，跑得比誰都快，斷後的人手都沒有，狼群在身後追擊，簡直是一場屠殺。」

「走，我們追上他，宰了這個混蛋。」

「他已經死了，被頭狼咬死的，咬穿了脖子。」

我忽然心頭一陣茫然，他竟然就這麼死了。

趙大郎說：「我們也走吧，去見李將軍，告訴他踏白軍兄弟們的冤情。」

「我不想回去了，我打算去找郡主。」

「你知道她在哪裡嗎？」

我苦笑了一下說：「我不知道。」

「若李將軍問起你，我該作何回答？」

「死了，你就說我已死了。從此之後，這個世界上就沒有我了。」

我一定要找到她，如果她在水底，我將在水底與她相會；如果她死了，我們將在天堂相逢。我接過趙大郎遞來的馬轡，騎著老馬飛馳，那片開遍金蓮花的湖水，一浪疊過一浪，在我的眼前浮現。

6

心靈相通的人從不會走遠。

我在湖邊找到了郡主，或者換一種說法，她在那裡等我。

她持一朵金蓮，唇邊掛著淺淺的笑容。

我們決定去她說的那個地方，世界的盡頭。

從湖邊啟程後，下起了暴雨，雨水伴隨著狂風，從天空降落，地上到處都是積水和泥漿，這倒是一件好事，因為雨水能夠抹掉我們留下的一切行蹤。

晚暮前，雨停了，天空的顏色變成了灰白色，遠處的山巔上雲霧繚繞，路邊的草木掛滿了亮晶晶的水珠。在夜晚來臨前，太陽露了一次臉，在近處光禿禿的山脊梁鑲了個金邊。我發現枯樹下有個巨大的茅屋，主人早已將它遺棄，但對我們而言卻無異於豪華的宮殿。我們將馬牽到屋後，拴在了樹幹上，郡主準備卸掉馬鞍時，我阻止了她，逃亡中的人，應該隨時做好離開的準備。

我們帶的給養十分充足，有羊乳、肉乾、麥子麩餅……我把乾糧袋塞的鼓鼓的，只是忘了防雨

的雨具，郡主淋得溼透，走進茅屋確認無人，我生起了火。郡主脫下了她的外衣，在火上烘烤。我便走了出來，在門口警戒。

我在門廊上待了足夠的時間，郡主大概烘乾了貼身穿的衣裳，我聽到了她呼喚我的名字。她的袍子掛在泥壁上，只穿著絳色中衣，兩條白亮的臂膀露在外面，我從自己的背囊中找到自己的袍子，因為裝在防水的羊皮囊中，十分乾爽，我抖了抖，為她披上。

夜裡起風了，又下起了小雨，怒吼的風聲猶如野獸一般，我真擔心風把茅屋的頂掀飛。氣溫急遽下降，我不得不摸黑從背囊裡把羊皮袍子取出來，穿在身上。踏白軍出身的人，總是帶著四季的衣服，因為我們不知道自己會在哪兒。我怕凍壞馬兒，乾脆將牠們從屋後牽到了門廊裡。裡屋傳來低微的聲音，好一會兒我才意識到是郡主的聲音，她安寢靠內的屋子，我則睡在靠近門廊的外屋，這樣便於發現意外情況。我摸出火摺子，吹了吹，亮了起來，應聲道：「郡主，在下進來了。」

「進來吧，不要再叫我郡主了，我說過，叫我玉伽。」

她半坐在鋪著乾草的地上，指了指近旁的地方說：「外面漏風，你睡在這裡吧。」

「這……在下覺得不妥。」

「這裡只有你我二人，我們草原人沒有你們那麼多講究，你喜歡我，我也喜歡你，我是你的，你也是我的。」

我盯著她的眼睛，真美啊，就算是沉沉的黑暗，也遮不住她的美。

風怒吼個不停，玉伽的臉貼著我的胸口，我們彼此擁抱著對方，躺在大漠冰冷的地上，聽著雨

聲猛烈的敲擊著屋頂。

這也許是我一生中最幸福的時刻。

白晝來臨，大風依舊嘯叫個不停，昨夜的雨不知何時變成了雪。無怪乎快天亮的時候玉伽總說冷，讓我抱緊她。

二〇二四年九月二十七日——十一月二十九日

仁義館老虎殺人事件

公子的故事

蛙聲叫了一夜，拂曉時方歇。

崔韜輾轉反側，同樣一夜未睡。得知落榜的消息後，他便離開了長安。不過，他沒有返回蒲州的故鄉，而是南下到了歷陽，在旅寓中一住就是三個月。在過去的十五年裡，他已經考了五次了，這一次又落榜了，也許他與功名無緣，仕途只是個泡影。他躺在冰冷的床上，窗外的樹影從破碎的窗口投進一堆影子，彷彿伏著的惡鬼，使得潮冷的房間更加絕望。崔韜自幼以聰慧著稱，寡母李氏對他課讀極嚴，十三歲時即中秀才，一時傳為佳話，被目為神童。然而，此後卻蹭蹬場屋，再也看不到神童的光芒了。

一直到了中午，神思昏沉的崔韜才又醒來，他是被一陣狗吠吵醒的。離開長安後，他的行囊越加羞澀了，三日前，他將自己的琴也拿到當鋪當掉了，那是一張名貴的雷琴，據說出自蜀中製琴大師雷威之手。現在，他身上最值錢的東西，就剩下一柄松紋劍了，那是他父親的遺物。他起了床，

拖著高大的身軀，蓬頭垢面的出門，在酒館門前，他看見了那群吵醒自己的流浪狗。狗兒全都很瘦，其中一條狗斷了腿，每吸一次氣，就暴露出條條肋骨。看見崔韜，狗群親熱的攏了過來，那條斷腿的狗也跟在後面，努力的往前擠，終究沒能擠到前面。崔韜摸遍了全身，沒摸到吃的，狗子們看懂了他的尷尬，嫌棄的散去了。

崔韜進了酒館。

照例，他摸出幾個銅錢，要了一壺酒，沒有下酒菜。酒保端來白瓷小碟子，徑不盈寸，裡面豎立著一枚鐵釘，略微帶點鏽跡。他笑了，這就是他的下酒菜。他端起酒杯啜飲了一口，用拇指和食指捏起鐵釘，將釘頭塞進嘴裡，嗦一口，一股鐵鏽味直衝鼻孔。「嗦釘下酒」，是下九流的飲酒法，崔韜沒料到，自己會淪落到這一天。喝完了兩壺，他已有些醉意，這時候店門口的狗又叫了起來，他摸了摸還剩下的幾枚銅錢，向夥計買了幾個牛肉包子。走出門，他將肉包子投餵給了狗兒們，不過那隻斷腿的狗還是沒搶到。他用腳踹散狗群，慢慢走到那隻搶不上食物的狗近前，蹲下身，將最後一個包子塞進了牠嘴裡。狗感激的看著他，不過他已經消失到了街對面。

一直醉下去，恐怕也不是辦法。再說，他連一個大子兒也沒有了，用不了多久就會被旅店的店主攆出來，扔在大街上。他醉意醺醺的在人群裡穿梭，抱緊了懷中的劍，有那麼一刻，他暗自想到，也許可以去行劫。他的目光在人群裡游弋著，彷彿尋找獵物的獵手。忽然，一隻鐵鉗般的大手搭在了他的右肩上，震的他渾身的骨頭差點都碎了。他扭頭茫然的看了一眼，是個身高九尺的黑漢子，一把濃密的鬍子垂在胸部，左眼上有個豆子大的痣。

「啊，吳鐵官。」他驚喜的叫了出來。

黑漢子哈哈大笑，雙手搖晃著他的肩頭，一邊搖一說：「還真是你小子。」

他差點要散架了。吳鐵官是他少時的同窗好友，自他赴長安後，二人再也不曾見過面，沒想到會在歷城相逢。吳鐵官不好讀書，但卻好武，就從了軍，追隨河東節度使薛訥平契丹之亂，因功擢升牙將，後調任歷城折衝都尉府，為果毅都尉。

二人一邊說著，走到了街口不遠處的府衙。吳鐵官命府兵置辦酒餚，與崔韜把酒言歡。知交相遇，崔韜也不再遮遮掩掩，將這些年的落魄遭際盡數道出。吳鐵官得知了崔韜困窘，當即贈錢十萬，勉勵道：「你小子切莫放棄，今時雖然困窮，他日必能青雲直上。」又當著他的面寫了一封信，對崔韜說：「回到蒲州後，你拿著這封信見州官胡大人，可暫時去謀個掌書記的差事。一則不耽誤讀書，二則可得些薪資，免得生活拮据。」

崔韜大喜，在吳府衙盤桓三個月，方才動身。

離開歷城後，崔韜本欲回蒲州，不過所僱車輛到了道路分叉口，見官道上樹立著通往揚州的木牌，便欲往揚州。南梁人殷雲曾說：「腰纏十萬貫，騎鶴上揚州。」如今他囊中豐碩，心裡不由泛起溫熱，連頭頂上也冒出了一絲熱汗。他令車夫調轉馬車，上了去淮南的路。馬車上了一個山坡，坡面上鋪滿了粗大的樹根和樹枝，表皮全都脫落或腐爛，露出骸骨一樣的慘白灰色枝幹。這些枯枝敗葉厚達數尺，一直延續到目光的盡頭，地平線上長著一棵枯死的樹，皮被剝掉了，裸露灰白的樹幹，猶如怪物的骨架，枯枝間有個暮鴉搭的巢，荒敗鬆散，已是鴉去巢空。車輪碾壓在枯木上，發

出骨頭碎裂般的聲音，馬兒停住了腳步。

崔韜觀望四周，驀然覺得這個地方很熟悉，但他並不記得曾來過此處。那是一種非常奇怪的感覺，這裡的一切在他的腦海裡都有清晰的輪廓，但卻無法和他過去的經歷對接上。他催促車夫繼續前行，越過有鴉巢的那棵樹，然而車夫一聲不吭，車子也一動不動。他掀起車簾，用手推車夫，車夫一頭栽了下去，彷彿摔碎的瓷器。不知何時，車夫死了，化作了骸骨，失去肌肉銜接的顱骨，順著山坡滾了下去，滾進了一叢枯草中。半張的口器露出森森的牙齒，瘋狂的咬著枯草，咬碎的草渣四處亂飛。崔韜大駭，揮鞭猛抽馬背，馬兒拉著車，向枯樹奔去。過了枯樹，四周都是大霧，完全看不清道路，崔韜下車探查，感覺後頸發涼，回頭一看，一隻紅衣羅剎鬼正張著嘴吹氣，頓時驚的魂飛魄散，摔倒在地，醒了。原來是一場夢。

他掀起簾子，向車夫問道：「到何處了？」

車夫答：「回稟公子，到滁州地界了。我們是進城，還是繼續向揚州趕路。」

崔韜長吁了一口氣，說道：「趕路吧。」

由於崔韜急於趕路，繞城而過，天黑時錯過了打尖兒的地方。

夜黑星密，馬車只顧前趨，到戌時猶不見燈火，兩人頓時慌了起來。忽見山林中有星星點點的明燈，崔韜立即指使車夫驅車前往，車過之處，盡是荒草，被車輪壓碎的枯枝，在夜色中發出巨大的聲音。不一會兒，車子停在了三間茅屋前，一個身軀高大，面容蒼老的老人走了出來，見到崔韜後面露驚異的神色，隨即請二人進了屋子。屋內有個少年，正在燈下磨刀，始終沒有抬頭看二人一

眼。老人將崔韜安置在了耳房，車夫只能勉強住在柴房裡。

崔韜剛一躺下，就聽到極低的呼聲，他爬了起來，側耳傾聽，卻什麼聲音也沒有了。他以為是幻覺，就又躺下了，擱置在床邊的劍輕微的抖動了起來，忽然劍芒爆閃，劍從鞘中躍出半尺，隨即又回到了劍鞘。啊，一定是有危險。父親留給他的這把劍，是一個道士所贈，劍鞘上有道士的符籙，一旦有妖邪，寶劍就會示警。看來他和車夫誤入了匪人巢穴了。崔韜用枕頭支起被褥，偽裝成朦頭熟睡的樣子，然後鑽到了床下。須臾，門被推開了，一個黑影閃身而入，快速走到床前，用利刃朝床上猛刺，連刺四五下，見沒有聲響。從懷中掏出火摺子，晃了晃，躲在床下的崔韜看的清楚，正是那老人。當即趁其不備，撩劍上刺，劍身貫入了老人的腹部，從背後穿出，沒發出任何聲響，就氣絕了。他趕緊踩滅火摺子，拎著帶血的劍，輕輕關上了房門。約過了一刻鐘，聽到門外一個甕聲甕氣的聲音：「爹，那小子死了沒有？」連續問了幾遍，門被一腳踹開了。躲在門後的崔韜差點被門扉撞暈過去，他努力保持鎮靜，那少年進門立足未穩，他揮劍斜斬，一顆碩大的腦袋滾出去四五尺遠。他冷笑一聲，在那少年身上抹了抹，擦乾劍身上的血跡。雖然這些年埋頭於科第，可是他的劍法一點也沒有落下。自唐初以來，蒲州一帶就尚武，少時父親教他騎射，還請劍術大師尉遲飛揚傳授他劍術。雖不能與一流高手較技，但若遇到三五個匪徒，自保尚能無虞。他點亮了燈，望著倒在室內的一老一少兩具屍體，這才想起車夫，趕緊奔到柴房。車夫倒在地上，雖然還有一口氣，但已經說不出話來，腸子流了一地，兩條腿都斷了，露出半截白骨，肉不知那裡去了，彷彿被什麼撕咬過。他手足無措，眼見車夫嚥下了最後一口氣，徹底沒救了。這才奔回耳房，去拿自己的背囊。屋內一老一少的屍骸已不見，只有兩隻死去的老虎，一顆被斬下的碩大虎頭，就在不遠處。

他恍然大悟，此處並非匪巢，而是虎精的巢穴。

車夫雖然死了，馬車尚在，拴在屋後的馬匹也無損傷。崔韜將背囊扔進了車廂，套好車，揮鞭準備離去。回頭時，那裡還有茅屋，只見一座巨大的虎窟。他趕著車子上了大道，一刻也不敢停留，直到看見驛站的風燈，這才喝令馬兒駐足。聽到車輪的轔轔聲，驛丞帶著兩個驛夫迎了出來。這是一座深山裡的荒僻驛站，名叫仁義館，除了州縣之間一個月一次的例行公文傳遞，平常連個人影也沒有。驛丞姓杜，得知崔韜是蒲州人，十分熱情，原來他也是蒲州人，他鄉聽到鄉音，自然倍加親近。驛丞一面命驛夫將馬車牽往後院，一面親自為崔韜引路，將他安排西舍住宿。崔韜見西舍狹小逼仄，東邊的房屋卻高大軒敞，便問道：「杜大人，那東舍可是有貴賓？」

杜驛丞說：「不曾住人。」

崔韜說：「那為何將崔某安排在這狹小的屋舍，莫非是怕我沒銀子。」

杜驛丞連連說：「不敢，不敢。崔公子有所不知，那東舍一向有些怪異，鬧妖怪，我怕您受了邪祟之惑。」

崔韜聽到妖怪二字，一愣神，隨即哈哈大笑，豪氣十足的說：「杜大人莫要唬我，別說沒有妖怪，就算真有妖怪，我這柄松紋寶劍也能斬了牠。」說著，揚了揚手中劍。

杜驛丞見崔韜頗有游俠兒之風，不敢違拗，說道：「既然崔公子有膽氣，下官從命便是。」就這樣，崔韜住進了寬敞的東舍。東舍雖久無人居住，倒也打掃的窗明几淨，一塵不染。驛夫從馬車上取來崔韜的被褥，為他鋪好。又說廚房升了火，煮了飯，只是這荒野驛站，缺乏蔬菜，只有醃芥

菜。崔韜謝過驛夫，到廚房勉強用了餐，用剩下的熱水沃面洗腳，就回到東舍睡下了。

躺下後不久，崔韜聽到門口傳來一陣輕微的腳步聲，停頓了片刻，又開始走動，彷彿在門口徘徊。起初他以為是夢境，不過他很快意識到，那不是夢。門被推開了，一隻巨大的毛足伸了進來，那條腿有碗口粗，尖銳的爪子，包裹在細細的毛髮中。崔韜已顧不上去拿劍，悄悄從被窩裡滑出來，躲在屏風後的陰影裡。他心中暗道：「崔韜啊，崔韜，出了虎穴，又入狼窩，看來你命數已盡。」

隨著門的打開，一隻比牛犢還大的老虎走了進來，進了門人立而起，輕輕的關上門。像人脫衣服一般，脫去了獸皮，長髮委地，身姿婀娜，體態翩翩，雙峰翹立，儼然是一少女。崔韜在屏風下，看得目瞪口呆，少女將脫下的虎皮摺疊整齊，放在了床頭。崔韜望著耷拉在床沿上的兩條粉白的小腿，纖嫩的雙足，頓時心旌搖盪。女子在床邊坐了片刻，就鑽入崔韜的被窩就寢了。

崔韜在屏風後趴了半夜，沒穿衣服，地面又冰冷，苦楚難當，只得略微動一動，忽然一張美豔無比的臉從屏風上方湊了過來，嚇得他大叫一聲，跳了起來，正是他適才看見的女子。女子怒責道：「何物狂生，敢在這裡偷窺？」

崔韜解釋說：「我是個讀書人，今夜住在此處，見姑娘進門，樣貌凶惡，心生恐懼，故而躲了起來。姑娘所寢之床，實則是在下的床鋪。並非故意偷窺。」

女子轉怒為笑，笑盈盈的說道：「公子切莫害怕，我是人，並非老虎。我家在這驛館十里外，父親和兄長都是獵人，家中貧困，夜出沒有衣服，故而用這虎皮蔽體。我在路上看到公子您駕著馬

車，心生愛意，我猜公子必定住在這驛站。故而偷偷來相會。若公子不嫌棄村女陋質，我願畢生追隨，為公子灑掃庭除。」

崔韜又驚又疑，反覆打量她，的確是人，而非老虎，才說道：「能得姑娘厚愛，是崔某三生之幸。良宵千金，願為歡好。」

女子遂去桌邊，從壺中倒了一杯熱茶，雙手遞上，說道：「公子請用茶。」

崔韜笑著說：「姑娘先飲。」

女子嫣然一笑，噙了半口，慢慢嚥了下去。褪去貼身中衣，鑽入被窩。

崔韜凍了半夜，喝了大半杯熱茶，頓覺一股暖流遍布體內。脫衣與女子同寢，玉體在懷，只覺得豐滿軟滑，繾綣不盡，對老虎的恐懼徹底放下了，唯恐天色亮的太快，不啻一夕萬年。二人幾番上陣廝殺，香汗盈盈，都減了威勢，方才疊股而眠。

天際略泛白，崔韜出去解手，回來見女子熟睡未醒，虎皮疊放在床頭，便輕輕抱起虎皮衣，丟在了屋子後面的枯井裡。

許是昨夜鏖戰，過於疲倦，女子到中午方才醒來，裸身在室內四處逡巡、翻檢。崔韜問道：「姑娘尋找什麼？」

女子說：「我那虎皮衣呢？」

崔韜說道：「姑娘既已與我訂盟，想來不需那虎皮衣了，我已將它燒掉了。」

女子一聽，頓時大驚失色，愣了愣神，又顏色一變，喜道：「也罷，也罷。如今奴家與公子私定終身，也無顏再見父兄，那件虎皮衣雖然珍貴，也用不著了。」

崔韜讓女子穿上自己的衣服，將頭髮豎起，戴上男冠，女扮男裝，見她秀髮齊眉，姿容如玉，身著自己那件玄色的花衲夾海青，內襯雪白的襖子，足等綾襪皂靴，更顯得猿臂蜂腰，鶴勢螂形，於風流中見風情。崔韜當即抱著她，又要求歡，女子略微推諉了一下，便不再抗拒。兩個人在一張春凳上親熱了起來，雙鳧飛肩，靈根半入，這一番纏綿，直到午後光景，二人綢繆無間，崔韜只覺暢不可盡言，此女子勝以往任何女子十倍。此後對外宣稱女子為同窗，要在此讀書以備大考。實際卻是深山荒驛，夜夜做交頸鴛鴦，男的廢了耕，女的廢了織，好在崔韜有吳鐵官所贈銀錢傍身，倒也逍遙快活，如此達一月之久，女子有了身孕。崔韜這才僱傭了驛站的馬車，與女子同歸蒲州。

到家後，崔韜方知寡母已於一月前辭世，老管家又老又聾，帶著七八個家僮和僕人勉強維持家務。九個月後，女子生下了一個男孩，一家皆歡。女子極善操持家務，將幾個油滑的家僮攆走，又給了老管家一筆銀子，讓他去養老。在女子的經營下，崔家租出去的佃田繳回的糧米算得清清楚楚，臨街的鋪子也頗賺了不少錢，佃戶所繳之糧和鋪面營收，比往年多了三倍。此後，崔韜一心讀書，再次參加科舉，明經擢第，被任命為宣城縣令。

接了吏部的文書和官服後，崔韜僱傭了兩輛馬車，一車載書籍什物，一車與妻兒同坐。在路上走走停停，遊山玩水，長達月餘。有一天傍晚入住荒山古驛，崔韜猛然發現驛站門口掛著「仁義館」的牌子。笑著對妻子說：「妳還記得嗎，這是我們初次相會的地方啊。」

妻子面色潮紅，露出少女般的嬌羞，說道：「幸在此與君相遇。」

驛丞早已收到了文書，在門口迎接崔韜。將他迎入正廳，命驛夫奉茶，比之於上一次相見，恭維之辭更是不止十倍。崔韜請求還住東舍，驛丞自然從命。

一家收拾停當，崔韜望著屋內的一切，說道：「想我飛黃騰達之日，又來此地，恍然如夢啊。」

妻子說：「三年多未曾見父兄，不知可安好。」

崔韜戲說道：「妳可以穿著虎衣去見他們。」

妻子驚問：「虎衣還在嗎？」

崔韜說：「我將它丟在了屋後的枯井中，不知是否完好。」

妻子說：「可以取來嗎？」

崔韜當即命僕人們去枯井中尋找，不一會兒，僕人就將虎皮衣取了回來。

妻子一見，當即搶奪了過來，剛一上身，立刻變成了斑斕猛虎。撲倒崔韜，一口咬斷了他的喉管，又一陣撕咬，撕碎了身體，眼見是活不成了。又回頭咬死了那三歲的嬰孩。僕人們嚇得四散而逃，驛丞和驛夫們聞訊趕來，屋內血肉淋漓，殘肢遍地，老虎早已不見了蹤影。驛丞大驚失色，當即派驛夫連夜去滁州報官。

虎妖的故事

吳鐵官素知崔韜身負大才，見他委頓於歷陽旅寓中，實在覺得可惜。他在歷陽折衝府擔任都尉，雖然薪俸不高，但也攢了十萬錢，便以宦囊全部相授。臨行時一再叮嚀，讓他回蒲州繼續讀書，以便三年後參加大考。但凡有需索，必定竭盡所能為之效力。崔韜歸心似箭，僱傭馬車一路狂奔，然而離了歷陽三十里後，他忽然改了心意，命車夫直奔揚州。

揚州是一座繁華的大城，崔韜身懷巨資，入城後立刻遣走車夫，住進了最高級的客棧「醉來春」，選了其中最大的上房。日間豪擲於賭場，夜間則流連於妓館。不出十日，十萬錢已所剩無幾，被那醉來春掌櫃的攆了出來，蝸居在最下等的雞毛小店裡。這時，他才幡然醒悟，決定回蒲州。雖然身上所剩不到千錢，但回去的盤纏足夠了。他在街口僱傭了一輛最低等的馬車，將破舊的衣物放了上去。車夫見他形容枯槁，衣服破敗，要求先付三日的車錢，每日二十錢，總計六十個大錢。他拿出錢袋，數夠六十錢，丟在了車板上。崩飛的銅錢滾的到處都是，他看著車夫爬在地上撿錢，便跳上了車。

車夫又蠢又笨，與崔韜沒多少話可說，只是每隔三天，就逼著向他要車錢，唯恐他賴帳，難免惡形惡狀，言語不恭。到了滁州後，崔韜又動了賭錢的念頭，他讓車夫在旅館外等著，自己去賭場碰運氣，只要贏了，他就立刻收手。殊不知，這一去竟輸得一塌糊塗。

從滁州出發後，一路都是山路，顛簸不堪，車夫不停地咒罵著，悔不該接下這趟差事。他要求

崔韜提前支付十天的車錢，不然就不走了。他那裡知道，此時的崔韜早已不名一文，別說十天的車錢，就是一個大子兒也掏不出來。他見崔韜默然不語，頓時火起，大罵道：「你這龜孫夯貨，莫不是不想給老子銀錢？快把錢拿出來，若是敢賴帳，老子就宰了你。」

崔韜淡淡的說：「何必焦躁，你且停了馬車，我取錢給你便是。」

車夫勒住轠繩，回頭望向車內，簾子掀起，白光一閃，雪亮的利刃貫穿了他的前胸。崔韜殺死了車夫，將屍體拖到路邊的荒草中，駕著馬車到了一處泉邊，將濺在車上的血跡洗乾淨。他本欲駕車繼續向前，轉念一想，又返回了滁州，將車馬賣掉，找了個僻靜小旅館，住了下來。

殺人的悸動在他的身體裡流竄，彷彿生了一場大病，連續數日高燒。當他再次啟程時，已經是十天之後了。沒有人追究車夫的死，這件事像是消失在水面上的泡影。事實上，當他輸光了錢時，他已經開始打車夫的主意了。馬車能賣五錢銀子，那匹馬看起來不錯，最少能賣一兩六錢，也許還能賣的更高。離開滁州後，馬車在崎嶇的山路上行走，他本想將車夫推下山，但又怕馬兒連帶受了驚嚇，拉著車一同墜崖，落個同歸於盡。車子翻過那座山，他已放棄了殺人的惡念，打算到了家，一併給車夫算錢。誰料車夫一再向他追逼，一怒之下，將他殺了。當劍洞穿車夫心臟的那一刻，他的心裡充滿了狂喜。他並沒有躲開車夫的眼睛，而是緊緊盯著那雙慢慢失去生機的眸子，車夫的眼中有恐懼、憤怒，還有難以置信。這是一雙極其愚蠢的，下九流的眼睛，眼睛的周圍是灰色的，死了之後，彷彿死魚一般。回憶完了事情的經過，他意識到自己忘了一個細節，那就是棄屍的過程。他恍惚記得自己挖了一個坑，將車夫埋了。又好像只將他丟在荒草中，一走了之。他想了半天，想

的腦仁疼，腦子裡一片恍惚。這讓他開始懷疑自己，殺死車夫是否只是一個妄想。也許他根本沒殺車夫，可自己明明賣掉了車馬。沒錯，他將車馬分開賣掉的，將馬兒賣給了一個長有連鬢鬍子的人，得了一兩五錢銀子。將車賣給了一個粗手大腳的婦人，她只肯出三錢銀子，最後談到了四錢。現在，銀子就裝在他的錢袋裡。

可是，他究竟殺沒殺車夫?他決定去看一看。

翻過了那座高峻崎嶇的山，眼前的一切看起來十分陌生。他一度懷疑自己走錯了地方，直到他看見荒草中那棵半枯的樹，車夫躺在壓平的草中。食肉動物已經將他身上的肉撕扯乾淨了，風穿過雪白的骨骸，一條綠色的蛇從骷髏的嘴裡鑽了出來，嘶嘶的吐著信子，彷彿是車夫的咒罵。崔韜拔劍殺了那條蛇，一腳踢在顱骨上，看著它骨碌碌滾遠了。

他的心中如釋重負，走到天黑，才看到村子裡的燈光。

說是村莊，其實只有一戶人家，住著一對獵戶父子。二人都穿著老虎皮做的衣服，走動時猶如兩隻猛獸。屋內牆上掛滿了獸皮，有鹿皮、豹皮、野豬皮，甚至還有一件熊皮。對於他的到來，這家人十分冷淡，或許是常年山中生活的原因，讓他們喪失了言語能力，看起來冷淡些。老獵戶將崔韜安置在耳房裡，拿來一張破舊的熊皮，鋪在了地上。熊皮散發著濃烈的臭味，但他還是忍著躺下了。年輕的獵戶拿了盞燈，看樣子燈油也是獸的油脂，剛一點亮，立刻散發出腥味，他乾嘔了起來，揮揮手，示意把燈拿走。青年獵戶笑了笑，說道：「點一會兒就不腥了。」他只好把燈接下。

崔韜在熊皮上躺了半晌，絲毫沒有睡意。他翻了個身，摸到了自己的劍。側耳傾聽，隔壁依舊

有人語，他十分疑惑，這父子二人看起來十分遲鈍，言辭不多，為何此時談天。他輕輕推開門，走到獵戶父子的門前，從門縫裡朝內看，見父子二人隔著一張破爛的桌子坐著，果然未睡。老獵戶背對著自己，年輕的獵戶半個身子在燈影裡，看不清面目。他只輕輕一用力，就削斷了裡面的門閂。老獵戶訝異的回頭望了一眼，崔韜已經到了他的跟前，一劍洞穿了他的喉嚨。年輕獵戶暴怒，拔出獵刀刺向崔韜，崔韜一揮劍，猶如砍朽木一樣斬斷了獵刀。青年獵戶驚愕間，劍已經刺穿了他的左胸。

崔韜用腳踢了踢躺在地上的兩具屍體，將他們身上的虎皮扒了下來，還將老獵戶腰間的獵刀據為己有。

崔韜將獵戶的家翻了遍，也沒有找到一錢銀子，只在山後找到一輛笨重的車，還有牛棚裡的牛，這讓他大喜。他將牆上的獸皮全部捲起來裝上車，臨走時放了一把火，將一切燒了個乾淨。做完了這一切，他駕著牛車離去了。

夜色漆黑如墨，不知深淺，牛將他拉到了驛站前——仁義館。

他對驛丞謊稱迷了路，驛丞見書生駕著一輛牛車，雖然生疑，但還是讓驛夫將車牽到了後院。雖是折騰了半夜，但崔韜卻全無倦意。他在驛站內四處遊蕩，見院內東西兩舍為客房，中間正廳是驛丞辦公的地方，正廳的耳房是其居室。三個驛夫都住在後院，隔著一堵牆，有月亮門聯通。驛夫說東舍有些不停當，鬧鬼，讓他切莫入住，但他卻偏偏選了東舍。半夜時分，他聽到門口響起腳步聲，隨即門被推開了。他趕緊抓起劍，鑽到了床下。他心中暗想，莫非這是個黑驛站，驛丞與驛夫

們結夥，要謀害自己的性命。

進來的是一隻斑斕猛虎，直接走到了床前，趴在了床沿上，一動不動，似乎是走路走累了。床底下的崔韜大氣也不敢出，猛然看見老虎腰間懸著一柄腰刀，刀鞘十分眼熟，領悟到，這不是虎，而是人。過了片刻，老虎人立而起，脫掉了虎皮，露出了一張少女的臉。她摘下獵刀，和疊好的虎皮一起放在了距離床三尺外的桌案上。上床就寢。

是了，這一定是那老獵戶的女兒。自己殺掉的老獵戶身上，也有一柄這樣的刀。那獵戶父子二人夤夜未睡，定然是在等待這少女。少女一定經常在此歇腳，才能輕車熟路。對於父兄的遇害，她大概還一無所知。崔韜輕輕拔出了劍，準備趁少女不備，一擊將她殺了。不過，當少女身上那股馨香傳到他的鼻孔後，他又改變了主意。

崔韜從床下悄悄鑽了出來，用劍指著少女，斥責道：「妖孽，好大的膽子。」

少女見到崔韜，嚇得縮成了一團，攏著被子說道：「我不是妖怪，公子切莫錯怪了。」

崔韜說：「還敢狡辯，我明明看到一隻老虎變成了人。」

少女說道：「實不相瞞，小女子居住在這附近山村中，是獵戶的女兒，名叫武羅。經常穿著老虎皮，來這驛站耍子。」

崔韜見武羅姿容豔麗，嬌憨可愛，撲向她就要強吻。武羅抗拒道：「我雖是貧家之女，但也是清白人家的女兒，豈可草率。」

崔韜倒也不隱瞞，說自己從長安來，落榜不第，正要回河東。武羅見他言辭誠懇，人才風流，

放下了戒備。又見他光著腳，站在冷地上，便讓他上了床。豈知，崔韜上了床後，得寸進尺，又要求歡，武羅不從，他乾脆將她綁在床上。如同騎馬一般，騎在身上，恣意抽送，絲毫不知憐香惜玉。武羅苦苦哀求，崔韜恐呼聲驚動驛丞，用襪子堵上了她的嘴，一番蹂躪，武羅暈了過去。崔韜起身飲茶，目光落在桌案上的虎衣和獵刀上，便一股腦兒抱了起來，扔進了屋後的枯井中。先前他在驛站遊蕩時，曾來此處打水，驛夫告訴他，那是口枯井。

天亮後，崔韜見武羅未醒，便鎖上了門，對驛丞說自己要進城。隨即駕著牛車，去最近的市鎮上將牛車和獸皮全部賣掉了，只留下了老獵戶的那柄刀。

武羅早已醒了，並為他煮好了茶。見他歸來，笑著說道：「郎君天光未亮便出門，不知忙些什麼。」

崔韜見武羅不再抗拒自己，笑著說：「日前車子粗夯，不能遠行，我去鎮上僱傭了車馬，願攜娘子北歸，不知可願一同前往否？」

武羅欣然點頭。

回到蒲州，十個月後，武羅產下一子。時間又過了三年，崔韜考中進士，被外放為宣城縣令。攜妻子、幼兒，還有嬤嬤、僕人十餘人南下，途經仁義館，於是處下榻。比之於三年前，這座驛站更加荒敗了。縣令崔韜與杜驛丞在正廳敘舊。主母武羅督導僕人們灑掃，驛夫們不知跑到何處去了，僕人們找了半天也沒找到水井，武羅只好親自上手。她在屋後發現了一口井，隱隱然看到井底閃光，命僕人下去查看，井底無水，但有一件虎皮衣，衣服上還掛著獵刀。武羅將虎皮衣收了起

來，告訴嬤嬤自己身體不適，讓她別來打擾。

崔韜和驛丞把酒言歡，僮僕們也在後院各自用了餐飯，在偏房歇息了。一直到半夜，崔韜才醉醺醺的回到東舍。見武羅裹著被子朝裡入睡，他繞到床的另一邊，把手伸進被子，撫摸她，觸手毛茸茸的，他大吃一驚。被子猛然掀開，一隻猛虎朝他撲來。當然，那並不是真的猛虎，而是穿著虎衣的武羅，她手持獵刀，一刀刺穿了崔韜的咽喉，隨後像發狂的豹子一樣撲了上去，瘋狂的劈砍，了結了他的性命。又轉身進了嬤嬤的房間，嬤嬤見猛虎入室，丟下嬰兒便跑。武羅隨即殺了嬰兒，慘呼道：「爹爹，哥哥，我手刃那狗賊，為你們報仇了。」打碎後窗，跳了出去。

提審官的故事

淮南道按察使方永得知仁義館的案件後，命滁州地方必須在半月之內破案。滁州太守成越將案發地的所有物品都作為物證帶回了府衙，下令士兵們搜捕山林，務必找到作案的凶手。在崔韜的書箱內，成越找到了一封舊信，是三年前果毅都尉吳鐵官寫給蒲州地方官的推薦信。為了發掘更多的案情線索，他當即寫好公文，命令驛馬送往歷城。驛馬尚未出城，凶手已被拿獲了，是個女子。士兵們在山上的一個山洞裡找到了她。

女子名叫武羅，是崔韜之妻，對殺人一事供認不諱。

據武羅供述，三年前的一天，她去市鎮上買布，流連於市景，忘了時間，回到家中已是半夜，

父兄被人所害，家中燒成了一片瓦礫。她無處可去，想起附近有座驛站，就潛入空屋棲身。殊不知她剛潛入不久，偏偏就有人來投宿。那人身形高大，外貌斯文，自稱蒲州人崔韜，明明發現了她，卻未向驛丞揭發。他請武羅在床上就寢，自己在屏風後席地而睡。武羅心中悲苦，以為遇到了好人，容忍崔韜與自己共處一室。未料半夜遭到侵犯，待到她想抗拒時，已經來不及了。天亮後，崔韜將她捆了起來，堵上她的嘴，將她塞入一個布袋，對驛丞謊稱是書籍，連同雜物一起裝上馬車。白天行路，晚上才放她出來，餵食稀粥，爾後便任意捶撻，就這樣回到了蒲州崔宅。

崔母李氏見兒子帶回一個來路不明的姑娘，懷疑是劫來的，準備報官，卻遭到崔韜一頓拳打腳踢，又氣又怒，三五天便過世了。崔韜與武羅舉行了婚禮，從此更加肆無忌憚，縱酒使氣，動輒拳腳相加。直到武羅有孕在身，才略略收斂了些。此後，崔韜經常出門，或三五日不見，或十天半個月，不知作何營生。只是她有孕在身，崔韜又生性多疑，僮僕們又看得緊，始終沒有逃走的機會。

兒子出生後，崔韜對她的態度大為轉變，命令家中僮僕將她尊為主母，任何事都不得違抗。武羅性格寬厚，做事井然有序，很快贏得了下人們的親近。當時河中一帶頻頻傳出客商被劫的消息，劫匪手段十分殘忍，不但搶劫貨物，且絕不留活口，然而地方上始終未能破案。武羅在崔韜書房內經常看到奇珍異品，猜測他就是那個獨腳大盜。她暗自懷疑，父兄當年遇害，也與崔韜有關，只是她尚無法證實。

崔韜行劫得來大筆銀子，用這些銀子賄賂考官，由此榜上有名，被任命為宣城縣令。他自以為洗白了，攜家帶口南下就任，沒想到卻到了仁義館。此時的崔韜，志得意滿，整日間酒不離手，似

乎忘記了當年這裡發生的一切，一見到驛丞，兩人便狂飲了以來。驛站的房間到處是塵灰，原來的驛夫們老的老，散的散，如今只剩下驛丞和一個少年。武羅命僮僕們灑掃屋子，卻找不到水井，沒奈何只得親自動手，發現了屋後的枯井，並在井中發現了獵刀、一截乾枯的斷臂，還有自己的衣物。沒錯，那是哥哥的斷臂，因為哥哥是個六指。原來崔韜殺了那年輕的獵戶，見他大拇指上有一個多餘的小枝，便殘忍的將手臂砍了下來，帶回驛站把玩，遇到武羅後，他怕武羅發覺自己是凶手，便將斷臂和老獵戶的腰刀一起丟入了井中。那夜，他猜出了武羅與獵戶父子的關係，假裝正人君子，哄騙年少無知的武羅睡下後侵犯了她，還將衣物也丟進枯井，使她無法逃走。

斷臂和獵刀，證明崔韜就是凶手。

她要報仇。

在這個令她陷入無盡黑暗的地方，她殺了崔韜。

成越將武羅供述的一切記錄在案。數日後，崔韜的童年玩伴吳鐵官也來了，他已升任折衝都尉。他告訴成越，三年前，崔韜流落到了歷城，他在大街上遇見了他，便請他到府衙用餐，並為他寫了一封推薦信，讓他帶著信去蒲州，在官府謀個差事。崔韜向他借錢，一開口就要十萬錢，他當時雖任果毅都尉，可也拿不出這麼多錢，便毫不猶豫的拒絕了。崔韜借錢不成，走時竟偷走了一塊價值三百兩銀子的歙硯，他念在舊誼上，也未予追究。崔韜這個人，他一時說不甚清楚，一方面他極為聰慧，十餘歲就中了秀才。另一方面，吃喝嫖賭，坑蒙拐騙，無所不通，且常與奸人為伍。地方上都知他風評不佳，故而主考官一再將他的卷子斥落。一怒之下，他離開蒲州，去了長安。誰知

在長安考了數次，都是落第。加之他揮金如土，家裡的那點家業早已被揮霍空了。

崔韜的話，多少證實了武羅的供詞。滁州太守成越當即呈文淮南道按察使方永，請求蒲州地方協同調查。方永寫了一封信給管轄蒲州的河中節度使，請求搜查崔韜故宅，結果在正廳地下挖掘出數萬兩銀子，有些銀子上還有官廨的印記，那是官銀。這證實了當年縱橫河中一帶的大盜，正是崔韜。

崔韜已死，朝廷追奪了他的功名。武羅雖是復仇，但畢竟殺了人，照舊被關在獄中。滁州太守成越見她可憐，孤苦無依，便在公文上寫人犯已庾死獄中，將她放了。臨別時，武羅說：「感謝大人為民女伸冤，民女的那件虎衣，不知可在否？」

成越這才想起來，武羅被拘捕時，身上穿著一件虎皮做的衣服，便找了出來，還給了她。武羅當著他的面，穿上了那件虎皮衣，盈盈下拜，說道：「人若非人，不如野獸；獸雖為獸，也能復仇。」話音一落，化身為一隻猛虎。成越嚇得一屁股坐在了地上，猛虎怒吼三聲，轉身跳上屋頂，震落的瓦片墜了一地，老虎一躍就過了高高的牆，消失在了遠處的山林中。

杜驛丞年老歸鄉後，仁義館就徹底荒廢了，只有那些錯過了住宿的外地客商，還會偶爾在其中過夜。人們相互告誡，隨便那間房都可以住，千萬不要住在東舍，那裡有個老虎變成的美麗女子，據說是復仇女神。假使有人有冤無處訴，就在東舍前禱告，冤情立刻就得到了昭雪。人們從未見過她，但不少人聽過屋內傳出的歌聲。

是誰將我的眼睛剜掉，從此看不見黎明。
在黑暗的沉睡中，我聽見了復仇的風。
是什麼將我喚醒？
夜色中的人啊，大膽行進，我是你們的提燈人。

二〇二四年九月二十二日於北京

夢的司鐸

唐高宗永徽年間，李敬玄從譙縣赴長安，天色向晚，通往長安的大道上人影寥落，終南山的山影拖的長長的，將神祕與玄遠遺落在人間。不遠處有個年輕人，頭戴紗巾，身穿藍袍，足蹬朱履，翹足斜坐在歪脖子樹的樹杈上，灑脫不羈，卻又無比怪異。隨著馬兒的逼近，年輕人的輪廓也由模糊變得清晰。他的眸子裡閃爍著落寞蕭索的神情，清澈的眼神動人極了，簡直像秋水，兩條細長的眉毛，彷彿描畫過，英挺的鼻子，線條分明的嘴唇，都在彰顯他是個美男子。他見李敬玄縱馬而來，輕飄飄的一躍而下，攔在了路中央，彷彿一隻灰藍色的鶴。李敬玄勒住馬韁，在馬鞍上拱手作揖，問道：「兄臺有何見教？」

年輕人目光一閃，說道：「莫不是李十二郎麼？」

李敬玄驚訝的說：「公子怎知我是李十二？」

年輕人說：「李遷是你何人？」

李敬玄聽他口無遮攔的直呼自己祖父的名諱，有些惱怒，但又疑惑他對自己家事的了解，只好說：「是李某祖父。」

年輕人哈哈大笑，說道：「從閻風殿出來跌了一跤，走不得路了，幸好有你這匹馬可代步，我不愁了。」

李敬玄見年輕人言語間似要劫自己的馬，面帶怒色，手按腰間劍柄，說道：「李某只有這一匹馬，恐怕……」

年輕人看出了他的心思，笑著說：「我不要你的馬，借你的馬耳罷了。」

話音未落，人已飄了起來，從腳底開始，整個人融化了，恍恍惚惚，悠悠盪盪，化作了人形白霧。李敬玄汗毛倒豎，驚駭地差點從馬上墜落，那片霧逐漸變細，像遊蕩在空中的蛇，鑽進了馬的耳朵。

好一會兒，李敬玄才穩定住心神，怯怯的問道：「你究竟是何物，鬼魂？妖怪？」

馬兒打了個響鼻，張嘴說道：「我既非鬼，也非妖，你大可放心，我絕不會傷害你。」

儘管他知道說話並不是馬，而是那個消失的年輕人，但眼前還是發虛，僵硬的雙手死死的勒緊馬韁繩。

過了半晌，年輕人借馬兒的嘴巴說：「你究竟走不走？」

李敬玄這才甩了一下馬鞭，馬兒發出哎喲一聲，嚇得他再也不敢揮鞭了。馬兒緩步向前，月影穿過路邊的樹木，在他身上留下一片片斑駁，彷彿行進在月色下的條條水波中的巨魚。

夏日的長安郊外，褥熱、沉悶，汗水順著他的額頭流下來，灌進了眼窩，他用袖子擦了擦，卻

攔不住汗水從兩鬢滑落，順著脖頸一瀉而下，彷彿是軀體上的瀑布。汗水將衣服黏住，令他煩躁不已。一大團蠅子撲面而來，他趕緊揮手驅散，然而蠅子被他身上的汗腥味所吸引，嗡嗡的跟在身後，像一群飢餓的潰兵。蠅子的翅膀相互摩擦著，兩隻前足強而有力的揮舞著，恨不得從他身上剜下一塊肉。他不停的揮動寬大的袖子，從遠處看去，扭動的身體彷彿在馬背上跳一種奇怪的舞蹈。

「燥熱難耐啊。」馬兒忽然說。

李敬玄幾乎忘記了他的存在，驚惶的差點從馬背上墜落，惱怒的說：「你開口前，能不能先打個招呼。」

馬兒不吭聲了，卻跑了起來。不，與其說是跑，不如說牠是飛，迎面而來的風，刺得他睜不開眼。李敬玄抱緊馬鞍橋，後悔不迭，真怕那年輕人使壞，讓馬兒將自己扔在這荒郊野外。

只過了不到一刻鐘，也許時間還要更短，馬兒忽然停了下來。他慢慢睜開眼睛，出現在眼前的是高大的長安城城樓，快的匪夷所思。他戰戰兢兢的問道：「你……還在嗎？」

「我當然在。」這次聲音不是從馬嘴傳來，而是馬耳，他有了心理準備，沒那麼慌了。

「我……我該怎麼稱呼你？」

「我姓顧，叫顧……趾離，算了，反正你也記不住我的名字，你愛叫什麼就叫什麼吧。」

「顧兄臺，我們已到長安城下了。」

「這我知道，我看得見。」

「你看得見？」

「當然。我用馬的眼睛看，用馬的耳朵聽，我也用馬的四條腿跑，還用馬兒的一切感知，我還知道你現在在發抖。」隨即，他笑出了聲。好在他沒有用馬兒的聲音笑，不然李敬玄一定又會嚇個半死。他見李敬玄不作聲，說道：「進城，去安仁坊。」隨後又自言自語的說：「算了，腿在我身上，還是我帶你去吧。」

李敬玄知道由不得自己，馬兒馱著他進了城門，穿過長長的朱雀大街，緩緩的朝安仁坊走去。進了城，就不允許疾馳了。

燈火璀璨，夜幕讓這座城市更顯繁華。

遠處的太極宮宮闕，簷角高聳，好似直入雲霄，隱隱約約傳來的笙簫之聲，混雜在市聲中，彷彿來自天界的樂音。太極宮是皇城的中心，而皇城是長安的中心。皇城之外，毗連百官的府衙。不時響起清脆的鳴炮，那是臺閣打更報時的聲音。李敬玄側著身子，似乎想盡可能拉近和那聲音的距離，那是他做夢都想去的地方。沒錯，作為一個讀書人，他的目的是做官。

安仁坊的居民非富即貴，旁邊有一座胡廟，那是異族人供奉神的地方，不過早已荒廢了。據說前朝開皇年間，這一帶曾住過成百上千家外族人，有的翻越雪山而來，有的穿越大漠而來，還有的飄洋過海而來，他們有高高的鼻梁、藍色的眼睛和紅頭髮，至於他們是天竺人、波斯人、大食人，還是更加遙遠的拂菻人，就沒人說得清楚了。

馬兒馱著李敬玄直接進了胡廟，院中到處是瓦礫和雜草，很久無人光顧了。房梁間掛著被風撕

破的蜘蛛網，落滿了灰塵，就連蜘蛛也拋棄了這裡。馬兒到了塌了半邊的大殿前，停了下來，由於天光太黑，李敬玄仰著頭努力睜大眼睛，也沒看清門楣上字跡模糊的匾額。

霹靂一聲巨響，雨點像爆豆子似的，劈里啪啦的落了下來。

李敬玄趕緊下馬，將馬兒牽到了屋簷下，卻見顧趾離翹著二郎腿，笑嘻嘻的坐在窗櫺破碎的窗臺上。閃電明滅，從他臉上劃過，使那張英俊的面孔閃爍著神靈般的光輝。他已經習慣了顧趾離的神出鬼沒，這一次倒沒有懼怕。

雨越下越大，風斜吹，澆溼了二人的袍角。李敬玄乾脆牽著馬進了廢殿，將牠栓在了柱子上。殿內比外面黑的多，顧趾離撿拾破碎的門與窗子，燃起了一堆火。火光照亮一隅，正對山牆的地方似乎有座祭壇，壇後的牆上隱隱約約有扇門。李敬玄從火堆中抽出一根燃燒的木頭，舉著它朝祭壇走去。確實有一扇門，看起來十分厚實，四角包著鐵皮，門板上有上百個銅質門釘，在火光下閃著光，他用手推了推，紋絲未動，細一看，鐵將軍把門。他望著門出神，顧趾離宛若鬼魅般出現在了他的身後，「想不想進去？」他說。

李敬玄略有所猶豫，顧趾離已經一掌劈落了鎖頭，鎖斷裂的地方斷口整齊，好似利斧劈砍。「大丈夫行事，何其瞻前顧後。」顧趾離一把將他推了進去。門內的臺階一直向下延伸，兩壁都有壁畫，用硃砂和石青塗飾，只可惜天長日久，大部分剝落，留下片片殘跡，僅剩一雙雙睜大的眼睛保存完好，彷彿監視著他們。

顧趾離不知從那裡掏出一把鑿子和鐵錘，邊走邊鑿，將壁畫上殘存的眼睛都鑿掉了。

李敬玄十分疑惑，問道：「顧兄臺這是幹什麼？」

顧跐離說：「十二郎有所不知，此乃巨人留下的神眼，若不將它破壞，我們的一舉一動都被他所知。」

「顧兄臺怎麼知道的如此清楚？」

「我曾與他搏鬥過。巨人有一百雙眼睛，就算是睡覺的時候，都會睜著一雙眼，因此從未有人將牠打敗。」

「顧兄臺來此何事？」

「喚醒一個人。」

「什麼人？」

「一會兒你就知道了。」

二人順著臺階，一步步走到洞底，那是一座極為弘大的大廳，看起來不像人工開鑿的，而是自然形成的溶洞，洞頂上懸垂著或長或短的鐘乳石，不知何處傳來嘩嘩的水聲，大概是地下河。李敬玄暗暗心驚，這可真是巧奪天工，誰能想到長安城的胡廟裡有一條祕道，通向這裡呢。

在微弱的火焰照耀下，洞廳的遠處閃著藍光。李敬玄舉著火把，走了過去。目之所及，洞壁十分平整，塗成靛藍，彷彿一抹天幕，那是一幅畫。他驚訝極了，畫中是一對男女，大小如真人，男子全身赤裸，頭上戴著金色的冠，蜷曲的棕色髮絲，發達的肌肉，修長的手指，只是面孔彷彿隱在

霧中，若隱若現。背上有一對鳥翼般的白色翅膀，高舉而飛。他一手擁抱著女子，一手持劍。女子披散著頭髮，髮色是金色，在火光下閃閃發亮，彷彿一根根金絲。脖子上帶著黃金瓔珞，用綠松石和祖母綠裝飾，正中垂在雙乳間的是一顆巨大的藍寶石，她的手臂上戴著同樣的黃金質地臂釧，皓腕上戴著月光般的玉環，幾乎和她的膚色融為一體。女子渾身包裹著一層薄紗般的長袍，近乎透明，肉色隱隱，腰線顯得又細又韌，突顯了臀部的豐滿。她被摟抱在半空中，微微張著嘴，彷彿欲吻，臉上流露出愉悅的，近乎沉醉的神情。

李敬玄目眩神迷，顧趾離又化作了一片白霧，鑽入了畫中裸體男子的鼻孔。洞壁上的泥皮開始掉落，畫中的男子發出一陣呻吟，旋即飛了下來，倒掛在一塊鐘乳石上，彷彿巨大的蝙蝠，他用雙翼包裹著自己的裸體。洞壁上的畫不見了，彷彿被人整塊挖了下來。

李敬玄問道：「你……是誰？」

那人在空中翻了個跟頭，落在他面前說：「我是太陽神。」接著，連續打了兩個噴嚏，將顧趾離從鼻子裡打了出來。

顧趾離對太陽神說：「尊敬的光之神啊，請在橄欖樹島等我吧，我們將在那裡一起戰鬥。」

太陽神渾身閃爍金光，消失於黑暗中。

李敬玄對顧趾離說：「你究竟是什麼人？可以告訴我身分嗎？」

「現在還不是時候。」

李敬玄遭到拒絕，換了話題問道：「畫中的女子是誰？」

「愛神和欲望之神。」

顧趾離說：「你想見她嗎？」

李敬玄「嗯」了一聲。

顧趾離張開嘴，吐出了一個小人兒，剎那間便快速變大，和那畫中女子一模一樣，只是神采更加明豔動人，幾乎讓李敬玄不能自持。

顧趾離對女子說：「阿卡，此人是李十二郎，將來可致身大唐宰相，妳能為我們治酒餚嗎？」

阿卡莞爾一笑，說道：「遵命。」在空中點點畫畫，十幾盞明燈懸浮於兩三丈高，照的亮如白晝，一座紫檀大桌案從空中落下，隨即杯盤飛來，盤中有烤乳豬、消靈炙、五味鴨、鹿肉脯、駝蹄羹、海貝汁、水晶龍鳳糕、酥山……各種時蔬、糕點，林林總總，不下三十餘種，其中不乏宮廷菜。阿卡又拿來兩個大水晶杯，分置二人面前，懷抱金色的酒尊，為二人斟酒，酒水的顏色是鮮紅的玫瑰色，宛若流動的血液。

李敬玄食指大動，迫不及待的夾起一塊鹿肉。入口後，他感覺整個人都要化掉了，爽口的差點飛起來。顧趾離卻未動箸，只是讓阿卡不停地斟酒，連喝幾大杯。這邊李敬玄大快朵頤，饕餮似的大嚼，那邊顧趾離目光朦朧，醉倒在了桌案上，響起的鼾聲，彷彿一波又一波滾動的雷聲。

阿卡見顧趾離酣眠，張口吐出羅漢床和一面六折屏風，扶著顧趾離就寢。稍後，她從屏風後轉來，一邊為李敬玄斟酒，一邊說：「我雖與顧郎彼此有情，結縭百代，實則同床不同夢，我是他的夢，但他不是我的愛。我心中私愛一男子，可以喚他來嗎？」

李敬玄已有了醉意，便胡亂點了點頭。

阿卡媚笑，說道：「十二郎若能守諾，不洩漏此事，請受薄禮。」將一個紫金環繫在了他的腰帶上。隨後張口吐出一男子，身形魁梧，頭戴折角幞頭，身穿紫色大團花綾羅袍，腰繫金玉帶、十三銙，腳蹬皂靴。

李敬玄見他身穿一品官員服色，趕緊從上首起身讓座。

阿卡說：「此處並非官廨，十二郎不必拘禮。」

李敬玄這才惶恐的坐下，但身子畢竟只跨了半座。

阿卡介紹說：「郎君也姓李，名延德，譙縣人。」

李敬玄啊呀一聲，說道：「原來是同宗，失敬失敬，不知出自譙縣那一房頭。」

這時候屏風後傳來顧趾離的呼喚，阿卡丟下二人，轉身侍奉去了。

李延德氣度宏偉，博學廣識，與李敬玄十分投緣，一番交談，竟有相見恨晚之感，只是不肯說出自己的本家，李敬玄也未強求。李延德年長，為兄；李敬玄略小數歲，為弟。李延德說：「賢弟有所不知，我與此女雖有情，但只得其心，其身卻非我所屬。我另有他愛，可以喚她來嗎？」

李敬玄笑著說：「一切但憑兄長。」

李延德說：「還望賢弟保守祕密，不要被阿卡知道。」話音一落，張口吐出一女子，年約二八，身材窈窕，手抱琵琶，摺扇障面。

李敬玄說：「猶抱琵琶半遮面，必定是美人。」

李延德對女子說：「窈娘，這是十二郎，不算外人，不必羞怯。」

窈娘放下障面之扇，走到李敬玄座前行了個萬福。窈娘與阿卡又不同，言語輕柔，一顰一笑，都十分自持。如果說阿卡是火焰，那麼窈娘就是春風。李敬玄請窈娘彈奏琵琶，窈娘彈了一曲〈夕陽簫鼓〉，接著又彈了一曲〈霸王卸甲〉，最後彈了〈十面埋伏〉。三首曲子彈罷，屏風後面傳來一陣嬉笑，李延德說：「恐怕司鐸和阿卡醒了。」便一口將窈娘吞了下去。片刻之後，阿卡從屏風後出來，對李敬玄說：「你二人談的快活，只是顧郎醒了。」一口將李延德吞了下去。

李敬玄朦朦朧朧，不知睡了多久，不知是真是幻。顧趾離將他喚醒時，他正趴在一塊大石頭上，嘴裡咕噥著囈語。洞裡什麼都沒有，沒有懸浮在空中的燈，不見滿桌菜餚，更不見了那名叫阿卡的絕世女子。只是，他的腰帶上的確掛著一枚紫金環，嘴裡還有濃郁的酒香。

顧趾離見他神思恍惚，說道：「十二郎做夢了嗎？」

李敬玄想起自己曾向阿卡和李延德承諾保密，只能尷尬的笑笑，轉換話題說：「顧兄臺既為夢神的司鐸，豈不知世人都是愛做夢的？」

顧趾離說：「世人皆愛做夢，誠如斯言。」

兩人循著嘩嘩的水聲，在洞廳的一側發現了暗河，顧趾離將手中的摺扇投入水中，霎時化為一條船。二人上船，順著水流飄蕩，有些地方的洞頂非常低，兩人不得不躺在船底，才能避免碰撞腦袋。船在黑暗的地下河不知漂了多久，一束刺眼的光射來，躺在船板上的李敬玄睜開眼，見天光大

亮，不知過去了多少時日。地下河瀉出的水注入了一片大湖，船被水流衝入了湖中，四周百餘里，均為碧波。李敬玄看了四周的山勢，發現這裡是長安西南近郊的昆明池。

顧趾離一揮手，船上升起了一面帆，他拉緊帆繩，調整船舵，駕船便朝東南方馳去，他似乎對一切都瞭如指掌。

船在湖中前行二里許，水面上出現十餘丈大的漩渦，漩渦中發出嘶吼般的聲音，水在嘯叫。顧趾離極力調整船舵，想逃離漩渦的吸附，但強大的水流將船和一大堆浮木一起裹挾著，在水上旋轉了起來，越轉越快。李敬玄大驚失色，和顧趾離合力扭動船舵，盡可能避免船被吸入水底。這時，漩渦中心慢慢浮出一個獨眼巨人的腦袋，不停的吸著水，企圖把小船吸進口腔。

顧趾離大怒，肩上生出兩翼，盤旋於高天之上，猛然斂翼俯衝而下，像一支箭射向漩渦中的巨人，巨人見頭頂金光閃爍，趕緊縮回水底，水中爆出一陣巨響，血色的水花湧出，巨浪差點把小船掀翻，李敬玄只能緊緊抱住船舵，避免落水。時間彷彿過了一百年那麼久，水面終於平靜了下來。顧趾離從水底鑽了出來，說道：「適才是巨人的耳目，我已經殺了他。」

一座島嶼出現在他們眼前，太陽神坐在一棵橄欖樹下。

三人朝島嶼深處走去，看到草地上一隻母牛正在吃草。李敬玄正欲詢問，顧趾離卻捂住了他的嘴，向左側小山上指了指。李敬玄看了一眼，唬的魂飛魄散，那裡坐著一個兩丈多高的巨人，披頭散髮，袒胸露乳，不但額頭上比人多了一隻眼睛，胸口也長滿了眼睛，這大約就是顧趾離先前所說的百眼巨人了。

天光將近正午，巨人昏昏欲睡，不過依舊睜著一雙眼睛，從山上注視著蘋果樹下的牛。顧趾離讓李敬玄躲在深草中，自己變身為牧童，一邊吹著牧笛，一邊朝巨人走去，起初巨人還保持著警惕，但慢慢的連最後一雙眼睛也閉上了。太陽神飛起在半天，巨人卻突然站了起來，一掌將他擊飛，昏了過去。未拔出的劍也滾落在了山坡下。原來巨人的肋下還有一雙眼睛睜著，他們的偷襲失敗了。顧趾離沒來得及逃走，就被巨人扼住了喉嚨。

在這危急時刻，李敬玄見劍滾落在自己腳下，他撿起劍拔了出來，刺向巨人。

巨人死去。

蘋果樹下的母牛變成了少女，她見李敬玄的眼睛被劍光灼傷，將一串露珠灑落在他的眼睛裡，重又見光明。

李敬玄感到十分驚訝，問：「這是怎麼回事？」

顧趾離告訴他，在遙遠的時代，天上有一位神王，他是諸神的父親。有一天外出旅行時，喜歡上了露珠精靈，這打翻了神王妻子的醋罈子，她將女精靈變成了母牛，流放到了遠離天界的人間，並派遣百眼巨人充當看守。神王的妻子很清楚，能殺死百眼巨人的，只有太陽神和他的劍，因此她將太陽神禁錮在了大地的深處。但她沒想到的是，被囚禁了一千年後，神王發現了祕密，派遣夢的司鐸找到了太陽神，並將他喚醒了。

不過，誰也沒想到，百眼巨人的肋下還有一隻眼睛。若非李敬玄出手，不論是太陽神也好，還是夢的司鐸也好，都可能喪於巨人之手。

顧趾離說：「夢之神會祝福你的。」

李敬玄說：「你會為我造夢嗎？」

顧趾離微微一笑，說道：「我司夢，能讓所有晦暗的夢境，都充滿光明。」

「在地下時，你為我賦予了你的夢？」

「不，那不是我的夢，那是你的夢。」

「那夢有何寓意？」

「你將來自會知道。」

十餘年後，也就是唐高宗總章二年。李敬玄更名為李延德，當時他擔任西臺侍郎、同東西臺三品，又被任命為檢校司列（吏部）少常伯，成為實際上的宰相。不久他的妻子死了，他娶了太遠王氏之女為妻，小名阿卡，後又娶一妾，名窈娘。

二〇二四年九月二十五日於北京

弑神

1

這是水神娶婦的日子。

身穿黑色袍子的祭司們為安雅穿上了大紅的繡金吉服，她強忍著淚水，避免損壞剛化好的妝容。祭船上鋪滿了早晨才採擷的花束，有雛菊、山茶、牡丹……還有一枝凋謝的只剩幾瓣花朵的杏花。她赤著足，踩著河灘上的鵝卵石，她的腳十分白皙，足弓呈優美的弧形，腳趾沾了淺灘上的水，趾甲閃爍著珠貝般的光。她提起裙裾，小心的上了搭在船與岸之間的木板，風鼓盪起柔軟的衣物，她好像是一路飛了過去。站在幾乎被花束填滿的船艙中，純金髮冠一層一層，每一層都流溢著光，好似在她黑亮的髮髻上造了一座塔，使她那清俊的臉頰更顯奪目逼人，猶如仙子臨凡，岸上的人們忘記了歡呼，就連那一群黑蝙蝠似的祭司們也忘了擊鼓。

伴隨著一聲炸雷，獻祭日的大雨如期而至。祭司們擊起了鼓，岸上的人們一片歡騰，載歌載舞。祭司的僕人揮動大斧，砍斷了繫著船的纜繩，船隨著水流，向河中心漂去，大雨將安雅的妝沖

得七零八落，畫眉的黛石色與臉頰上的胭脂混在了一起，化為一縷縷紅黑夾雜的水紋，順著下巴流淌著，純金打造的髮冠也墜落了下來，散亂的頭髮貼在臉上，使得她的臉像個女鬼。秋日的天氣已涼，大雨之下，安雅被澆了個透，凍得微微打哆嗦。但她站在船艙中一動不動，像一塊石頭，不尋求任何依賴與安慰。臉上的妝逐漸被雨水洗淨，露出她秀美的模樣。她仰起頭，舔了舔從天而降的雨水，絕望的閉上了眼睛。祭司們的鼓聲越來越急，岸上的人影也越來越小，但是那一片喊聲卻十分清晰：送親嘍、送親嘍、送親嘍……

船艙的底板是用膠黏接在一起的，漂到河心不久，船開始滲水，再過一會兒就會緩慢脫落，最後船體徹底散架，連人帶船一起墮入水神的水府。安雅早已知道自己的命運，她的臉上彷彿戴著一層面具，看不出悲喜。水慢慢沒過她的膝蓋、腰部，像個浪蕩子一樣，以極慢的速度摸到她的胸口，她知道，時間不會太久，只要再堅持一會兒，她就會見到新郎——居住在水府的河神。

河神是個喜新厭舊的神，每隔三年就要娶一次新娘。不過，這並不是古老的傳統，而是始於二十年前。那時候，渤海國王剛登上王位，都城外的呼納河突然暴漲，淹沒了大量農田和百姓，高大的城牆也未能擋住洪水，接連崩塌，河水像猛獸一般，順著王宮的臺階往上爬，建造在半山腰的王宮猶如一艘即將沉沒的鉅艦。國王日夜在神廟裡祈禱，請求神靈退去大水。祭司們也不停地禱告，娛神的舞蹈徹夜不息。神巫把龜甲放在火上炙烤，龜甲裂開的紋路猶如古老樹木的分叉。他告訴國王，自己得到了神諭：只有向河神獻祭一位公主，災難才能平息。最後，神巫與祭司們選中了尚未出嫁的三公主奈美，她是安雅的姐姐，當然，那時候安雅尚未出生。奈美被祭司們送上鋪滿鮮花的船，被洪濤席捲而去。連同船一起遠去的還有洪水，洪水猶如狂奔而去的馬群，大片土地裸露

出來，被拋棄在淺水裡的魚鱉痛苦的掙扎著。此後，每隔三年就會有一位公主被獻祭，已經有六位公主一去不返。

安雅始終不太明白，慈祥的父王為何能夠捨棄自己的孩子？他曾是沙場上的英雄，女兒們的驕傲，能夠徒手和一隻熊搏鬥，可是一旦面對洪水，他又成了一個懦夫。對於祭司們的話，他言聽計從，從不加質疑。據老僕人說，年輕時的父王喜歡田獵，他箭無虛發，不論是兔子，還是雉雞，都休想逃脫，甚至連天上的大雕都能射落，可是二十年前的那場洪水毀掉了一切，第一次獻祭後，父王就把自己關進了黑暗幽深的宮殿裡，那是一座用來祈禱的神殿，殿內的門多的數都數不過來，沒有一扇門是開著的，似乎每一扇門後面都有一個黑暗的故事。小時候她曾經溜進神殿找父王，神殿內的牆上畫滿了詭異的圖案，一支昏暗的燭火，彷彿黑暗大海上的遙遠燈塔。父王從門縫裡擠出半張臉，竟然嚇了她一大跳，她努力控制著自己，沒有拔腿逃走。父親說話的聲音很小，甚至有些怯懦，宛若藏在黑暗森林裡躲避敵害的小動物。他告訴安雅，沒有他的同意，不得進入神殿。父王似乎忘記了自己是一國之主，他整日和那些祭司們糾纏在一起，他那稜角分明的臉頰日益變得肥胖、油膩，彷彿漏油的皮囊。神殿裡瀰漫著一股溼熱而噁心的甜味，像乾透了的樹葉裹著溼牛屎，那些布滿花紋的石頭砌成的地面，似乎在不停地移動，令人眩暈。

洪水浸到了安雅的下巴，她腳下虛浮，身體已不受自己控制，就在一瞬間，一個人影從天而降，她還沒有看清楚，就被托出了水面。那高大的身影，有力的手臂，讓她心中一熱，她知道自己不會死了。

2

李遇是大唐代宗皇帝第十六子，連宮女們都知道他母親身分低微，服侍他的時候難免眉高眼低，別的皇子們就更不用說了，小時候沒有少受欺凌。好在父皇並未輕視他，請博學的太傅成僧當他的老師。只是，父皇對他的愛太過短暫了，從來沒有時間與他相處，由於藩鎮的不斷叛亂，父皇心力交瘁，很年輕就駕崩了。他的哥哥，德宗登上了皇位。

大唐的北方有一支強大的馬上部族，契丹。每年的秋季，契丹人就會率兵南下劫掠，他們蹤跡無定，來去如風，北方藩鎮只圖內鬥，十年來沒組織起一次有效的抵抗，導致北方領土慘遭蹂躪。李遇平生最崇尚的人只有一個，那就是大唐的太宗文皇帝，這位偉大的祖先憑藉一己之力擊垮了強大的突厥。他事事以太宗皇帝為榜樣，不但愛讀兵書，而且喜好弓馬，性格剛毅，膂力驚人，能夠舉起千斤重的石獅子。德宗皇帝眼見這個弟弟壯勇多謀，心中隱隱感到不安，為了消除潛在的威脅，派遣他到陀羅城擔任安撫使，這裡是契丹人入侵大唐的最前沿，派他到這裡的目的不言而喻。陀羅城的情形糟糕到了極點，幾乎談不上什麼防禦，城牆頹敗倒塌，敵人的騎兵輕易就能穿過那些殘缺的地方。守城的將軍在十年前的那場慘烈戰役中戰死，士兵們大多逃散，只剩下不到一百號人，還都是老弱殘兵，唯一的官員是年僅七十歲的縣尉。每當契丹騎兵來時，縣尉能做的，就是領著這夥人躲起來。李遇首先要做的，是恢復陀羅城的防禦。他下令老縣尉致仕，又將老弱遣散，還剩下二十個人。經過一番東拼西湊，總算為每個人配齊了一幅衣甲。距離陀羅城最近的大城是鐵山

城，也有三百多里，經過幾天跋涉，他們終於到了這座邊境要塞。

駐守鐵山的將軍王越考核了李遇的身分後，對他十分熱情，但得知借兵時，王越的臉卻冷了下來。按照大唐律令，沒有皇帝的詔書，其他皇族不得掌兵。再說了，鐵山雖是一座大城，但守軍卻並不多，總共只有一千餘人。依賴牆高溝深，勉強能夠抵禦契丹人的進攻，至於出擊，那是不可能的，王越不允許他的士兵邁出關城一步。就在李遇準備離開鐵山時，他迎來了人生中的第一場戰鬥——契丹人南下了。戰馬揚起的煙塵高達十餘丈，在天空形成一層黃色的雲霧。契丹可汗遙輦蘇居於中路，獵獵招展的大旗上繡著一頭猙獰的白色老虎。左翼是其長子、太子橫封率領的狼兵，全都是黑色的騎兵，不但戰馬是黑色，連旗甲也是黑色，如同湧動的黑色浪濤；右翼是遙輦蘇之弟、昆都王烏頭率領的火兵，全都騎著赤色戰馬，旗甲俱紅，彷彿滾動的火焰。李遇粗略的估算了一下，敵人至少有一萬人，十倍於己。

王越下令士兵們做好戰鬥準備，他手持令旗，親自在城頭指揮。此人雖然看起來文質彬彬，但卻具有豐富的防守經驗，他將五人編成一個戰鬥小組，任命最有戰鬥力的人為伍長。每個戰鬥小組，負責防守一個城堆，在敵人發起正面攻勢時能夠有效應對。鐵山的東面為河流，河灘上密布著大片沼澤地，不利於敵人的騎兵進攻，城牆上只部署了少數士兵警戒。西面為懸崖，一夫當關，萬夫莫開，即便敵人繞道崖下攀爬，也能輕鬆擊退。只有正南是一片開闊地，因此王越把重兵部署在南面城牆上。

遙輦蘇紮營後，並未立即進行大規模攻城，而是派太子橫封試探性的進攻。面對攀援爬上城牆

的第一波敵人，王越使出了大殺器。一鍋又一鍋被煮沸的糞便傾瀉而下，敵人慘叫著墜落斃命。當第二波敵人攻上來時，迎接他們的是密集的箭雨和滾木礌石。第一天的戰鬥，除了一個老卒自己砸傷了腳之外，再無傷亡。

次日拂曉天尚未亮，契丹人就發起了進攻，這一次他們調整了進攻策略，先是一陣密集的箭雨，綁縛在箭上的火球照亮了城頭。之後，在箭雨的掩護下，穿著軟甲的敵軍架著雲梯靠近了城牆。李遇明白，敵人企圖借箭雨壓制己方士兵，快速登城，一旦被他們占領城頭，就麻煩了。王越對此顯然也有準備，當敵人的箭雨落下時，五人一組的戰鬥小組早已轉變陣型，二十人為一組，其中十人舉起盾牌，組成龜甲陣，抵擋落在城頭的箭，五人手持長戟，專門捅那些剛露頭的敵人，五人手持短矛，將突破防守的敵人刺死。第二天的戰鬥異乎尋常的慘烈，敵人發動了十餘波進攻，儘管全都被打退了，但守城將士也傷亡了一半。這樣下去，只怕也堅守不了幾天。王越不是不明白這一點，只是他再也拿不出更多人手了，不但城裡的青壯男子全部投入了戰鬥，就連婦孺也上了城牆，搬運滾木礌石和弩箭。

敵人的攻勢暫時停止後，李遇擦乾了劍上的血跡，憑著堞牆監視敵軍的動向。契丹太子橫封看起來有三十多歲，身穿黑色環甲，胸甲上鐫刻著嘶吼的狼頭，外罩黑色長袍，好像一座黑色的鐵塔，左耳戴著一枚金環，靠近嘴唇的地方，有一道傷痕，儘管被又粗又硬的鐵絲般的鬍鬚遮擋了，但仍然看的清楚，這讓他的臉有一股殘忍的意味。他似乎感受到了李遇的目光，向城頭上冷冷一瞥。

3

夜晚的城裡空蕩蕩的，所有人都上了城牆，只有幾條狗大搖大擺的在街頭蹓躂，更顯的這像一座空城。李遇走到一座神祠前，聽到裡面有人聲，這讓他感到十分意外，他大步跨上石階，藉著微弱的月光仰面看牌匾，只可惜匾額上的字剝落的厲害，無從辨認。祠內雖然燈火昏暗，但依稀看得清神龕。神龕前的石案上，放著一張大弓，他剛要伸手去拿，就聽有人喊道：「何物狂生？」

從一扇破舊的門後，走出一老一少兩人，老者身穿破破爛爛的褐衣，少年則穿著一身白衣。老者見李遇衣冠不俗，豐神俊朗，趕緊施禮說：「請恕老兒眼拙，多有得罪。」

李遇擺擺手，指著神龕問：「此處供奉何神？」

老者說：「上古聖人風后氏。」

李遇摸了摸石案上的弓，輕輕拿了起來，略微提了一口氣，將弓拉個個滿。

老者面色大變，驚異的說：「公子好神力，傳說上千年來，從未有人拉開過這張鐵背神弓。」

李遇放下弓，問道：「阿公怎會棲身於神祠？」

老者答：「回稟公子，我在這裡看守囚犯啊。」

李遇一愣，隨即說：「這裡是監獄？」

老卒點點頭，說道：「原本是風后祠，後來為了加固城牆，監獄的磚都被拆了去補牆，就把這裡改成了監獄。」

「有多少犯人？」

「兩百多人。」

李遇頓時眼前一亮，拿出腰牌說：「我是當今陛下的兒子，阿公打開牢門，把這些人都放了，跟我上城牆。」

老卒面有難色的說：「放不得，罪行輕的人，早就上了城牆。這些人，都是罪大惡極之徒，等著秋後問斬。」

李遇面色嚴峻，對老卒說：「阿公，只要能殺敵，那顧得上是不是死囚？放了他們吧。」老獄卒被說動了，一一打開了牢門。

李遇將犯人們召集到官署前的空地上，大聲說道：「契丹人來犯，爾等雖是死囚，但也有保衛城池之責。凡是殺一敵者，可以免死；殺二敵者，無論犯有何罪，一律赦為無罪；殺三敵者，就是我們的英雄。」死囚們一陣喧囂，紛紛表示願意上城殺敵。李遇領著他們走出一箭之地，卻又折回了祠堂，拿上了那張弓。

第三天，契丹可汗遙輦蘇顯然失去了耐心，他撤下了橫封，換王弟烏頭率兵進攻。烏頭的士兵們像瘋了一樣，架著雲梯朝城牆撲來，李遇砍翻了一個又一個爬上牆的敵人，然而敵人依然像潮水一般湧上來。戰鬥持續到了傍晚，雙方都付出了慘重的代價。事實上，早在三天前，李遇就派人向

六十里外的開陽城求援了，開陽是一座富庶的大城，駐紮有五千多精兵，接到消息早就該來了。可如今，連一個救兵的影子都沒看到。

守軍的頑強，大大超出了契丹人的預料，天色剛一黑，就有個威武的男子騎著戰馬前驅到陣前，親自指揮士兵們攻城。契丹士兵的火把宛若一片火焰的海洋，照的夜色通明，那人頭戴黑色圓頂熊皮帽，帽頂上插著兩根色彩豔麗的雉雞翎，一部濃密的鬍鬚修剪的十分漂亮，也許還抹了油，在火光中閃爍著金子般的光。李遇覷的清楚，只有契丹可汗遙輦蘇有這份氣度，他從弓囊中取出鐵背神弓，搭上一支箭，隨著一聲弦響，遙輦蘇滾落馬下，圍繞在麾蓋周圍的騎士們一陣慌亂，紛紛下馬，抬著他向後方跑去。

攻城的敵人像退潮的水一般。

4

死了，契丹可汗遙輦蘇死了。

遙輦蘇的弟弟、昆都王烏頭和姪子橫封為誰應該登上汗位而吵鬧個不休，兩個人回到各自的營帳，點起兵馬幾乎大動干戈。在部族長老們的勸說下，二人暫時放下了武器，護送遙輦蘇的屍骨回國安葬。不過，一路上兩人都暗自做起了打算。遙輦蘇生前非常器重弟弟烏頭，封他為昆都王，管理王國右翼的領地。烏頭野心勃勃，早就覬覦王位，在對外征戰中不斷壯大自己的實力，還經常把

戰爭中掠奪來的戰利品贈予王庭的貴族們，以此進行拉攏。不過，太子橫封也有自己的優勢，遙輦蘇讓他掌管王國左翼的領地，還讓他擔任王國最精銳的大軍——狼軍的指揮官，此外，王廷半數以上的貴族，都是他的支持者。最不濟，他也能與強悍的叔叔打個平手。

遙輦蘇的靈柩運回都城後，舉行了盛大的葬禮。在葬禮上，烏頭和橫封再次發生了激烈的爭吵，雙方都怪對方無能，才導致可汗遇襲身亡。葬禮結束後，在大部分貴族的支持下，橫封登上了王位，烏頭對這個結局十分不滿，不等即位大典結束，就回到了自己的領地。橫封知道這個叔叔不是善類，向他的首席謀臣袞當諮詢意見。袞當認為，烏頭為人鷹視狼顧，又占據著王國右翼的領地和人眾，實為潛在的威脅。可賜予他右安王的爵位，調他來王廷，另派人管理王國的右翼；一則可以將烏頭和他的人馬分開，二則在眼皮子底下也好監視。橫封深以為然，立刻派遣使者向叔叔烏頭傳達自己的命令。烏頭接到命令後，明白了姪兒的用心，一旦自己接受，那麼就等於虎落平陽，龍困淺灘。他越想越惱，整頓兵馬，向王廷殺來。

橫封對此早有準備，他宣布叔叔謀反，凡是追隨烏頭者，一律滅族；放下武器投降者，士兵免死，軍官還可以繼續擔任原來的職務。這招釜底抽薪之計，是烏頭完全未料到的，戰鬥還沒有打起來，一大半的人就投向姪兒了，他只得率領十餘人向北方逃去。橫封掃除了叔叔這個障礙，誅殺了王廷那些曾投靠過叔叔的貴族們，鞏固了自己的汗權。六個月後，重新號令兵馬，打著為先汗復仇的旗幟，再次入侵大唐。

李遇沒想到，契丹人這麼快就又殺了回來。不過，在過去的大半年裡，他也沒閒著，把防線推

進到了陀羅城。他射殺契丹可汗遙輦蘇的消息傳遍了邊境各鎮，邊邑的將領們紛紛領兵前來致賀。他從各鎮挑選精銳士兵留用，並將破爛不堪的陀羅城修整一新，不但城牆加高加厚，就連護城河也拓寬、挖深。陀羅城是一座小城，但他卻配置了五千兵馬，這塊硬骨頭卡在敵人的嗓子眼裡，就算噎不死，也能要了半條命。

橫封率領兩萬大軍到達陀羅城時，還沒發起進攻，就傳來了烏頭與北蠻王聯手攻破王廷的消息。烏頭宣布橫封的可汗之位是僭越，自己才是可汗，並血洗了王廷，大半個朝堂的貴族們被殺，尤其是橫封的老師兼心腹袞當，被烏頭吊在王宮前的旗杆上，亂箭射死。橫封怒不可遏，當即回軍殺向王城。烏頭有北蠻王的五萬大軍支持，再加上原屬於他的右翼兵馬重新投效，橫封寡不敵眾，大敗虧輸，向東投靠了渤海國。

契丹發生內訌，李遇認為這是一個機會，立刻向皇帝哥哥上書，請求反擊。德宗皇帝命使者帶著節杖，任命他為渤海道行軍總管，節制邊鎮所有兵馬。李遇深知王越有大才，任命他為自己的副手，傳檄邊境各路將領，兵分三路，殺入契丹境內三百里。烏頭沉浸在勝利的喜悅中，然而還未將寶座焐熱，大唐的兵馬就殺上門來了。他倉促應戰，然而怎抵得住唐軍的攻勢，唐軍的投石機拋擲出的火球讓城裡四處都肆虐著大火，僅僅三天，契丹都城赫克城就被攻破了，烏頭再度逃奔北蠻。

德宗皇帝未料到，契丹人這麼快就敗了。這些年來，藩鎮割據令代宗、德宗兩代皇帝焦頭爛額，對於邊境上的契丹人，只能一忍再忍。當這個弟弟上書請戰時，他只是覺得年輕氣盛，挫了銳氣也就罷了，沒想到這小子竟然有這般能耐，一戰幾乎將契丹人滅國。不過，他的臉上不但沒有喜

色，反而芒刺在背。當然，剛打了勝仗，賞賜和晉封是必須的，晉爵為端郡王，渤海道行軍總管兼領赫克城觀察使，於此同時，朝廷派左神策軍使夔甲擔任他的副手，共同掌兵。

5

李遇騎著馬一路向北奔去，他射殺了幾個緊追不放的騎兵，便伏在馬背上繼續前行，只要不是逼得太緊，他不願殺那些追他的人。昨天，那些人還是他的兄弟，今天就成了敵人。甩掉追兵後，他沒有停，繼續催馬狂奔。赫克城的北面是一片低矮的山，河流在山丘間穿梭，越往北，地勢就變得越來越荒涼，天氣也越來越陰沉。一大片黑色的松林出現於河流邊緣，他牽著馬進了松林，解下馬鞍和轡頭，撫摸著馬兒的額頭說道：「馬兒，馬兒，你我落難至此，還需同舟共濟，你去找些青草吃吧。」他卸了馬具，躺在了一棵樹下，他太累了，又飢又渴，但比起飢渴來，他更想睡一覺。

不知睡了多久，他被一陣怪異的嚎叫聲驚醒，他翻身坐起，持刀在手，馬兒在不遠處低著頭吃草，抬頭看了他一眼，又吃了起來，他起身摸了摸馬兒的額頭，高興的說：「好馬兒，好馬兒，我就知道你不會棄我而去。」他豎起耳朵，試圖找到剛才那聲怪異叫聲來源，卻再也未聽到任何聲音。也許，自己只是做夢。天氣越來越糟糕，開始飄落雨點，松林裡颳起了尖利的風，他套上馬具，飛身上馬。越往深處走，林子越茂密，幾乎沒有路，低矮的雜木擋住了視線，高大的松樹則遮蔽了天空，幾乎像夜晚來臨一般，他努力判斷方向，避免在林中迷路。林木順著一片山坡不斷爬高，很

顯然他們在一座山上，馬兒的腿被尖銳的枯枝刺傷了，血股股的流著，他從馬背上下來，看了看傷勢，解下馬具扔在一邊，拍了拍馬背說：「老夥計，看來到我們分別的時候了。剩下的路，就讓我一個人走吧。我猜你認得回去的路吧。」馬兒打了個響鼻，好像在回應他。他揮別了馬兒，順著林中的山脊，不停的往上爬，大概爬了兩個多時辰，終於看到了一抹天空的暮色。他爬上大樹，在一人高的地方發現了一個樹洞，確定沒有熊之後，鑽了進去。他決定好好睡一覺。睡醒後，他要好好理一理這幾天發生的一切。

大火燃燒了起來，到處是喊聲，哭泣的聲音，夔甲一手持著滴血的劍，一手拎著王越的人頭闖了進來，骨碌碌扔在了他的腳下，冷笑著說：「我已將你的同黨、叛賊王越斬首，你束手就擒吧。」他從床頭摘下鐵背弓，從箭壺中抽出一支箭上弦，一箭射落了夔甲的帽纓，夔甲知道李遇箭無虛發，只是不想取他的命而已，他退了出去，在門外大喊：「你逃不掉的。」

李遇從夢中驚醒，差點從樹洞裡滾出來，不知何處又傳來怪異的嚎叫聲。

兩天前，皇帝哥哥派大將軍李通率領五十餘人來慰勞大軍，宴會上，久未見面的兄弟倆十分高興，李通比李遇年長二十歲，是先皇代宗的李貴人所生，早年就已封王。為了哥哥的安全，李遇命令王越親自安排宿衛，選的全都是信得過的人。第二天日上三竿，李通依舊未出房門，大家都以為這位王爺鞍馬勞頓，因而晏起，沒有驚擾他，直到中午，王越感到不對勁，他推門而入，發現李通耳中流血，呼吸急促，似乎被人下了毒。王越呼喊兵士，夔甲卻率領一大眾將官衝了進來，指斥他就是凶手，連同當晚的宿衛士兵一起關入大牢。

李遇怒極，說道：「夔甲，沒有證據，怎可胡亂抓人，現在最要緊的，是趕緊救王爺。」

夔甲不接他的話茬，冷笑著說：「王爺遇害，最大的嫌疑人是誰呢？當然是你。陛下命王爺來勞軍，你怕王爺奪你兵權，故而殺了他。請交出符節，由我暫代兵權，我要將王爺罹難的事寫成奏疏，派驛馬送往長安。在陛下沒有派人來調查之前，你不能離開居室一步。」

李遇說：「從這裡到長安，最快也要三十天，這時候最要緊的，是救王爺，對接觸過王爺的所有人進行調查。」

夔甲憤怒地說：「你就不要假惺惺的了，王爺已不治，快交出符節。」

李遇大怒：「王爺遇害，怎知凶手不是你？」

夔甲從袖子裡抽出一張皇帝的諭旨，當著將領們的面說：「陛下命十六王爺跟我守此城，另外還給了我一道諭旨，遇到非常之事，由我代掌兵權，便宜行事。」將領們傳看了諭旨，上面蓋著玉璽。眾人皆把目光投向了李遇，副將何林走向他，伸手道：「十六王爺，請將符節印信交給末將吧。」李遇冷哼一聲，拿起桌上的符印丟了過去。

李遇本以為，至少會等到長安派人來，沒想到當晚夔甲就動手了。他誅殺了王越，將當晚宿衛的士兵全部處死，罪名是謀反。還命副將何林向李遇下手，好在何林曾與他並肩作戰，不但向他通報了消息，還將他放跑。

夔甲為何要誣陷自己？莫非他才是真正的凶手。可謀害王爺，對他又有何好處？自從占領赫克城以來，他雖名為主將，但夔甲處處掣肘，政事一律須他署名，才能生效。他也知道，這是皇帝哥

哥安插的釘子。兩人雖然有諸多不和，但沒到你死我活的分上。究竟是誰毒殺了李通呢？李遇一時也理不清頭緒，天完全亮了，他看準朝北的方向，疾速下了山。他現在要考慮的，是如何解決自己的肚子問題，他已經兩天沒吃飯了。

到了松林邊緣，一頭巨大的公鹿映入他的眼簾，他拉弓正欲放箭，不知何處傳來一聲怪異的嚎叫，公鹿像一陣風般逃走了。雨又下了起來，飢腸轆轆，加上冰冷的雨水，他幾乎快要暈過去了。他咬緊牙關，躡手躡腳的朝公鹿逃走的方向搜索著，希冀牠能再次出現。猛然，腳下一陣虛浮，他暗叫一聲不妙，就朝下墜落了下去。陷阱裡豎滿了削尖的木椿，再差幾寸，就會被貫穿身體，好在一夜狂風暴雨，將半棵枯樹吹進了陷阱。粗壯的樹幹，保護了他。他正要爬上去，聽到陷阱底下傳來一陣哀鳴般的嚎叫，他低頭一看，只見泥漿裡露出半顆猛獸的腦袋。他心下明白了，這兩天聽到的嚎叫聲，是牠發出的。在雨水淹沒陷阱前，他爬了出去，抽出一支箭，搭上弓，準備將那隻野獸射殺，充作食物。野獸猙獰的臉上滿是泥漿，看不清是何物，已無力嚎叫，只是用一雙發黃的眼睛瞪著他。李遇忽然心中一動，這隻落入陷阱的猛獸，不也和自己一樣嗎？此刻，自己是那個唯一可以救它的人。他收起弓箭，從腰間解下繩索，說道：「你我同病相憐，我救你出去吧……」

野獸咬住了繩子，李遇幾乎耗盡全身的力氣，才將牠拉上來。若是平時，這對他實在不算什麼，可是兩天未吃飯，鐵打的漢子也成了軟蛋。渾身溼漉漉的野獸被拉了上來，也像他一樣站不穩，躺在陷阱邊上，微弱的喘著氣，腹部鼓鼓的。當他看清那野獸的樣子時，嚇了一大跳，那是一隻懷孕的白色母獅，牠的一條腿被木椿貫穿了，好在其他地方沒有傷。李遇將牠拖到一棵大樹下，

從隨身攜帶的百寶箱中取出銀碗，接了一些乾淨的雨水，為牠沖洗乾淨創口，掏出金瘡藥敷上，又撕下一塊衣襟包紮好。牠能不能活，就看造化了。他打算碰碰運氣，看能否捕到一隻野豬。不過這場雨使獵物們都躲了起來，別說野豬，就連一隻兔子也沒遇到。在雨水中澆了半天，他只挖了些草根，好歹肚子裡填了點東西。回到大樹下，他發現母獅已不見了，只留下一大坨水漬，他的嘴角露出一抹笑容。

6

契丹王子烏頭逃奔北蠻後，再次得到北蠻王的收留，他很喜歡這個契丹人的勇猛和堅韌不拔，不但對他信任有加，還將女兒嫁給了他。不過，他並未意識到，這是引狼入室。烏頭逐漸在北蠻站穩腳跟後，就開始發展自己的勢力，最終他殺了北蠻王，自己登上了王座。登上王座後，他立刻向臨近部落發動了戰爭，首當其衝的是末兒國。末兒國王不敵，戰敗被殺，烏頭兼併了他的人馬，率領大軍朝契丹都城撲來，他要奪回屬於自己的王國。

7

翻越灰藍色的山脈後，天氣變得十分涼爽，李遇終於逮住了一隻野兔，填飽了肚子。不過，很快他就引來了麻煩，烤兔子肉的火光還未熄滅，就傳來一陣激烈的馬蹄聲。他趕緊起身，只見十幾匹馬奔來，馬上的騎士引弓放箭，箭矢貼著他的頭皮飛了過去，騎士們彷彿在戲弄他，騎著馬繞著他盤旋，發出陣陣歡呼，將他圍在了中間。李遇為了表示自己無意冒犯，解下腰間的弓袋和箭壺丟在了地上，又解下了佩刀。為首一人面色白淨，蓄著短鬚，身穿寶藍色長袍，足蹬短靴，目光如炬，其他騎士全都身材強壯，身穿獵裝。短鬚漢子問道：「嗨，你從哪兒來？」

李遇不願暴露身分，撒謊說：「我是契丹人，打獵迷了路，闖入寶地，多有冒犯。」

他的話引起短鬚漢子的一陣大笑，指著他的衣服說：「我還是第一次看見穿著甲衣打獵的契丹人。李大車，把這個奸細給我拿下。」

名叫李大車的騎士縱馬而來，企圖將他生擒，忽然傳來一聲長嘯，草叢裡躍起一頭灰黃色的雄獅，將李大車從馬上掀落，其他騎士們紛紛搭箭，雄獅搖了搖頭，脖子上的鬃毛在風中抖動，昂首發出一聲令人心肝俱裂的嘶吼，六七頭獅子從四周圍了過來，將他們包圍了。被掀翻在地的騎士嚇得渾身發抖，獅子的大嘴正對著他的脖子。獅子圍著他們，卻不進攻，彷彿在等待什麼。須臾，一隻母獅從高草中慢慢走了出來，原來是李遇從陷阱裡救上來的那頭母獅，牠的肚子已經癟了，小跑著到李遇跟前，望著他，李遇說：「獅子兄弟，啊，不對，我應該叫妳獅子大姐，妳的孩子呢？」母

獅子回頭低聲嘶吼，一隻小獅子蹣跚著從草叢裡走了出來，也是白色的，他試探性的摸了摸，小傢伙的身體還是溼漉漉的。諸人見他竟然和獅子說話，無不露出驚異的神色，紛紛下馬，環列而拜。

他們是渤海國人，白獅子是他們的神，他們見李遇和白獅說話，無不將他視作神人。

李遇對那蓄短鬚的人說：「敢問尊駕名諱？」

短鬚漢子說：「我乃大元藝。」

李遇說：「莫非是渤海國世子麼？」

短鬚漢子點了點頭，說：「是，請英雄讓那獅子別傷了我的兄弟，我等並無惡意。」

李遇看了一眼被踩在獅子爪下的騎士，獅子的口水流了他一臉，已嚇得不省人事。他轉頭對白獅說：「獅子大姐啊，獅子大姐，感謝妳的救命之恩。這些人不會傷害我，妳帶著妳的族人走吧。」

母獅子低吼了幾聲，雄獅抬起了爪子，和小獅子一起跑進了草叢，其他獅子也慢慢遁去。

大元藝將自己的馬交給李遇騎乘，親自為他牽著馬，他的大營就在十里之外。到了宿營地，大元藝命人拿出最好的酒，烤炙最肥美的獵物，舉行盛大的宴會。在宴會上，大元藝請求與李遇結為兄弟，他爽快的答應了。大元藝命人牽來一隻雄鹿，用匕首割開鹿的血管，用兩個銅碗各盛了半碗血，兩人將血塗抹在上嘴唇上，將剩下的血一飲而盡。隨後，二人跪在草地上，向無盡的蒼天盟誓，彼此守護，永為兄弟。

8

李遇逃出城後，夔甲成了契丹都城裡的最高長官，他將李遇從陀羅城、鐵山、開陽三鎮帶來的將領全部收捕，嚴加拷打，最終逼迫他們承認是謀害王爺李通的同黨，一日之內全部被處死。一時間，城內人心惶惶，都怕謀反的罪名落在自己頭上。能逃出城的，紛紛離去，沒有離去的，也離心離德。

烏頭率領二十萬大軍包圍赫克城時，夔甲剛屠殺了一千多名曾與李遇並肩作戰的士兵。面對城外的敵軍，他未做任何抵抗，就投降了，但烏頭還是沒放過他，砍下了他的腦袋。隨後，契丹騎兵一路南進，大唐最前沿的三座重鎮，陀羅城、鐵山和開陽十日內全部陷落，朝野震恐。德宗皇帝只好向渤海國派出使者，請求從後方出兵牽制契丹，但渤海國王大欽茂蟄居深宮，遭受猜疑的世子大元藝又長期領兵駐守北方，國相單和派六百里加急，命使者帶著大唐皇帝的詔書送往北境。

9

大元藝收到單和的信後，命軍司馬張安施與李遇率領五千輕騎兵先行，自己率領大軍隨後啟程。渤海國正遭受一場洪水的肆虐，餓殍遍野。尤其是都城外圍，更加嚴重，各地來的災民，在城牆外搭建了不少臨時窩棚。呼納河邊正在舉行一場祭祀儀式，一艘船上，站著哭泣的紅衣少女。

李遇看著河面上正在下沉的船，對張安施說：「我看那姑娘有性命之虞。」

張安施說：「王爺，這事我勸你還是不要管了。」

李遇問道：「為何？」

張安施說：「人要順從神意，就連我們的國王……也阻止不了獻祭。」

李遇不為所動，一抖馬韁衝向河岸，眼見那姑娘就要被浪花捲走，他顧不得卸甲，一縱身跳了下去。他將安雅救離水面，平放在河岸上，她面色蒼白，渾身癱軟，他問：「姑娘，妳嗆水了嗎？」

安雅微微搖了搖頭。

李遇放下心來，問道：「妳的家人在哪裡？我送你回去。」

安雅又搖了搖頭，閉上了眼睛，一大滴淚水從她的眼角滑落，落在了河岸上。隨著她的眼淚落下，大地顫抖了起來，河流發出山呼海嘯的聲音，剛才還平靜的河水，捲起十幾丈高的巨浪，水中閃爍著白色的影子。李遇抱起安雅，飛身上馬，縱馬向高處跑去，河水追著他，似乎想將他吞噬。安雅低聲說道：「快把我放下，他要的是我。」

李遇驚異的說：「誰？」

安雅說：「河神。」

李遇沒有聽清楚，用腳猛踹馬腹，狂奔向岸邊的高丘，河水席捲而來，水面分開，一個身穿白衣的男子從水中走了出來，浪花在他的腳下翻滾，叱責道：「何處來的狂妄小兒？」

李遇問道：「你是何人？」

白衣男子說：「我乃河神府君，快放下我的娘子。」

安雅搖搖頭，對李遇說：「不，不，我寧可死，也不嫁給他。」

李遇抬眼覷著河神說：「人神殊途，你還是回水府去吧。」

河神府君說道：「不知深淺的小兒，殺了你，對我來說只是碾死一隻蟲子而已。」話音未落，巨浪翻湧而來，受驚的馬兒不停的打著響鼻。

李遇讓安雅伏在馬鞍上，輕舒猿臂，張弓搭箭，用箭鏃指著河神。

河神狂笑不已，說道：「米粒之珠，也放光華麼。」

李遇不多話，撒放弓弦，一箭貫穿河神眉心，箭鏃通過顱骨，從後腦穿出。河神用難以置信的目光看著李遇，指著他，半天說出一句話：「你，你，你敢弒神……」

河水迅疾脫去，河神仰面倒在淺水裡，變成了一條丈餘長的巨魚。

李遇射殺河神的事傳遍了整個渤海國。

10

河神一死，祭司們如喪考妣。

長期不上朝的渤海國王見世子從北方歸來，又與大唐的皇子結為盟友，便退位將王位讓給了兒子。大元藝登基後，問安雅可願意嫁給李遇。安雅求之不得，卻不肯說出口。大元藝看破了安雅的心思，對李遇說：「我欲將小妹嫁於王爺您，不知您可願意。」

李遇說：「求之不得，只是如今烏頭率領北蠻大軍壓境，待我擊敗蠻夷，備大禮下聘。」

大元藝笑著說：「聘禮等將來再說，你還是入鄉隨俗，按照我們渤海國的習慣來。」

按照渤海國人的風俗，在離別的前一天，大元藝為李遇和安雅舉行了「小婚」。渤海國人會舉行兩次婚禮，第一次稱之為「小婚」，女子產下子嗣後，再舉行一次婚禮，稱之為「大婚」。只有到舉行大婚的時候，才下聘禮。很多女子，是帶著兒女嫁給男人的。

在舉行「小婚」的那個夜晚，他擁有了安雅。

次日，大元藝命張安施率領五百兵馬，與李遇一起奔赴邊境。

在河邊餞行時，安雅說：「你會活著回來，對嗎？」

李遇凝視著安雅，說道：「當然。」

安雅在他的臉頰上吻了吻，轉身跑出了臨時搭建的帳篷，留下一串銀子般的笑聲。

風中傳來她的話語，「我等你。」

在以後的時光，即便是最黑暗的日子，每當想起這串笑聲，他都告訴自己，想辦法活下去。

11

李遇和張安施到鐵山，四處收羅唐軍的潰兵，逃亡各處的低階軍官和軍士們聽聞後，紛紛趕來，不久他就擁有了兩千兵馬。他首先收復了陀羅城，切斷了契丹人的退路，這引起了契丹人的大恐慌，當他們回撤的時候，李遇趁機在鐵山附近設下伏擊圈，以逸待勞，打了一個大勝仗。邊地各鎮的將領們聽聞後，紛紛反擊，不久開陽城也收復了，最後一支殘餘的契丹軍隊被剿滅，契丹人徹底退出了大唐。

擊退契丹人後，他的哥哥、德宗皇帝親自下了一道諭旨給他，封他為端王，命他進京面聖。不過當他看著皇帝的心腹宦官，擔任右神策軍護軍中尉的霍仙鳴帶來的那五百神策軍，他就知道他們不是來賜爵給自己的，而是來押解自己的。

他本以為邊兵們會站在自己這一邊，但是那些善於見風使舵，迎合上意的將領們早已背叛了他。儘管不久前他們還在一起浴血奮戰，打擊那些入侵的契丹人，但他們還是站在了皇帝那一邊。

他只好選擇逃亡。

他蜷曲在樹洞裡，完全不像過慣了錦衣玉食生活的皇族，倒像是一個乞丐。作為逃亡者，他似乎已經習慣了疲倦的襲擊，他希望夜的顏色更黑一些，霧氣更濃重一些，月光和星光最好徹底消失在宇宙的深處。這個樹洞，簡直小的像一個蜂巢，但卻成了他最好的庇護所。在這裡，他沒有身分，沒有名字，沒有人知道他是誰。他和一隻松鼠，一枚松果，一滴露水沒有區別，他是荒野的一部分。如果就這樣和這個世界消除誤會，達成諒解，他也願意。如果寶座、權力和遼闊的帝國一起在明天毀滅，這個樹洞還存在，他寧可自己擁有這個樹洞。

數百年前的南朝宋順帝劉準十三歲時就死了，是被士兵殺死的，臨死前齧指發願，「願生生世世，再不生帝王家。」很不幸，他也生在了帝王家。他雖然不是倒楣的末代君王，但皇弟的身分就像一個鉤子，將他死死鉤住了，而他是鉤子上那條隨時可能被宰割的魚兒。如果他不是皇族，他也許是其他任何人。他可以做什麼呢?他身體強健，懂得狩獵，也許可以做一個獵人。他可以將獵殺的野豬肢解，把野豬皮賣給做靴子的手藝人，它比普通的豬皮更結實，更受人們的歡迎，還有野豬肉，尤其是裡脊肉，最受富人們的喜歡，至於豬腸子，可以做成灌腸，就是豬毛，也不能輕易丟掉，可以賣給做刷子的人。至於剝離的豬腳腳趾，可以做什麼呢?他不知道，不過也許做了獵人，他就知道了。他不知道自己為什麼想這些，也許是因為他睡得稀里糊塗，或者那根本不是他的想法，不知什麼人的想法鑽進了他的頭腦裡。有些夢只存在於他的腦殼裡，甚至只屬於脖子以上，他的身體被緊緊捆綁在名為「皇族」的那個位置上，接受人們的恭維、讚譽、跪拜，當然還有背叛，前一天你還和其他人們一起在城牆上抵禦敵人，第二天可能就遭到同伴們的追殺。上蒼給予有的人一張豬皮，給予有的人一座宮殿，但一切都是有代價的，當你擁有了宮殿，你隨時都要準備好斷頭。

在逃亡路上，他知道了身分意味著什麼？

他是皇族，無論他情願與否，生來就與權力綁在一起。他從這個身分獲得了尊崇、金銀財寶、還有無數少女的心，然而這個身分也將他推向深淵。

我們的身分，就是我們命運的鐵釘，你選擇了什麼樣的身分，你就擁有什麼樣的命運。

如果你是一個獵人，除了獵物之外，你看不見別的，在你的眼裡，所有的一切都是獵物；如果你是一個劊子手，你就會一直盯著人們的脖子看，應該從那裡下刀，能最輕便，最痛快的將腦袋砍下來，也許你一直都在替受刑者考慮，你的刀已經落下，受刑者還不知道自己的脖子已經斷了，甚至感受不到疼痛，也許那是一個不可方物的美人，或雄才大略的帝王，你都不在乎，你只在乎從那裡下刀。如果你是一個算命術士，你將從每個人的臉上、掌紋、出生八字，甚至於他們寫下的一個字中，預測出他們的命運，對你而言，這個世界是循著你的預測發展的，所有人的命運不過是你手裡的泥巴，你捏成什麼形狀，他們就活成什麼樣子。你對別人的命運瞭如指掌，對自己卻一無所知。

從逃離大營的那一刻開始，或者不知什麼時候皇帝哥哥不再信任的時候開始，命運就發生了變化，他成了罪人，逃亡者，被通緝者。這樣的時間變得沒有盡頭。

當皇子這個光環從他身上剝離，他四處隱匿，躲避追捕，就徹底的成了連普通人也不如的人。他不得不住進最骯髒、嘈雜，也最廉價的雞毛小店，這一類店子裡所住的往往是下九流的人，殺豬匠、伐木人、窯姐兒、船工、皮條客、騙子、盜賊、乞討者、目盲者、斷了腿腳的雜耍藝人，沒有度牒的冒牌和尚，還有其他一些說不清身分的人，當他在這些人中間時，就像是一頭從深海裡冒出

來的怪物，那是他不曾想像的生活。他從未見過底層人的生活，從未和他們共同沐浴過一縷陽光，從未吃過他們的食物，沒見過他們嚎啕大哭或默默飲泣，沒見過賣兒賣女，沒見過易子而食，是的，他們也是大唐的子民。對他們而言，他們的生活就是大唐。此時的他，不再以皇族的眼睛看他們，他似乎在一面破裂的銅鏡中看到了自己。他厭倦了皇帝哥哥的猜疑，厭倦了下屬們的背叛，厭倦了閹人的威脅，有時候他打算隨波逐流，放棄任何抗爭，不做任何打算，放棄皇族身分在自己身上留下的烙印，放棄身為代宗皇帝之子的高貴血統，和這些下九流的人混跡在一起。他可以做個奴僕，忍受主人的責罵和鞭打，和乞討者們擠在一起，爬到桌子下去撿其他人丟掉的雞骨頭，像野狗一樣生活。

新的一天到來了，新的罪惡也在發生。

他心裡清楚，如果是這樣，他就會失去新任的渤海國王的支持，按照大元藝的建議，他應該號召那些支持他的邊兵，再加上渤海國的支持，殺回長安，與當今陛下、也就是他的哥哥爭奪皇位。但是他拒絕了，他對大元藝說：「我不會與我的哥哥爭天下。」

這個世界充滿了悲傷，皇族子弟們以為自己在抗爭，但這種爭鬥每發生一次，都將傷及無辜，引發更大的悲傷。

當然，最讓他痛苦的是，他會失去他的妻子安雅，失去那美麗的女子，失去那高貴的靈魂。當他不再是皇帝的弟弟，渤海國王就不會承認他與公主的小婚，他會將公主嫁給別的什麼王子。當他想到安雅將躺在別人的懷裡，在別人的身體下呻吟時，痛苦攫住了他，撕咬著他的內心，不留一寸

空白。他對自己內心悲天憫人的那一部分產生了懷疑，也許悲天憫人本身就是無能之人發明的，用來慰藉那些脆弱的心靈。他對安雅也產生了懷疑，她愛他，也許最初是出於感激，又因為他是當今陛下的弟弟，那麼對他的愛又上升了一層。如果他什麼也不是，或者乾脆是個獵戶，長得面目醜陋，丟了一條手臂，不能為她寫華麗的詩句，她還會愛自己嗎？不會，她會選擇死，但未必會看自己一眼。

戰爭結束了，但是新的戰爭還將來臨，為了爭奪土地、人口和權力，為了讓自己的詩句被這個世界記住，為了獲取女人的愛，殺戮永遠不會停止。

紅

城堡

我的城堡並不在地上，而在地下，準確的來說是個地穴，但若就它的複雜性而言，稱作城堡更為合適。年輕的時候，對在哪裡過夜我並不在乎，荒野、山洞、橋梁下、樹上、河邊、妓院、客棧、或者宮殿的梁上，這取決於我的任務。

沒錯，我是一個殺手。

城堡的一處入口隱藏在腐朽的枯樹下，我可以敏捷的通過樹幹上那個被大啄木鳥挖出來的洞進入通道。這並不意味著萬無一失，我的敵人，那些想殺我的人，可能會變成啄木鳥，蹲在附近的樹枝上窺伺，在我鑽入洞的瞬間，將我截殺。有些殺手會變成蛇、貓鼬、狐狸或者狼，他們總是出其不意的發出致命一擊。注意，他們並不是偽裝，而是變形，對於頂級殺手而言，變形只是他們的技能之一，我也擁有這樣的能力。

頂級殺手不但有強大的攻擊力，還善於追捕，無論你藏匿在多麼隱祕的地方，他們都能找到。要想不被找到，或者說被找到時有足夠的應變能力，就要做到三點，第一是迷惑敵人，第二是具備防禦能力，第三是被發現時能及時逃脫。我的城堡，就是基於以上三點建造的。城堡的建造首先從

挖地洞開始，因為我擁有四隻鋒利的爪子，你沒看錯，是爪子，這也是我之所以要建造地下城堡的原因，這一點留在後面再說。我的地洞四通八達，有很多出口，有不少死胡同，還有的是死路一條——我在盡頭處設定了要人命的機關。我沒日沒夜的挖洞，最終挖出了龐大的地下洞穴體系，裡面機關重重，到處是陷阱。

光挖洞還是不夠的，在隱祕黑暗的洞穴深處，我建造了九個安全屋，之所以是九個，這是因為當我建成第九個的時候，我幾乎已經累垮了。就以其中一個安全屋來說吧。這座安全屋的上方是一塊龐大的巨巖，假使我的敵人用四川唐門威力最大的霹靂彈來轟擊，也能安全無虞。對於安全屋而言，門總是最薄弱，最容易被攻破的地方，為了增強抗破壞力，我把門做的非常小，過於大的門，總是容易破壞的。我用了最堅固的蛇紋木做門板，黑鐵木做門框，並為門框和門板包鐵，門板上密布著八百顆銅質的門釘。這樣堅固的門，就算是用攻城的衝車，乃至於火燒、水淹，也是無濟於事的。如果我被堵在這座堅固的門後，我還有一條逃生通道，另一個門與西邊的第二個地穴相通，從那裡出去後是山坡的背風處，我在那裡養了兩匹腳力極其駿健的好馬，撤出去後能盡快騎上馬溜走。如果敵人兩個門都堵上的話，我就會穿上用魚皮製作的潛水服，扒開地板上的一個圓形的蓋板，從那裡跳下去，下面是一條地下河，與四十里外的大河相通，只要憋氣憋得足夠久，我還是能活下來。假如敵人想用圍而不攻的策略，那他就錯了，我有足夠的準備，安全屋裡儲備了足夠吃一年的糧食，還有各種趁手的武器，劍我有二十多把，其中一把空空兒曾用過，那是削鐵如泥的上古神兵。另外一些劍也都是名品，由聞名於世的鑄劍大師所製，我雖然不是一個寶劍的收藏者，但還是有一些拿得出手的好東西。另外，我所擅長的兵器不止是劍，還有刀、槍、叉，子午鴛鴦鉞之

類，從幾十把到幾把不等，這裡還有一件精鋼製成的銃，只要輕輕扣動扳機，就能要了人的命。那可是這個世界上最厲害的殺人武器之一，是我從一個拂菻人手中買來的，我不太了解拂菻這個國家，據說非常遙遠，要翻越無數大山脈，還要渡過大海，才能到達他們的邊境。

為了度過無聊的時光，我還在地下城堡裡建造了圖書館和實驗室，那同樣具有安全屋的功能。我蒐集了各種書籍，有一類書是專門講道理的，充滿了說教。我雖然不是很喜歡，但既然讀書，各種書籍都要讀一點，有所了解才好。有一類書是講帝王家史的，君君臣臣，父父子子，內容同樣糟透了，但基於同樣的原因，我還是收藏了它們。有一類書是講妖狐鬼怪的，這是我的最愛，它們陪伴著我度過了無數地洞裡的時光。還有一些書籍，我將它們稱之為「專業書籍」，它們與我的殺手身分有關，有一些是講殺手歷史的，那是一些活得足夠長的老殺手們晚年聊以自慰的著作，但大部分是關於技能的，有各個門派的拳譜、掌法、劍譜、刀法和內功修法，總之是各類武功祕笈。還有一些是求生用的，也就是各類醫學書籍，受了傷，中了毒，應該怎樣自我救治。對於一個殺手而言，有時候必須透過下毒幹掉目標，各種毒藥和毒物的知識不能少，所以這樣的書我也有很多，比如有一本書名叫《五毒祕典》，就是本門的創世人空空兒的著作，凡是用毒的好手，沒有不拜讀的。在這些書籍旁邊，擺滿了瓶瓶罐罐，有的藥水裡泡著眼鏡王蛇，有的浸著天山雪蟾，有的裝著斷腸散，有的盛著蝕骨丹，有的裝滿了藍色的液體，有的裝著紅色的液體，有的瓶子裡液體分為七色，簡直像彩虹，但是千萬不要被那美麗的色彩所迷惑，那是世間極毒之物。還有解剖之書，每一頁上都畫著人的各種臟器、血管和脈絡，這倒不是我要做一個外科郎中，而是這些圖上準確的畫出了人的致命之處。這裡還有另外一些書籍，儘管不足以對外人言，但卻不能不說是我的最愛。那些書得自一

位被我殺死的藏書家，也許你會為這些書的內容震驚，一個名震儒林的學問家和道德家，竟然有這樣的嗜好，但在我看來，那卻是再合理不過的事。書中的大部分內容畫的都是男女交媾，女子的體態要麼豐滿，要麼纖細，無一不栩栩如生，就連私處的毛髮也纖毫畢現。

地下城堡建成後，我一度以為它固若金湯，從此可以一勞永逸了。可很快我的迷夢就破碎了。當我在鋪著熊皮地毯，用天鵝絨裝飾的床上入眠時，夢見一個巨大的黑影，他有尖利的牙齒，粗夯的身體，還有看不清的面孔，他在我的城堡上方走來走去，將牠那溼漉漉的鼻頭插進土裡，發出咻咻的呼氣聲，很顯然牠聞到了什麼。事實證明，那不是夢，那是我的直覺，我立刻向夢中的黑影靠近，我的手中所持的，是一支餵了毒的弩箭，我相信我擁有地理上的優勢，我可不是膽小鬼，既然敵人來攻擊我的城堡，正好驗證一下防禦和反擊能力。敵人是從城堡的上方攻進來的，我不得不說牠是一個高手，他一下子就發現了我那龐大洞穴的正確通道，並在上方挖了一個洞，不過千不該，萬不該，不該先將腦袋伸進來，當我看見牠的時候，我放下了弩箭，我知道晚餐來了。我像豹子一樣撲了上去，咬住牠的喉嚨，新鮮的血液順著我的嗓子裡流下去，腥味中帶著一股鹹甜，我的獵物歇斯底里的扭動著牠的身體，發出慘烈的叫聲，恐懼使牠的臉扭曲成了倒三角形。殺手如果變成動物時被殺死，死後就會保留動物的樣子。不過我相信，被我殺死的這頭野豬並非殺手，牠只是無意中把我的地穴拱穿了而已，牠是真正的野豬。

我將野豬拖回洞穴，吃了一頓新鮮的晚餐，剩下的全部做成了臘肉，就連豬腸子也做成了臘腸。在吃這個問題上，我一向是食不厭精，因此在建造城堡時，專門建造了一個烘製臘肉的房間。

當然，自從變形之後，我更習慣於吃生肉，尤其是剛殺死的動物的肉，包括那些沒來及變身的企圖幹掉我的殺手。野豬為我提供了很長時間的膳食，但也給我造成了極大的困擾，除了修補那個破洞外，我花了大量的時間來修復外部環境，不但在破洞上方鋪了草皮，而且種了幾顆樹。此後很長一段時間，我為地下城堡的完美而沾沾自喜，但噩夢總是趁你不注意的時候來到，我又夢見敵人從頭頂上方攻入了，這讓我意識到，就算敵人進入的是一條錯誤的通道，那也是個威脅。我的策略失誤就在於，我把洞穴挖的太淺了。為此，我決定重新開始一項工程，將地穴向更深的地方掘進，在原來的地穴下面，重新建造了一個城堡體系。只是，這個新的城堡工程量非常大，一方面要避開地下水，另一方面我不得不沒日沒夜的投入勞動，我一向對自己的聰明充滿了信心，不久我就摸索出一套精湛的建築技術，一邊掘進，一邊對洞穴做防水，憑藉這項技術，我對新建造的城堡內部做了完整的防水。為了工程早日竣工，我連續五年都在黑暗的地下工作，好在前些年我累積了不少物資，尤其是食物。我的城堡不止是防禦工程，還是龐大的掠食者陷阱，總有一些動物，也許是無意的，也許純粹只是好奇，或者乾脆是因為愚蠢，撞了進來，就像那頭該死的野豬一樣，成了我的食物來源。

新的城堡建成後，原來的城堡就成了最好的偽裝，就算敵人發現了，也絕不會意識到，在更深的地下，還有另外一個城堡，那才是我真正的王國。

我的城堡雖然在黑暗的地下，但它絕不是野獸的大號巢穴。我之所以稱它為城堡，是將自己視作君王——殺手裡的君王。既然是君王，就要有一個配得上他身分的棲息地。城堡裡最大的房間，

是我的會客廳（這裡絕不會有一個客人造訪），中間擺著一張雕滿了花紋的包金座椅，那就是我的龍椅了，兩側各擺放著四張小的檀木椅子，那是為永遠也不會來的客人準備的，四壁的牆上，掛著顧愷之的〈仕女圖〉，還有大唐最有名的畫家閻立本和吳道子的畫。無論是椅子下，還是畫後面，都藏著武器，我才不管客廳裡應該不應該藏武器，我的每個房間裡都藏著隨手取到的武器。我的每個房間，都鋪著上好的地毯，床上鋪著帶暗紋的天鵝絨和手工刺繡的臥具，桌子上陳列著精美的銅器，鑲嵌著螺鈿的漆盤，天青色的瓷器，還有用純銀打造的餐具。你以為這就完了嗎？沒有，在隱祕的通道之間，我甚至建造了一個地下廣場，廣場中間有一尊巨大的雕像，雕像手持長刀，面帶微笑，那正是我自己。外面的清新空氣順著樹木的根系滲透進來，為這裡營造了一個氛圍良好的環境。在心情比較放鬆的時候，我會拿一條虎皮褥過來，在雕像旁邊睡一覺，有時候甚至看一會兒有關說教內容的書。雖然這對一個殺手來說，實在有點滑稽。

事情還遠遠沒有結束，那頭被我殺掉的野豬，絕不是偶然，而是一個預兆。牠告訴我，我的城堡是有缺陷的，我很快做了另外一個版本的夢。看不清面目的黑影，長著角，獠牙暴露，扭動著柔軟的身體，在地下游動。是的，是在地下，在土壤和岩石之間游動，就像是魚兒在水中游動。這世間有一種最危險的殺手，他們能夠在大地之下穿行，而那個穿行者，正在向我的城堡靠近。憑著我敏銳的聽覺，他距離我已經不遠了，或許他已經發現了城堡，只是還弄不清虛實，因此只是窺伺。一個頂級殺手，最厲害的地方不是行動，而是等待，等待一擊必殺的機會。

我幾乎每天都能聽到他那細微的游動的「腳步」，還有那輕微的幾乎可以忽略的呼吸，我猜那是

殺手變成的穿地蟒，在他穿行過的地方，會出現一條新的通道。這就意味著，在我的城堡外側，又出現了無數條祕密的通道，當我想到這些別人建造的通道時，我的心中就充滿了恐慌，好像我多了一個以挖洞為樂的鄰居。那條穿地蟒在我的城堡外盤踞了將近有半年之久，最後消失了，我猜他發覺我不是一個容易對付的人，放棄了。也可能他是故意虛晃一槍，等我放鬆警惕之後，再殺個回馬槍。這樣的手段，我也曾使用過。

現在，讓我來說說我建造城堡的緣由。我是一個殺手組織的成員，組織的創立者是名叫空空兒的頂級殺手，不過我從來沒見過他，也許那根本就是一個幌子。我們的任務來自殺手神殿，每當有了刺殺任務，我居住地的西邊就會出現一道彩虹，不論我住在哪裡，那道彩虹都能找到我。這個時候，我才能進入神殿，神殿裡的狼會將椷放在殺手的腳邊，椷裡裝的信上寫著任務。我總是在幹掉目標後取下他們的喉骨，帶回神殿。

從十二歲開始，我就成了一個殺手。那一年安祿山的叛軍經過我的村莊，殺死了村裡的所有人，我是從死人堆裡爬出來的，更準確的說，是一條狼將我從屍體中拖了出來，牠當時正在啃噬屍體，當牠發現我還活著的時候，並沒有將我咬死，而是叼著我回到了神殿。我在那裡吃了一頓飽飯，得到了一個椷。椷裡有一封信，還有一把刀。指令很簡單，明天有個穿紫色衣服的人，從東邊的大道上經過，殺了他。

當我懷揣著那把刀子，守候在路邊時，並沒有什麼紫衣服的人經過，我從早上一直等到傍晚，飢餓折磨著我，臉上不停地冒著虛汗，就在我快要暈倒的時候，一大隊人馬從路上通過，那是一隊

盔明甲亮，全身武裝的戰士，戰士們中間有一匹大白馬，馬背上有個身穿紫袍的人，我明白了，那就是我要刺殺的人。我快步走到路中間，被一匹馬撞倒了，滾進了乾涸的溝裡，幾乎摔暈了過去。我的嘴裡和耳朵裡都是沙土，心中充滿了絕望，隊伍停了下來，似乎空氣凝固了，我聽到一個和藹的聲音，是那個穿紫袍的人。不知何時，他已經從路沿兒下來，彎下腰將我扶了起來，還用絲質的袍袖擦掉了我臉上的土，問我受傷了沒有。就是那個時候，我奮力將短刀刺進了他的胸口，我看到了他那驚愕的眼神，那是一種不肯相信死亡來臨的眼神。隊伍一片混亂，我跑的像一陣風，以後的無數次經歷告訴我，遇到危險時，沒有什麼比跑更有效。

我得到的獎勵是一本書，還有一錠銀子。書是武功祕笈，銀子讓我吃了個飽。我從不斷地獎勵中，成為了一流殺手。這一行的人都想得到空空兒的殺手寶典，而我得到了，裡面記載了最快的出刀方式，最神鬼莫測的下毒術，還有變形術。我曾變成毒蛇，將一個藩鎮節度使咬死在他的被窩中；也曾變成一隻老鼠，穿過最嚴密的保護措施，將毒藥下在了貪官的酒杯中；我還曾變成一個女人，當一個大盜趴在我的肚皮上時，我割斷了他的喉嚨。只要是活著的動物，大到獅子，小到一隻蚊子，我都能變形。有個名叫李烈光的傢伙，他原本是朝廷的大將，鎮壓叛軍勝利後，他被封為節度使，不久野心膨脹，豎起了叛亂的旗幟，自立為王。有個南洋小國進貢獅子給他，我在前一晚上殺死獅子，進入獅子的身體，當他像往常一樣逗弄獅子的時候，我突然衝破圍欄，向他撲了過去。侍衛們四散而逃，我撕開了李烈光的肚皮，鮮血和腥臭的氣息撲面而來，我感到異常的興奮，那是猛獸的興奮，當士卒們帶著武器殺來時，我已將李烈光的心和肝都扒了出來，並吞噬了個乾淨。那是我第一次吃掉我的目標。

我沒有固定在一個地方居住過，如果說有的話，魏州城西那片廢棄的房屋中，有一間勉強算是我的住所。戰爭似乎永遠沒有停息，朝廷打叛亂的藩鎮，歸順的藩鎮打叛亂的藩鎮，叛亂的藩鎮和叛亂的藩鎮爭地盤……總之，一場又一場戰爭，百姓們流離失所，不知道應該逃往何處，叛軍搶老百姓，官軍同樣搶老百姓，到處都是死去的人，死者的財物被搜刮個乾淨，衣服被扒個精光，就連腳上的鞋子也不能倖免，有些人甚至還會撬開死者的嘴，將牙齒也拔走。野獸大白天在村莊裡逡巡，分不清是狼還是狗，有的狗嘴裡叼著主人的手或者腳，看到人後不但不逃走，還會發出威脅的嘶吼聲。魏州城西的那片地方早已荒廢，除了枯樹上那隻瘦骨嶙峋的烏鴉，連隻老鼠都沒有。所以，烏鴉就成了我唯一的鄰居。我經常離開，有時候十天，有時候一個月，有時候半年，有些任務非常遠，也許在并州，也許在幽州，甚至在河西的涼州。總之，這是一個我隨時可以拋棄的地方。

有時候我會迎來密集的任務，有時候連續幾個月都接不到任務。我從來不問是誰下達的命令，也不問殺的人是誰，我只管一件事：殺人。被我幹掉的人中，既有反叛朝廷的節度使，也有忠於朝廷的大臣；既有大僚，也有小人物。在沒有任務的日子，我會像普通人那樣，享受短暫的安寧與快樂。我喜歡美酒，我也喜歡女人，但我從來不會喝醉，也絕不會愛上任何一個女人。戰亂時期，很容易就能找到出賣肉體的女人，尤其是當一個生命在我眼前消失，我就更迫切的需要一個女人，那是一個儀式。我總是從一個女人的懷抱到另一個女人的懷抱，胖的、瘦的，年輕的、年老的，來者不拒，獵人從來不會對他的獵物挑挑揀揀。我也曾與一個胡姬同眠共枕，她的皮膚白的像快要融化的羊脂一樣，當我抱著她纖細的腰，撫摸著那渾圓的臀部，我感受到了從未有過的歡愉，那是超越生命存在本身的律動。我一度深深沉迷於她，曾主動尋找過她，但那一夜的風流過後，我再也沒見

過她。我還曾遇到過一個黑美人，沒錯，她是黑色的，那是一種亮閃閃的黑，就像流動的黑夜。她的牙齒白極了，嘴唇柔軟的像蓓蕾，輪廓分明的臉型上，掛著一雙黑珍珠般的眼睛。她給了我另外一種異域體驗。

嗜血與肉體的渴望，是致命的。

年輕的時候，我經常在神殿門外逡巡，然而殿門緊閉。沒有召喚，殺手不得進入神殿。長期孤獨生活的男人，更接近於野獸，多疑、敏銳、機警，對一切事物都充滿了不信任，隨時準備殺戮或逃走。完成任務後，我會長時間待在神殿裡，這是被允許的，我更願意和神殿裡的掠食者為伍，神像的腳邊臥著狼，禿鷲蹲在雕像的肩膀上，蛇和老鼠互不相擾，到處竄動，還有爬滿神壇的蛆蟲，牠們吞噬著堆積如山的腐肉。當我將所殺之人的喉骨扔進祭壇，牠們立刻就會撲上去，牠們是殺手之神的使徒。正是在這裡，命運的齒輪開始轉動，使我的命運朝向地洞、朝向幽暗、朝向深不可測的、沒有邊界和盡頭的地獄走去。地獄除了黑暗和孤獨，什麼也沒有。

我將目標的喉骨扔進祭壇後，狼的影子從殺手之神的雕像腳邊滑過，我以為牠帶來了新的任務，然而並沒有，牠的嘴邊掛著一抹血色，好像在祭壇後吞下了死者的喉骨。牠用嘴巴觸碰我的膝蓋，我的白袍上立刻開出了血色的花，我蹲下身，撫摸牠的頭和耳朵，牠的毛細滑水潤，猶如緞子。牠咧著嘴，露出鋒利的森森白齒，向我低低的嘶吼，不過那並不是威脅，而是歡快的聲音。我變身成狼，與牠嬉戲，跟著牠從巨大的神像兩足間穿過，實際上我一直想知道神殿的後面是什麼。牠允許我跟著，意味著我得到了認可。

那是巨大的、昏暗的殿堂，有著令人目眩的挑高，神殿的頂上破了一個洞，好像從天空墜下的巨石在拱頂上砸了個洞，椽子暴露，刺向蒼穹。破洞的上方，沒有光，看不到天空，被一團陰雲所籠罩，使得大殿顯得極為陰森。殿堂的正中有個圓形的水池，圍繞著水池，蹲滿了狼、禿鷲、蛇、鼠，互不干擾，各自成群。過了一會兒，水面動了起來，從水下浮起一具白色屍體，狼群跳入水中，撕咬了起來，我和相伴的狼也加入，撕扯了起來，血肉橫飛，直到剩下一具掛著血和渣的白骨。狼群退卻後，禿鷲又跳了上去，將殘血和肉渣也啄食乾淨，之後發生的一幕，差點讓我把吃下去的肉吐出來，貼著地面的蛇群，好像把地板捲了起來，牠們相互纏繞在一起，扭動著，翻滾著，湧入池中，水面開了鍋，蛇退走後，成群的老鼠游過水面，爬了上去，水面再一次沸騰起來。當水面終於平靜下來之後，水面變的通透無比，像乾淨的大翡翠桌面，一縷天光從屋頂的破洞傾瀉而下，將殿內照的煊赫明亮，落在水面上的光，形成一圈圈光暈，白骨漂浮在光暈中，有一種神聖的光輝。牠站了起來，從水面上飄了起來，越飄越高，最後消失在了屋頂上的那個破洞，在遙遠的蒼穹中變成一個閃光的白點。所有的野獸，狼、禿鷲、蛇、鼠都仰著頭，沐浴著光，彷彿是舉行一場盛大的儀式，所有的物種瞬間變成了人，彷彿那道光使牠們脫胎換骨。沒錯，他們都是我的同行，以殺人為業的刺客。最後一絲光從頭頂上的破洞消失，所有的人重新變成了獸類。只有在那一剎那，他們是人，其他時候，他們都是獸。我想我也是一樣。

禿鷲飛上了神殿的梁、蛇和老鼠消失在了各處角落，狼三五成群的在廊間或坐或臥，平時給我指令的狼引著我在神殿四處遊蕩，牠忽前忽後，有時候撕咬我脖子上的毛，有時候撕咬我的背，有時候撕咬我的尾巴，我給予同樣的回應。我們互相嘶吼，用鋒利的牙齒輕輕咬對方的脖子，我甚

至能感受到牠的血管在我的齒尖上跳動，只要稍微一用力，我就能咬斷牠的喉管。牠狠狠給了我一爪子，在我的臉上留下一道血槽，將我掀翻，狼爪踩在我的腹部，此時牠只需一個撲咬，就能撕爛我的肚皮，但牠的嚎叫聲在嗓子裡不停地滾動，並未下手。我趁機一個翻滾，擺脫了牠的控制，從後面跳上了牠的背，騎在了牠的身上。那時候我已經知道，牠是一匹雌性的狼。那絕非人應該有的體驗，在那樣的時刻，我是真正的野獸，而不是人。我們長達幾個時辰糾纏在一起，我從背後壓住牠，咬牠的脖頸，拔牠的毛，血珠子順著毛髮滾落到地上，牠發出一聲又一聲嗚咽，聲音悠長而歡樂。

好幾年後，我才在一本有關殺手歷史的書中獲悉，和神殿的母狼往來，人會蛻變成怪物。但在最初的幾年裡，我並未意識到這一點。只是每次變形後，我總要花很長的時間才能變回來。直到有一天半夜醒來，我無意中在鏡子裡看到自己，我變成了一隻毛茸茸的怪獸，雖然長著一張人的臉，但是手足都成了利爪，還長了一根粗硬的尾巴。最可怕的是，我的動作十分笨拙，我正在以看得見的速度衰老。不過到了白天，我又重新變成了人。也就是說，在一天的十二個時辰裡，我有一半時間是怪物。其實我早就是怪物了，從十二歲時刺殺那個打算幫助我的紫衣人，我就已經是一個怪物了。

我之所以建造城堡，為自己建造這座地下庇護所，還有另外一個原因，我受過一次嚴重的傷，作為一個刺客，不受傷是不可能的，然而這次受傷十分特別，儘管傷口已經癒合，但我十分清楚，我已不是從前的我了。我的刺殺目標是一個名叫茉莉的女人，她身邊始終跟隨著另一個人，那也是

一個女人，她是茉莉的守護者。當我的劍距離茉莉的喉嚨只有半尺的時候，那個女人出現了，她手持一件銀色的圓管，從圓管中噴射出藍色的光芒，我的右臂捱了重重一擊，以至於握不住手中的劍，我立即變成穿山甲，鑽入地下遁走。我們的開山祖師空空兒曾定下一個規矩：刺客執行任務時只有一擊，絕不動手第二次。如果一次沒能成功，那麼就不該有第二次。顯露了真形的刺客，結果只能丟掉性命。我沒有再去刺殺那個名叫茉莉的女人，她的守護者是一個隱形者，她那特殊的武器在我的右臂上方留下巴掌大的橢圓形傷痕，像一大朵藍色的花，從中心向四周輻射。傷口的疼痛使我連舉起手臂也變得困難，很長時間我甚至無法脫下衣服。我一度擔心，我會失去自己的右臂，或者死在傷口上。傷口一直在擴散，彷彿一張猙獰的大嘴，吞噬著周圍健康的肌體，彎彎曲曲的藍色的線從傷口延伸出來，包裹住了整個右臂。就在我陷入絕望，打算砍下自己的右臂時，潰爛的傷口神奇的癒合了，疼痛感也消失了。隨著時日的流逝，我逐漸明白，我不但不會死於這個傷口，還將從這個傷口裡重生。

受傷的日子裡，我躺在那張舒服的，天鵝絨裝飾的床上，做過各式各樣的夢，有時候白天我睜著眼，躺在床上，那些夢也會侵入我的腦海。我夢見紅色的彗星掛在天幕上，不論是白天，還是夜晚，它都從不消失，彷彿一道懸在人們頭上的巨大傷痕。彗星降臨的日子，海水從入海口倒灌入河流，沿岸的城市和村莊全都沉沒在了水底，在水的浸泡和衝擊下，牆體紛紛倒塌，只剩下門、窗和廊柱屹立著，魚兒在其間穿梭，銀色的肚皮將水底的世界切割成了碎片，當它們游弋過之後，那個世界變得不再真實，然而卻更加真實，那是一座只剩下門和窗子的宮殿，一雙沒有眼眶的眼睛，一個喪失了軀體的靈魂。

我經常思考，這次受傷在我的生命中究竟意味著什麼。我想我會帶著傷口在這個複雜猶如樹木根系的洞穴裡活下去，五年、十年、五十年、一百年……乃至於更久。儘管我厭倦了一切，殺戮、性愛和食物，但是我會活下去，帶著傷口思考，帶著傷口回憶，帶著傷口衰老，帶著傷口忘卻，帶著我的幻覺，我的迷醉，我對這個世界無盡的想像，活下去。縱然我被埋葬，我被誅戮，我還是會活下去。我將躺在泥土中，我的頭骨裡長出野草，我的胸腔裡裝滿黑夜，我的眼眶裡落滿星星，我得陽具上閃爍著湖泊。活下去。

我經常幻想自己不是一個殺手，而是一個農民或者漁夫，那麼這個世界將是另外一個世界。但我很清楚，這就是那個世界，不論我是農民也好，漁夫也好，這個世界就是那個世界。

在我剛成為一個殺手的時候，我曾經驕傲於自己的身分，我以為我與眾不同，隨著時間的流逝，我意識到我與大部分人並無不同，我們都是一樣的。

我也曾想像過一些浪漫的事，讀書、彈琴、飲茶，與我深愛的女子在江南的煙雨中漫步。我不關心雨水怎樣降落，也不關心橋邊或路畔的花朵是紅色還是粉色，我只是想看清楚那個女子的臉。我已經不清楚自己有過多少女人，但我從未看清過她們的臉。她們總是隱匿在路邊的暗影裡，或者某個房間的夾縫中，瑟瑟發抖，目露恐懼，隨時準備逃走，但卻一次又一次將我俘獲，或者將自己送入我的口中。

殺手看到的世界，才是真實的世界。

這個世界是愚蠢的、粗陋的，狂妄自大，捉襟見肘。那些戴著王冠的人，都是戴著紙冠的猴

子；那些披著黃袍的人，都是內心怯懦的愚夫。

空空兒在他那本關殺手的《刺客之書》中談到這個世界，他說這個世界其實是一座大山，地上的部分高八萬由旬，山頂上居住著天神，山腳下是人族的世界，山的陰影裡有座名為阿修羅城的王國，所有的殺手都是阿修羅轉世。這座山由四頭白色的巨象馱著，牠們的腿長同樣有八萬由旬，就像十六根白色的巨柱，屹立在海水之中。不過深入海底，會發現大象的腳並未觸及海底，牠們的每條腿下面都有一隻巨大的海龜，馱著大象，也馱著這個世界移動。這讓我禁不住想，那些海龜會老嗎？會死亡嗎？若是牠們死了，這個世界會沉沒或者坍塌嗎？

書中沒有答案。

這樣的問題我想到很多，全都沒有答案。

沒有答案的問題不該去深思，不然一定會發瘋，或者無聊死。那麼大的一個世界，卻是如此草率。也許這個世界本來就是這樣。

我之所以活在這個糟糕的世界，支撐我的全靠想像。我對現世毫無興趣，我之所以要挖這麼多洞，其實也是一種想像。在日復一日的挖洞中，我找到了一種純粹的激情與平靜，那是來自大地深處的東西，伴隨著泥土、石頭、沙子和不知何時噴湧而出的水，那是絕對的寂靜，沒有結果就是答案，但是無比溫柔。在這裡我不必面對任何東西，我不必思考、不需要語言，不需要傾聽，不向任何人解釋，不需要面對任何一張臉或一雙眼，我只要挖洞就行了。大地會將我包裹起來，消弭所有現世的關照。

《刺客之書》中曾提到上古時期的一座山，不過我現在想不起來那座山的名字了。山上有個洞穴，會在冬天閉上門，春天又洞開。上古的一些刺客會隱身在這個洞裡，不吃不喝，直至死亡，然而某個春天，當洞門大開時，他們又會復活，就像冬眠甦醒的熊那樣。這個神奇的洞，使得刺客不但不會死，而且不朽。他們保存了生命的連續性，和整個世界的記憶，他們之所以活著，並不是為了追捕那些善於隱匿的目標，而是為了在適當的時機將被遺忘的世界重新喚醒。

我的傷口早已痊癒，但在夢境裡，我仍然會被傷口折磨，我夢見傷口不停的擴散，最後自己被死亡的氣息所包裹。事實上，當我成為殺手的時候，就已成為死神追捕的獵物。但我們誰不是死神的獵物呢，從我們出生的那一刻開始，我們就站在深淵的邊緣，死神就開始追獵我們了。

傷口是不會真正癒合的，除非死亡。死亡將在最後的時候彌合所有傷口。

作為殺手，我接觸過各式各樣的死亡，也接觸過各種有權勢的人，死亡總是與權力相伴。每一個委託我去殺人的人，無不認為自己掌握著正義，最凶殘的人往往將正義的旗幟舉的最高，喊得聲音最大。殺戮總是包裹著一層華麗的外衣，有著崇高的名目，也許是天命，也許是祥瑞，也許是道統。那些掌握殺戮之柄的人，總是穿著有精美刺繡的絲質長袍，戴著掐金絲裝飾的龍形皇冠，他們擁有慈祥的面容，文質彬彬，手中拿著書卷，從不疾言厲色，得到了無窮的讚美，但是卻造成了這個世界的大動盪，他們導致飢餓、瘟疫、戰爭與屠殺橫行，他們從未親手殺過一個人，他們不會使用刀劍、斧頭、繩索，或者任何一種足以致人死命的東西，他們甚至連摸都不會摸一摸，但是手中卻掌握著最恐怖的殺人利器，那就是權力。權力像一個套索，所到之處，浸染著罪惡和鮮血。

惡魔總是擁有慈祥的模樣，我早已學會和他們相處。我深諳生存之道，當你向這個世界伸出友善的手臂時，他們會背叛和遠離你，當你露出獠牙時，他們卻會匍匐在你的腳下。權貴們總是在密室接待我，等著我在那昂貴的但卻非常不舒服的紫檀木椅子上坐下，他們會告訴我，我執行的任務有多麼崇高，多麼神聖，即便是這個時候，他們的獠牙和利爪也隱藏在文質彬彬的面紗下，他們嗜血的面孔上總是帶著好看的面具。為了使我無法拒絕，他們還會明裡暗裡的讓我明白，我必須去殺人，才有資格活著，也才能活下去。他們總以為，他們是我的主宰。他們視屠殺為家常便飯，可是當死亡真的向他們靠近時，他們也會退避三舍。只是，死神不會繞開任何人。

現在，讓我來說說那個隱形者，我猜她一定在四處尋找我，發誓將我捕獲並殺掉。她如此仇視我，恨不得將我寢皮食肉，而我卻在思念她。對於她，除了那雙像山貓般的眼睛，我不記得任何細節。不過夢境給了我答案，我的眼睛總是在做夢的時候離開我，像離開巢的鳥兒，從窗戶裡飛出去，飛到其他的窗戶上，去窺視、去偷聽。我不但知道她的年齡、身高，還知道她的左胸上有顆痣，是的，就在乳房的上方。她的兩顆乳房非常小，乳頭好像米粒般大小，結實而堅挺。她與被守護的人、那個名叫茉莉的女人，是一對同性戀人，每個晚上，她們都相互糾纏，彷彿兩條纏繞在一起的蛇。她俯身在茉莉的兩腿之間，那是一對玉柱一般白皙且豐腴的腿，她像在草叢中啜飲泉水的鹿，流連忘返，沉醉其中。茉莉的神情充滿了驕傲，那是享受與控制的驕傲。也許，無論何時，她也無法改變她那天生就擁有的公主般的驕傲，此刻也還是如此。她彷彿騎在一匹馬上，每一個動作都與馬兒相協調，使馬兒感受不到她的存在，彷彿她們融為了一體。無論那馬兒跳躍、奔馳、跨步、衝擊、慢跑，每一個動作都剛柔兼具，符合這個世界的節律。現在我明白了，她為何掘地三

尺，也要找到我，因為我要殺的，是她的摯愛。不過當她知道了整個事情的真相，恐怕她該恨的人就不是我了，委託我刺殺茉莉的人，正是茉莉的父親，那是一個有幾百年影響的大家族，是我們這個時代最有名的門閥之一。茉莉的父親，也曾深愛自己的女兒，想將她嫁給同樣有巨大影響的另一個家族，那個家族曾出過九位宰相。可是茉莉卻愛上了自己的婢女，為了這個婢女，她逃了出來。她深知父親不會放過自己，家族也不會放過自己，因此加入了以神祕著稱的「坤形門」，這個門派的所有成員都是女子。茉莉的父親自知無力撼動坤形門，因此找到了我，他對我只有一個要求，殺死茉莉。

在很長一段時間，我常常想起那個不知名字，擁有山貓般眼睛的女人。我知道她的一切，但卻無法獲知她的名字，也許她的名字也和人一樣，是隱形的。那麼，我就叫她山貓好了。我思念她，有時不得不依靠對她的思念來度過最黑暗，最煎熬的日子。當你在洞穴裡的時候，有那麼一陣子，就彷彿來到了世界盡頭。這時候你會發現一切都是多餘的，一切都喪失了意義。黃金寶座，絲綢衣服，裝幀精美的書籍，鋒利的刀劍，甘美的酒，都不如一個溫柔的懷抱實在和有意義，只有這樣，你才能抵擋的住孤獨的恐怖。我猜我一定是愛上了山貓，愛上了這個乳房很小的女人。我對她的過往一無所知，甚至她還恨我，但這些都不重要。當你愛而不得的時候，你才明白愛對於你的意義。你會發現，它是如此清晰，如此直白，不需要任何裝飾，所有言辭都是陳詞濫調，你應該像九天的鷹撲向地面上的獵物，義無反顧，一擊必中。但是很可惜，我並不是鷹，我是石頭，是沉入海底的石頭。

在愛情上，我不習慣尋找，總是被尋找。

作為影子殺手，山貓終究還是找到了我。我那時候正在一家酒館裡，醉的一塌糊塗，一柄鋒利的匕首頂在我的喉頭，不過當我看清楚後，那並不是匕首，而是一根峨眉刺，那是最適合女子的武器。落在她的手裡，也許是再好不過的事，我沒有做任何反抗，甘願任其擺布。當我第二天從酒醉中醒來時，我是恍惚的，每次從宿醉中醒來，我都要花很長時間才能弄清楚自己是誰，自己在那裡。我看到的是一桌子豐盛的菜餚，她有一手好廚藝，那是可以征服一切的，尤其是像我這樣長期流浪的男人。

我與她在一起生活了一年多，也許是兩年。起初的時候，我們非常默契，就像是高明的騎手和馬兒。每個晚上，她都要求我使出渾身解數，直到精疲力竭，有時候她會掐住我的脖子，就像騎手勒緊馬韁，我的大腦一片空白，陷入了瀕死的幻覺。我看見山貓咬斷了我的脖子，開始吞噬我的內臟，鮮血沾滿了牠的臉，就連那一根根鬍鬚上也帶著血。醒來的時候，我發現她躺在我的懷中，彷彿一隻溫順的貓。我禁不住會想，茉莉怎麼樣了呢？山貓背叛了茉莉，並拋棄了她，愛上了一個殺手。我從未在她面前提起茉莉這個名字，但我知道她並未忘記茉莉，因為在夢中的時候，她不止一次呼喚茉莉的名字，甚至當我在她身上馳騁的時候，她也會呼喚茉莉的名字。

我再也無法忍受山貓，無法忍受她同時愛上兩個人，無法容忍她在夢中喊別人的名字，我曾嘗試告訴她，我們應該分開，但她用尖銳的指甲回答了我，從此我的臉上多了兩道血印。最終，我成了那個逃走的人。從那之後，我不得不用更加隱匿的方式來隱藏自己，甚至有段時間一直待在地穴

裡，以免被她找到。山貓重新回到了茉莉身邊，也許她根本就從未離開過。她總是會突然消失一段時間，就算是像我這樣的高手，也無從知道她的蹤跡。也許那時候，她正躺在茉莉的懷中。當她和茉莉在一起的時候，她是個男人，當她和我在一起的時候，她才是女人。

我最後一次見到山貓時，我正打算徹底隱居洞穴，我在人群中看到了她，她穿著俗豔的長裙，腰間圍著一塊粗麻布，右手挎著一個碩大的菜籃子，看得見冒頭的蕹菜、茭白、莧菜和蔓菁，我猜那個籃子可不輕。不過引起我注意的還有她左手牽著男孩，男孩拎著一把玩具木劍。我差點就沒忍住向她打招呼，但我們的過去只是一場虛空，我對過去的日子毫不留戀，對未來也早已喪失了信心。那麼，當她回頭時，我能做些什麼呢？我們該怎麼辦？我最終還是嚥下了那一聲呼喚，看著她消失在了人群中。她四處顧盼，眼睛依舊明亮而充滿了渴望，身段輕捷而細弱，彷彿在尋找什麼。但她永遠找不到再一次沉入大海的石頭。

事實上，我並不是這個城堡的原創者，我是從另一個殺手的巢穴中得到的靈感，我已經記不清是第幾次執行任務了，總之對這一行已厭倦。那次的刺殺對象是個節度使，他的身邊永遠聚攏著一大群人，保護著他的安全，除了武功高深的衛士，還有一名來自天竺的老僧，能夠一眼識破變形的刺客。即便是晚上入眠，窗外和門口也時刻有人瞪大眼睛，充當他夢境的守護。節度使有個情人，居住在城西的一座大宅子裡，那座宅子同樣守衛森嚴，每個月初三的下午，節度使都會在護衛們的簇擁下，和情人約會。我決定在他經過的路上下手。為了尋找行刺的最佳地點，我對整條路進行了踩點，距離別院三十里的地方有一片蒼灰色的松林，松林邊上有座幾乎傾頹的塔，塔距離節度使必

經的大路約有四五丈，灰色的塔身幾乎和松林融為一體，這實在是一個不引人注意的藏身處。我圍著塔轉了一圈，粗略估計殘塔高三丈，沒有門，顯然是座實心塔。不過塔身上有個裂縫，足夠我鑽進去了。有一次為了完成任務，我曾在沼澤裡一動不動的潛伏了整整三天，比起寒冷惡臭的沼澤，塔身上的裂縫實在舒服多了，我可以像條風乾的蛇一樣潛藏其中。

半夜時分，我鑽進了塔身上的裂縫，儘管裡面漆黑一團，但我意識到塔內是空的，這實在令人喜出望外，為了避免火光引起麻煩，我沒有掏火摺子，而是憑感覺找了塊地方躺了下來。節度使行經這裡，至少還有好幾個時辰，我決定先睡一覺。不知睡了多久，我被一陣鼓聲，也許是鑼聲驚醒了。一縷光灑在我的身上，原來不止塔身開裂，塔頂上還有個破洞，光就是從那洞裡灑進來的。藉著這束光，我看清了塔內的狀況，幾乎貼著我的，是一具骷髏，盤膝而坐，軀體上的肉早已無存，只剩下森森白骨，頭骨向前，彷彿低頭沉思。為何塔中會有一具枯骨？原來這是僧人的靈骨塔。有的僧人圓寂後，肉身不壞，弟子們會建塔，塔的頂部為塔剎，下部為塔瓶，塔瓶內部是空的，將肉身安置於其中後，再封死入口。無疑，我誤入了一座靈骨塔。

隨著時間的流逝，頭頂破洞漏下的光慢慢移動，從我身上向僧人的靈骨上挪去，最終完全落在骷髏的顱骨上，那是一具雪白的骨頭，沐浴著光時甚至可以說晶瑩剔透。他就那樣盤膝坐著，低著頭，微長著牙齒暴露的嘴，其實那很難說是嘴，只是一個洞，活著的時候，無數美味或粗糧從那個洞裡填進去，又從另一個洞排出去。他的眼眶也只剩兩個洞，活著時，也許那曾是一雙睿智的眼睛，而今則什麼也沒有了。眼睛、鼻子、嘴巴、耳朵，與聲色飲食有關的一切都變得空空如也。然

而，他依舊盤膝頷首而坐，微微張開的嘴裡似乎還在吟哦，他就那樣坐在黑暗裡，不知坐了多久，他只剩下那乾乾淨淨、雪白的一副骨頭。頭頂上的塔剎突然崩塌，破了個洞，一天中的某個時段，光明來臨了，照著他。

此刻，我在黑暗裡，而他在光明之下。再過一會兒，光明就會消失，而我和他都將回到黑暗中。鼓聲早已遠去，鑼聲也聽不見了，那位和情人相會的節度使，大概此刻已經到了他的香巢。在我與僧人的枯骨相互對視的時候，他到了溫柔鄉。是的，我放棄了對他的刺殺。我知道他身上穿著紫色的衣服，有一雙我熟悉的眼睛，沒錯，他就是被我少年時刺殺的那個人。他不應該死。

我變成怪物的時間越來越長，耳朵豎立了起來，臉頰也被厚厚的毛所覆蓋。我依舊不停地挖洞，建造永無止境的城堡。我再也沒有接到過刺殺任務，也許殺手神殿的信使忘了我。我就這樣日復一日的挖洞，建造著我的地下城堡。第一層、第二層、第三層、第四層、第五層……向無限幽深的地方挖下去。不論挖多深的洞，我都沒忘記自己是一個殺手，我的敵人們絕不會放過我，就算再過五百年，他們也不會停止追捕。此刻，有一個強大的敵人進了我城堡的通道，我累了，我不打算逃走，也不打算再挖更深更複雜的地洞了，我就在這裡等著他，要麼我解決了他，要麼他將我解決掉。

在停止挖洞的那些日子，我不再點燈，我幾個時辰、幾天坐在黑暗中，彷彿與黑暗對峙。我不斷回憶起那些被我刺殺的人，有的面孔清晰，有的模糊，他們都是什麼樣的人呢？他們死後，妻子改嫁了嗎？兒女有人養育嗎？我知道有些人是大奸大惡，但奸人與惡人也有兒女對嗎？他們同樣有

愛，也有恨。他們也會向我尋仇。空空兒所著的《刺客之書》中有一句話：刺客是人間的清道夫。話說的這麼斬釘截鐵，他在死之前，懷疑過嗎？人間的清道夫，是誰定的準則呢。不過從另一個角度而言，這自大的傢伙似乎對這句話又信心滿滿。狼咬死獵物，禿鷲食腐，蛆蟲吞噬掉血肉殘渣，留下一副乾淨骨頭給這世界，乃至於什麼也不留，牠們同樣是清道夫，這又是誰的法則呢？

好色者，死於欲望；刀頭舔血者，死於利刃。這是空空兒那本書中的另一句圭臬之言。作為一個殺手，我是相當幸運的，我曾面臨過幾回瘋狂的報復和追殺，但我逃過了所有的劫難，我的同行們就沒有這麼幸運了，有的在第一次行刺時就死於非命，有的則因為狂妄自大暴露了自己，我則始終小心謹慎，將自己偽裝成最笨拙、最不顯眼、最被人忽視的那個。我有一條座右銘：當我需要執行任務時，我才是一個殺手。

空空兒在《刺客之書》中立下這樣的信條：「不要因憤怒而殺人，不要因嫉妒而殺人，不要因欲望而殺人。真正的刺客，不為自己殺人。」我承認，年少時，我曾犯過這樣那樣的錯誤，包括衝動殺人，當我成為一個老練的殺手後，就再也沒有為自己殺過人了。但我並未把自己鍛造成一柄冷血的刀，在殺手生涯中，我曾主動放棄過目標，甚至幫助目標偽造死亡的假象。

我追隨目標已經三天了。

一輛拉滿乾草的牛車，在秋日的涼風中緩慢前行，草裝的又高又滿，顯然裝車的是個行家。趕車的男人手中握著鞭子，任憑牛慢悠悠的往前走，一次也沒有揮鞭。我輕輕策馬，和牛車保持平行。手按在了刀柄上。

我要刺殺的，就是趕車的男人。

當我準備下手時，我看到了他的女人，她的頭枕著男人的肩膀，滑落的頭髮遮住了額頭，眼角布滿了細細的皺紋，鼻子微翹，唇形飽滿，側臉輪廓清晰。儘管有一些髮絲已經變白，但難掩她的美，年輕的時候一定是個美人。不過，此刻我覺得她更美。她靠在男人的肩膀上，對他充滿了依賴，就像是他的一部分。那是一種毫無保留的信任，成年累月的生活磨合，已經達成了某種默契。陽光灑在她的臉上，為她的半個面孔鍍了一層金，睫毛也成了金色。我鬆開了腰間的刀柄，心中一陣悵然，我知道這一生，永遠不會擁有趕車人的生活，也不會有這樣的女人。我不知道為何有人想讓他死，也許他是個金盆洗手的獨腳大盜，他許他是個逃亡的貪官，也許他是個被逐出門牆的叛徒。不論他曾經擁有過什麼身分，我決定放過他。

我輕輕用靴子踢馬腹，馬兒超過了牛車，我回頭看了一眼，趕車人露出憨厚的一笑，女人依舊靠在他的肩頭。她睡的很香，以至於我走出很遠很遠，她那睡熟的面孔仍在我的腦海裡浮現。

很快我又迎來了新的目標。

小翠是個妓女，毫不起眼的名字，像她的人一樣卑微，她懷上了新科狀元的骨肉，當我將刀抵在她的脖子上時，我看到的是一雙水汪汪的眼睛，像流動的泉水，帶著讓人無法拒絕的天真。她一點都不驚慌，面對刀鋒不但不躲避，反而迎了上來，逼得我倒退。一個人生無可戀，是有原因的，單純的人最先被世界淘汰，她就是這種人。

我放過了她，為她找到隱祕的住處，親自照顧她。在那之後的幾個月裡，我都沒有接新的任

務，我已經愛上了她。殺手和妓女，實在是絕配。我們的命運都是殘缺的，所以更加懂得愛。她用她的方式，為我做一切，她說：「只要你不殺我，你對我做什麼都行。」

她是我的天堂。

在那段日子，我逐漸遠離了殺手的生活，我在一家食肆當起了小二，被老闆剋扣了工錢攆出來後，我又去酒館當了酒保，為了賺到錢，我幫官衙抬過轎，在青樓看守過門戶，甚至像乞丐一樣乞討。受欺凌是難免的，但我不再殺人。殺人是有代價的，我從前之所以殺人，是有人已經支付了代價。那我的代價是什麼呢？身為殺手，本身就是代價。

如果小翠沒有死，也許我擁有了一次做回正常人的機會，不必再去殺下一個人。我會像那個趕車的車夫一樣，趕著那輛緩慢的牛車，走完我的一生。

幾個月後，也就是嬰兒誕生的那個夜晚，她死於難產，當夜我潛入狀元府，殺了那手無縛雞之力卻又負心的混蛋。當年落魄時，他寄身青樓，小翠給了他肉體上的安慰，也瞞著鴇母偷偷用銀子資助他，三個寒暑，小翠對他始終不渝。而他一朝得志，不但拋棄了小翠，還要取小翠的命。仗義每多屠狗輩，負心多是讀書人。那麼久不曾摸刀，我的殺人技一點都沒陌生。

小翠將我帶到了天堂，但我最後一個人又回到了地獄。

生而為人，原來如此辛苦，我還是缺乏對人間的足夠清醒。

我對每一種殺人技都了熟於心，但對救人卻一竅不通。

小翠死後，我意識到，當我們與這個世界對抗時，我們無知、無能、無明，我們必將陷入混亂

與懷疑。一切認知，包括用半生建構起來的信念，都將被打碎。

小翠是最後一個，最後一次讓我對人世的溫情產生幻想的人。

手握帶血之刀的人，不要拜神。

空空兒如是說。

所以殺手神殿裡從無祈禱之舉，你所得到的一切是因為你手裡的刀，而不是神；反之，你失去的也是這樣。

殺手的世界，是一片荒野，沒有未來。

小翠的孩子活了下來，我趁著夜色將他送到了一戶農人的門口，那是一對年輕的夫婦，他們看到嬰兒時，用難以置信的眼光看著我，對我跪了下來。我以最快的速度逃離，我不想將殺手的氣味留在那裡。我不是沒有撫養孩子的能力，我只是不想讓他變成另一個我。

對一個人最大的愛，就是給他選擇命運的機會。我能為小翠做的，只有這個了。

我想起了靈骨塔中僧人的白骨，他空洞洞的眼眶裡什麼也沒有，但卻凝視我，銳利而清晰。我離開那座塔的時候，絆了一跤，隨即墜入了一個深洞，就這樣我發現了地下城堡，從地洞裡的遺留物來看，地洞屬於一個殺手。我沒有在盤根錯節的地下洞穴裡發現生命的跡象，它存在的時間已經很久了，也許上百年了，也許還要更久。這個洞的主人，與頂上靈骨塔中的僧人是什麼關係呢？他就是那個僧人嗎？我無從得知。當我從地洞裡爬上去，我似乎看到僧人的骨骸跳了起來，隨即倒地成了一堆骨渣。

光還會照在堆積的骨渣上，直到變成土、變成塵，被風吹走，灰飛煙滅。

在幽暗的地下，始終浮動著一雙只剩下眼眶的炯炯眼睛。沒有風，但我似乎感受到風穿透了身體。

二〇二四年九月三十日夜完成，十月二十四日定稿

城

海盜

大唐天寶年間，一群海盜襲擊了我的家鄉，我被海盜擄上了船，從此成了海盜的一員。事實上，我曾有躲過一劫的機會，但我並未逃走。我的家鄉是個非常小的村莊，蝸居在海岬一側，把全部居民攏起來，也不過四五十號人，全都是漁民。海風把村子裡的房屋撕的破破爛爛，彷彿是一群乞討者的臨時宿營地。我祖上八代都是漁民，父親早就厭倦了在海上討生活的日子，從我蹣跚學步時，他就將我送到四十里外的一個村莊就學，那是方圓百里唯一有私塾的村莊。我在那裡得以啟蒙，識字讀書。

十五歲開始，我一遍又一遍到縣城參加考試，為了讓我考試，父親弄的幾乎傾家蕩產，然而我終究連一個秀才也沒撈著。漁民的兒子，撈功名談何容易？可是做個漁民，我又不甘心，我的父親更加不會甘心。漁民的日子實在太悲慘了，幾乎沒有一天不在海上漂泊，惡劣的天氣隨時都會奪走人的性命。村子裡幾乎每家都有死在海上的人，我的祖父，大伯父，都是死在海上的。父親經常說，漁民不該死在床上，我們的歸宿是大海。也許我暗自希望被海盜擄走，以此離開這悲哀的漁

村。當海盜劫掠的消息傳來時，大部分村民逃往內陸躲避，而我照舊住在自家那破爛不堪、四面漏風的干欄屋裡。

這支海盜隊伍的大頭子名叫馮若芳，自稱萬州大王，據說他有五百多條船，常年縱橫於林邑、真臘、墮和羅、赤土、驃國、訶陵等國之間，就連那些小國的國王都要向他俯首稱臣。海盜內部組織嚴密，每支船隊的最高首領稱為大執事，座船上掛著北斗七星旗，那是整支船隊的旗艦。襲擊我們村莊的這支海盜船隊的首領名叫鄭老倌，據傳言是馮若芳的外甥，他手下有兩個得力幹將，黑白二執事。白執事是軍師，為每次劫掠制定計畫，並將劫掠來的財物和擄掠來的人口登記造冊，他雖然是二把手，但卻是實際上的決策人；黑執事負責軍法，同時也是劊子手，對有過錯的海盜進行處罰，至於那些嚴重犯錯的海盜，會被他親手處死。再往下，就是每條船的船長了，他們對自己的船員同樣操有生殺大權。

海盜們襲擊村莊和城市後，會將擄掠來的人口分成了兩類，年輕強壯的編入海盜隊，老弱和婦孺賣給真臘的豪酋為奴，對於有姿色的女子，則被送往了婆利島——那是馮若芳的老巢。

鄭老倌見我體弱，原本打算將我賣掉，但白執事搜身時，搜出了我身上的書卷，他問我是否識字，我點點頭，他便請求鄭老倌將我留下，就這樣我成了船上的書記官，也是這支船隊唯一識字的人。這是一群野蠻、狂暴、嗜血的匪徒，但卻沒有一個人讀過書。就連那詭計多端、陰險狡詐，自稱智多星的白執事，也是大字不識一個。之前的書記官是他們擄來的私塾先生，年老眼花、體弱多病，還常常要忍受白執事和其他海盜們的恐嚇，終於經受不住折騰，一命歸西了。

我清理了前任書記官留下的帳本，發現他的帳目一塌糊塗，常常前後不符，我對登記的財物一筆一筆核對，重新整理。白執事對此十分滿意，將此事呈報鄭老倌，鄭老倌大喜，任命我為紅執事，還派給我一個名叫麻柱子的強壯海盜當僕人，我稀里糊塗的坐上了這支船隊的第四把交椅。

每年十一月，由於海上風暴漸多，海盜船隊便去驃國避風，這是一年中最逍遙的日子。海盜們找女人、飲酒、賭錢，這些傢伙們在船上個個凶殘無比，但上了岸以後卻人畜無害，原來他們在驃國都娶了土著女人，有兒有女。避風期一過，海盜們會立刻回到船上，那些誤了期限的人，黑執事會砍掉他們的一隻腳，扔到黑暗骯髒、老鼠橫行的船底充當搖櫓的奴隸。

海盜的船隻分為兩種，一種是戰鬥船，船身用油漆塗成灰藍色，每次劫掠，都衝在最前面。一種是接應船，船身為黑色，負責支援。丙子船是一艘戰鬥船，船長李大石嗜賭如命，賭技卻很爛，上岸後，他找不到自己的錢袋，指認是庚子船船長莫三朵盜竊。海盜們雖然是一群十惡不赦的傢伙，但是忌諱偷竊，尤其是內部之間，偷竊是大罪。白執事親自搜查了莫三朵的房間，果然找到一個玄色的袋子，裡面裝了大半袋錢。他問李大石：「錢袋裡有多少錢？」

李大石答：「五百文。」

白執事將錢倒在桌子上，數了數，果然是五百文。下令砍斷莫三朵的一隻腳，將他扔到船艙深處去，如果他能活下來，就讓他當划船奴，如果死了，就扔進大海。莫三朵怒極，堅稱：「這是我自己的錢袋，李老賊誣陷我，他看見過我數錢。」

白執事一時無從決定，在船頭來回踱步。突然，他說道：「孰是孰非，不如交給老天吧，讓他倆

打一場，誰贏了，錢就是誰的。」

圍觀的海盜們頓時歡聲如雷，用腳跺著甲板，高聲嘶吼道：「打、打、打。」將兵器紛紛扔在甲板上，李大石搶了一柄板斧，莫三朵則拿了一柄三股叉，兩人拿到趁手兵刃，不等白執事下令，就廝殺在一起，兵器相撞，冒出一串火星。

李大石力大斧沉，每一次劈下，都帶動空氣的嘯叫，莫三朵身材靈活，閃避騰挪，躲開了一次次致命傷害。兩人交手半個時辰，李大石呼氣如牛，動作漸漸慢了，而莫三朵則占了上風，鋼叉的鋒銳部劃破了對手的手臂，鮮血灑了一地。李大石一退再退，莫三朵見他露出破綻，晃動著叉刺向他的空門，李大石卻扭腰抖臂，甩出一連三顆飛蝗石，莫三朵躲開了前兩顆，但卻未躲開第三顆，石子擊中手腕，鋼叉脫手，墜落海中。形勢陡然急轉，誰也未料到李大石會用暗器傷人，不過對於海盜們而言，這並不新鮮。只要能保命，什麼下三濫的手段都不為過，這才是海盜的法則。莫三朵沒了兵器，李大石立刻囂張起來，舞動大斧劈來，莫三朵左躲右閃，漸漸退到了船舷，再退就要掉入水中了，那他就輸了。海盜們安靜了下來，等待著那致命的一擊。

憑直覺，我認為莫三朵是被誣陷的，就在斧子距離他只有一尺的時候，我將腰刀拋給了他。他接刀在手，一個彈跳躍上了桅桿的橫木，而李大石則劈了個空，斧子砍在甲板上，木屑橫飛。莫三朵見他招數用老，從天而降，一刀斬向他的肩頭，李大石慘呼一聲，右臂幾乎被連肩一起斬斷，頓時暈了過去。

白執事將錢袋扔給莫三朵，說道：「你贏了，上天是對的。」

我吃驚的問道：「你知道李大石誣陷莫三朵？」

白執事說道：「我知道。」

「何時知道的？」

「一開始我就知道。因為錢袋上有股臭味，那是殺豬者身上的味道，常年漂在海上的水手和海盜們，身上是鹹腥味。李大石在海上已經三十年了，而莫三朵最近才加入，這錢袋是他從陸地上帶來的，他原本是個殺豬的，殺了人，才投奔了我，當了海盜。」

「你既然知道真相，為何還讓他們打，萬一李大石贏了呢？」

「真相不重要，誰強才重要，我要把那個最強的人留下來。」

聽完，我的後背流下一陣冷汗。

白執事下令將受了重傷的李大石處死，李大石面如死灰，還沒來得及求饒，就被黑執事拖上了岸，像拖著一條死狗，扔下了幾十丈高的陡峭海岸，水面上濺起一片白色的水花，人很快就被海水吞沒。

丙子船沒了船長，鄭老倌命我代理船長。我的船上除了三個小頭目外，還有三十個水手，全都是雙手沾滿鮮血，血債累累的傢伙。我任命麻柱子為大副，同時讓他充當我的侍衛官，撥了五個人給他當手下，日夜輪流守衛在我的艙室外。船隊離開驃國，穿過一大片暗礁時，遇到了風暴，往年這個日子早已風平浪靜，然而今年卻讓我們遇上了最惡劣的天氣。船到了鱷魚島後，白執事清查損失，五條船嚴重損壞，還有兩條船的桅桿斷了，最糟糕的是辛子船，它被暴風扔到暗礁上摔了個粉

碎，船長和他的船員們一起葬身海底。白執事下令將船隻有損壞的七個船長全部捆起來，砍掉一足，丟入船底為奴，讓船上的大副當船長。我立刻為他們求情，船隻的損壞，並非船長們的錯，根本原因是風暴，我還警告白執事，今年的風暴不知何時結束，如果後面再遇到風暴，是否把別的船長也斷足為奴？這些船長的船雖然有損壞，但他們經驗老道，至少保住了自己的船，只有他們才能帶領船隻穿過危險的海域。白執事接受了我的諫言，赦免了那些船長。保住了一條腿的船長們紛紛向我致謝，沒有被波及的船長也向我點頭致敬。

我們剛一回到中土海域，就遭到了朝廷水師進剿，由於船隊在之前的風暴中蒙受了損失，面對人數眾多的官軍，我們處於劣勢，陷入了包圍之中。我建議將船上的財物都丟進水裡，誘惑官軍爭搶，以便突圍。白執事採納了我的計謀，下令將裝著財物的箱子扔進海裡，還故意打開箱子的蓋板，露出箱子裡的金銀財寶和綾羅綢緞，官軍一見，減緩了對我們的衝擊，紛紛下海搶財物，船相也互撞擊在一起，亂做一團。我率領自己的船趁機猛攻官軍薄弱的右翼，在包圍圈上撕開了一個大口子，從而使船隊脫險。這一戰雖然損失不小，但畢竟保住了眾人性命，鄭老倌將三十條船分撥給我率領，位在黑執事之上，我就這樣榮升為海盜們的三當家，擁有了自己的船隊。

襲擊寧島時，我們擄掠了不少人口，有老人、婦人，還有小孩，我勸白執事將老弱婦孺全部放掉，帶上這些人，我們並不能獲得多少利益，萬一遇到官軍，還不利於逃脫。自從我那次從官軍的包圍中協助大家突圍成功，白執事對我的話可謂言聽計從，因此他爽快的答應了。也就是那時，我看到了阿夢，她年約二十歲，雖然臉上沾著泥汙，穿著寬大的衣服，但掩蓋不住她那飽滿且洋溢著青春氣息的身體，當我的目光與她相遇，她露出了淺淺的一笑。和她一起的老人和藍袍少年，也許

是她的父兄，也可能是她的公公和丈夫，他們都被白執事擄下了船。我本想將阿夢留在自己身邊，但黑執事卻將她獻給了大執事鄭老倌。

我第二次看見阿夢，是在鄭老倌的座艦上，那天大執事號令所有船長到他的座船議事。阿夢穿著一件雪白衫子，胸部凸起完美的曲線，褲腳灑金，每走動一步，都彷彿一道光閃爍，令人目眩。鄭老倌命她為每個船長斟酒，當她到我跟前時，似乎多停留了一會兒，我趁機在桌子下摸了摸她的繡鞋。她的目光與我對視，露出深深的哀怨，不過那是極短的一剎那，幾乎沒有引起任何人的注意。鄭老倌端著黃金酒杯，不知說了些什麼，我一句都沒聽清楚。我暗暗發誓，一定要得到阿夢。

船到林邑後，大執事鄭老倌上了岸，林邑國的國王請他入宮赴宴，我偷偷上了旗艦，找到了阿夢的艙室，但她隔著珠簾，堅決不肯與我見面。在我無奈離去時，我遇到了白執事，他冷冷的看著我，顯然他知道我的目的。起初我害怕極了，擔心東窗事發，不過後來什麼事也沒發生。我猜他是為了籠絡我，故意這麼做的，又或者有了這個把柄，他能更好的控制我。此人雖然不通文墨，但是心機深不可測，我還是對他防著一些好。

又一個信風來臨的季節到了，我們率領著船隊，殺向了豐饒的泉州，那時候大唐的皇帝對糟糕的海道狀況十分厭煩，尤其是在我們搶了波斯的船隊，還搶走了波斯國王給皇帝的禮物之後，皇帝更是雷霆震怒。官軍為了引誘我們，撤走了海面上巡遊的官船，在港口兩翼埋伏了精銳力量，這讓鄭老倌認為港口防衛空虛，他和白執事一起殺入了港中，卻只安排我負責接應。我當了三把手後，逐漸在海盜中樹立了威信，與白執事聯手，就連鄭老倌也不得不禮讓三分，他為了打壓我，不再讓

我參與重大行動，每次都只讓我率隊在外圍游弋，充當他那艘華麗「宮殿」的護衛。我知道阿夢在那艘豪華的船上，不過此時我可顧不上去看她。我眼看著鄭老倌殺入港內，埋伏的官軍四起，隱藏在港口兩翼的小船立刻封鎖了出口的水關，港內殺聲震天，一片火光。

麻柱子一見，立刻說道：「不好了，大執事中計了，我們殺進去吧。」

莫三朵也說：「下令吧，紅執事大人。」

自從被任命為紅執事，我就將莫三朵調到了我的身邊，充當我的副手。

我看了他二人一眼，他們立刻知趣的閉上了嘴，其他人則連一個吭聲的都沒有。至於我手下的船長們，要麼我為他們求過情，要麼我從白執事手下救過他們的命，全都對我忠心耿耿。沒有我的命令，他們絕不會移動船隻半尺。

此時我若殺入，恰好中了官軍的圈套。鄭老倌和白執事雖然陷入了埋伏，但海盜們全都是百戰死士，這群悍不畏死的傢伙絕對夠官軍喝一壺的，等雙方都廝殺的力竭，我再殺過去，不但能將官軍打個措手不及，還能將大執事等人救出來，當然，如果這個罪惡多端的傢伙死了，那再好不過了。

港口內的喊殺聲持續了兩個多時辰，我始終按兵不動，等到戰鬥的聲音越來越弱，我這才命令麻柱子率領三條船守護好那艘華麗的大船，自己則和莫三朵率領其餘的船猛攻港口，剛剛經歷了一場苦戰的官軍根本抵不上生力軍的猛撲，水關被我們輕易撕開了，我讓莫三朵在港口內用硫磺管四處縱火，那是我發明的一種特殊武器。把硫磺、木炭與南洋的火焰石搭配，裝在銅管裡，扣動扳機，就會噴射出三丈長的火焰。官軍一時不明虛實，紛紛躲避，我命人尋找大執事和白執事的船，

我很快找到了白執事，他的腿上捱了一箭，幸好不致命，我下了死命令給莫三朵，無論如何也要保護白執事衝出去。

我換上短甲，嘴裡叼著刀，駕著一艘小船，冒著港口內滾滾的煙氣，不停呼喚大執事。港口內到處都是燃燒的船隻，有的已經沉沒，只有桅桿還露出水面。在一群東倒西歪的海盜船中，我看到了大執事的那艘船，桅桿上掛著一面黑色的骷髏旗。我爬上大船，只見甲板上到處都是死屍，有官軍的，也有海盜的，我朝船艙深處走去，水已經灌滿了半個船艙，很顯然官軍的水鬼鑿穿了船底，在通往艙底的木質臺階上，我看到了鄭老倌，他的半個身子淹在水裡，不過還活著，身邊有七八個死了個官軍，我不得不佩服這個老傢伙的戰鬥力，他的大腿上有個洞，不停的湧出鮮血，染紅了半艙水，那大約是被長矛洞穿的。他的右肩上有一支箭，幾乎將他貫穿，使他的右臂喪失了戰鬥力，他的胸口也受了傷，一片血肉模糊，不過他的左手裡依舊握著一把短柄戰斧，那是海盜們最慣用的兵器。看到我後，他的眼裡閃出一道亮光，那是求生的希望。他左手一鬆，手裡的斧頭立刻滑落水底。但我並沒有去拉住他伸出的手，而是將腳踩在了他的頭上，慢慢用力，將他踩入水中。他的反抗非常無力，起初還在那片艙內的淺水中折騰起一片灰色的浪花，後來便不動了。我拿起死去官兵的長矛，狠狠鑿向艙底，不斷擴大艙底的漏洞，水翻湧著進入船艙，眼看著鄭老倌的屍體沉入黑暗的艙底，我這才丟下長矛離開。

除了我率領的三十條船外，整支船隊幾乎全軍覆沒，我請白執事登上首座，但他卻一再推辭，堅決不肯做老大，反而推舉我當大執事，我便坐上了第一把交椅。順利成章的，我也擁有了鄭老倌

的大船，我將船上的幾百個擄掠來的女人全部遣散，想回到岸上生活的，我給了她們每人一錠銀子，願意繼續留下的，我讓她們服侍阿夢。

阿夢，她是我的。

阿夢得知鄭老倌死了，我成了新的主人後，她抽泣了起來。

「他是怎麼死的？」

「官軍殺了他。」

「是妳親眼所見？」

「沒有，我找到他的時候，他已經死了。」

她又哭了起來。

「妳為何而哭？」

阿夢沒吭聲。

「妳不恨他？」

「不。他雖然是個強盜，但是對我很好。」

「我也會對妳好的。」我走了過去，托起了她的下巴，她的臉豔麗極了，我從未見過那麼多淚水，彷彿決了堤的河流。

「他是妳的第一個男人。」

她沒有吭聲，算是默認了。我想，過一段時間她會接受我的。離開時，我對兩個上了年紀的僕婦說：「好生伺候夫人，切莫懈怠。」

我已經將阿夢當作我的夫人了。

在之後的日子裡，我兼併了另外兩支海盜隊伍，一次又一次擊敗官軍的水師，船隊的船隻擴張到了三百艘，擁有了和馮若芳分庭抗禮的力量。我在海上的勝利，並沒有贏得阿夢的歡心，儘管我將最柔軟的絲織品和無數的珠寶首飾送給她，我極盡殷勤每天都來看她，但她對我還是愛搭不理，我決定不再等待。對於強盜而言，他擁有三件武器，第一件是甜言蜜語，第二件是金銀財寶，如果這兩件都沒有效果，那麼還有第三件，那就是力量。當我在海上擊敗了馮若芳，將他趕出老巢婆利島後，我宣布我要迎娶阿夢，不管她是否同意。

馮若芳的宮殿在婆利島靠東的一座山的山頂，背後是灰黑色的懸崖，早晨的第一縷陽光總是最先照進他的臥室。不用說，這裡成了我的洞房。入洞房的當晚，阿夢雙手抱著胸，哭得非常傷心，使我徹底喪失了耐心，我撕碎了那件名貴的蜀繡製成的大紅吉服，她的胴體裸露在我眼前，胸前彷彿有兩隻潔白的兔子在跳動，她一步步後退，她身後的窗外就是懸崖，如果她還是不肯接受我，那麼不娶也罷。當我將她抱住時，她卻未做任何反抗，我們如此和諧，以至於連續幾天，我都讓僕人將飲食送入洞房。在此後的幾天，我的兄弟們在島上過起了天堂般的日子，不是和島上的女人們廝混，就是醉的昏天黑地，全都成了淫棍和醉鬼。美酒和女人讓我們放鬆了警惕，馮若芳投靠了官軍，並引導官軍襲擊了婆利島，我和兄弟們倉皇逃上了船，不知有多少兄弟在醉夢中掉了腦袋。

逃離婆利島後，我們一路向驃國逃去，遇上了一年中最惡劣的天氣，暴風雨襲擊了我們。我率領著被風暴打的七零八落的船隊到了一座海圖上沒有標記的島嶼，狀況實在不能再糟糕了，暴雨把每個人都澆的溼透，我下令兄弟們將船上的物資搬下來，能搬多少就搬多少。劫掠來的金銀財寶固然沒丟，然而能吃的東西少的可憐，只剩下一些凝結成塊的麩子皮和鹹魚乾，喝的，我們只能收集雨水。更糟糕的是不少人帶著傷，每個人都哭喪著臉。我一再保證，等天氣一好轉，立刻就回中土，我會把劫掠來的財物平分給大家，每個人都會成為富翁。聽了我的話，這群像落水狗般的雜種才逐漸平復了情緒。

懸崖下的洞穴十分低矮，人在裡面勉強能抬起頭。惡劣的天氣持續了半個月，終於迎來了晴朗的天氣。停靠在狹小港灣裡的船遭到了風暴更嚴重的破壞，就連我的座艦也被旁邊的船撞了個大洞，還有幾條船徹底消失了蹤影，我猜是被巨浪撕碎後席捲而去。白執事帶著船員們開始修船，這恐怕需要十天半個月，甚至更久的時間。我率領著莫三朵和另外三個船長勘察島嶼。在島嶼的南端，我們發現了一座廢棄的院落，它緊挨著一片椰子林，院子很大，有一座主屋和十多個居室，還有一座不算小的廚房，裡面什麼廚具都有。奇怪的是，這裡一個人都沒有，好像憑空消失了一般。我命莫三朵去傳達消息，讓兄弟們都搬到這個院子裡來住，這樣就不必忍受夜晚吹進巖洞的海風了。

挨著主屋有座亭子，有人在亭子裡發現了一口井，打上來的水是甜的，這讓我們的精神頓時為之一振，在大海上，缺水比缺糧更可怕。海水又苦又鹹，不能飲用，有人實在忍不住口渴喝了，嘔吐不止，不久就中毒而死。從水井裡打水時，有什麼東西在閃爍，有個傢伙自告奮勇的下到井底，

發現是一個黃金碗。眾人大喜過望，輪流淘井，在井底發現了更多的金器，有黃金盤子、金手鐲、金項鍊、金項圈，還有幾十個馬蹄金，以及上百個金錠，彷彿這裡是一座巨大的金庫。這一發現，不但一掃遭遇風暴的沮喪，似乎連那場失敗也無足輕重了。

不過，搬進庭院的第一個夜晚，我就感覺有什麼在窺伺著我，但我無法具體描述，也許是這些日子在海上的悲慘遭遇讓我的神經繃的有點過度。從婆利島逃出來時，麻柱子為了保護我戰死了，我讓莫三朵兼任我的侍衛官，他手下至少有五十個人，四人一崗，每崗一個時辰，輪流值守在主屋外。

夜晚來臨後，下起了雨，我在淅淅瀝瀝的雨聲中進入了夢鄉。半夜時，我被一陣歌聲吵醒了，雨聲夾雜著歌聲，斷斷續續，如泣如訴，如慕如怨，那是一個女人在歌唱，起初我以為是自己在做夢，但我很快醒了，外面巨大的黑影映在窗紙上，我抽出床頭的佩刀，將刀尖插入窗縫，猛的用力，窗扉朝兩側甩開，一個倒吊著的人臉幾乎貼到我的臉上。那是一張青白色的臉，翻著白眼，只有眼白，沒有瞳孔，嘴巴大張著，吐著半截舌頭，好像脖子被人卡住似的，衣服上的水不停地往下墜落。我毛骨悚然，雙肩上彷彿壓著千鈞重，被巨大的恐懼攫取了，差點癱軟在地，但我仍然揮刀砍去，卻砍了個空，什麼也沒有了。窗外一片漆黑，一片密密的雨水的線條，在投出去的燈光下形成密集的簾幕。我極力想看穿簾幕，然而顯示在簾幕上的，只有剛才那張恐怖的面孔。

我害怕極了，關上了窗子。在大雨簾幕的後方，一定藏著我所不知道的事情。

我喝令門外守衛的海盜進來，然而半天卻沒有任何聲響，我知道一定發生了什麼，立刻拎著刀

衝出了門，果然，門外一個人都沒有。這些傢伙一定是趁著雨夜偷懶喝酒去了，我順著門廊怒衝衝的朝莫三朵的房間走去，一腳踹開了他的門。他面色慘白，看到我時幾乎嚇了一跳，但明顯看得出來，他的恐懼並不是來自我，而是別的東西。他的嘴長得大大的，露出一口焦黃的爛牙，他極力控制著自己，避免顫抖，但他還是顫抖了起來，我聞到了一股騷味，他竟然尿了，尿液順著褲管流下來，在腳邊形成一片小小的水泊。「我做了個夢……恐怖的夢。」他指了指窗子，剩下的話就再也說不出來了。我丟下他，回到了自己主屋的房間，窗子竟然是開的，我明明關上了窗子。地上有一道長長的亮晶晶的水跡，好像有什麼東西從窗外爬了進來。我關上窗子，再也無法入睡了，抱著刀坐在床上。

第二天是個大晴天，醒來後渾身疼痛不堪，我猜昨夜一定是夢遊了，走到門外，一個守衛都沒有。我心知大事不妙，立刻去找莫三朵，他發著燒，躺在床上說胡話。地上有一團尚未乾涸的尿水，屋子裡飄著濃烈的尿騷味，看來昨晚不是夢遊。須臾，白執事來了，他的臉上掛滿了汗水，手抖個不停，嘴巴顫抖的說不出完整的句子，乾脆拉著我向外跑。四具屍體平躺在亭子裡，渾身溼淋淋的，我這才意識到，昨晚看到的恐怖面孔，是其中一個守衛，他的脖子上繫著一塊紅色的綢子。我仔細觀察死者，他們全都趴在地上，以水井為圓心，腳指向井沿，頭衝亭子外，朝著東南西北四個方向，好像是從水井中爬出來的。每個人的脖子上都有血痕，好像被什麼咬過，身上覆蓋著銀色的黏液，亮閃閃的，隨著太陽的照射，慢慢的消失，但沒被太陽照到的地方，依舊亮晶晶的。我命令白執事檢查死者。他告訴我，死者都是淹死的。

如果有人告訴我這些凶殘的海盜是自殺的，我絕不會相信。我暗自揣測，一定有人想算計我，

所以安排了這麼一個局。我在心中把可能的人都過了一遍，白執事、莫三朵、柯大頭、一撮毛……他們每個人都有可能。這些海盜們全都詭詐無比，為了權力，能夠使出最卑鄙、最下三濫的手段。我必須找到證據，我可以懷疑任何人，但不能懷疑所有人，否則我就成了孤家寡人。我親自挑了四個人，充當夜晚的守衛，為了能讓他們在第一時間發現暗算者，我還在屋簷下掛了四隻明亮的燈籠。另外，我暗中派兩個人為眼線，一個是廚師，一個是打更人，讓他們盯著這群傢伙的一舉一動。

我命一個上了年紀的女人收拾我的房間，可那條亮晶晶的水跡卻怎麼也擦不掉，就像一隻超大的蝸牛爬過一般。當晚天黑後，我在懷裡揣了一把鋒利的短刀，那是船隊在泉州時我從一個波斯商人手裡買的，削鐵如泥，切玉就像切豆腐，據那波斯商人說，這把利刃不但能輕鬆刺破防禦力最強的鎧甲，而且連鬼神也畏懼，它的名字叫「辟邪劍」。

又是一個雨夜，我假裝喝了酒，早早吹熄了燈燭，上床就寢。半夜十分，那毛骨悚然的歌聲果然又響了起來，我憋住嘔吐的感覺，帶著憤怒，一腳踹開了門，衝了出去，燈籠被風吹的擺來擺去，一個守衛也沒有。雨像牛毛一樣撲在我的臉上，我極力豎起耳朵，循著歌聲的來源，奔了過去。是那座亭子，有水井的亭子。距離水井還有兩丈時，我停住了腳步，因為亭子裡有人，正是我門口的守衛之一，他站在井邊，俯視著井底，由於亭子的頂上掛著一盞燈，所以他的神情清清楚楚，那是一種陶醉的神情，似乎井底有什麼吸引著他。我正欲過去，卻被什麼勾住了衣服，我驚恐不已，回頭卻見是柯大頭，他朝我搖了搖頭，示意我靜觀其變。

不斷有歌聲從井口飄出，站在井邊的海盜發出一陣夢囈般的聲音，臉上的神情越來越怪異，那

是一種十分邪魅的笑容，是的，他在笑，無聲的笑。突然，他縱身跳入了井中，我和柯大頭幾乎是同時發出一聲驚呼，奔向亭子內。井水不停地翻騰著，好像有什麼在裡面攪動，那不是白天看到的清澈的水，而是一團黑色的泛著銀光的黏液，當我們意識到那黏液在上漲時，黏液已經外溢到了井口。我和柯大頭驚恐的退出亭子，隨後我們看到了令人頭皮發麻的一幕，如果沒有柯大頭在場，我猜我一定會逃走。水井裡的黏液噴湧而出，隨著黏液噴出來的，還有我的守衛，不是一個，而是四個。現在我明白了，我的守衛是怎麼死的。

在接下來的日子，海盜們惶惶不可終日，大家寧可飲用髒汙的雨水，也不去亭子裡打水了。然而船還沒有修好，一時半會兒無法離開這詭異的島嶼。有個淘過的井海盜說，當初從井底撈金器時，他曾在水中看到一個女人的臉，井裡的歌聲就是那女人唱的。還有的海盜說，井底有個恐怖的怪物，長著無數條觸手，那些觸手曾在水面上搖曳。總之，各種謠言紛起。我不想再有人死去，下了宵禁令，入夜後，任何人都不得離開自己的房間。

也許我根本不必下這條禁令，就連最嗜酒的醉鬼和一天不賭就抓耳撓腮的爛賭鬼入夜後也不敢出房門了。當然，我的眼線除外，儘管我親眼目睹了那怪異的、令人恐懼的事件，但我仍然懷疑，是有人在背後操控，只是我不懂其中的玄機罷了。我決定親自搞清楚真相，當所有人都乖乖待在自己的房間時，我走出了房間。我沒有忘記帶上那柄辟邪劍。

走進亭子，我在井欄邊坐了下來。遠處，一個人影鬼鬼祟祟的，寬大的帽簷遮住了他的臉，不過從體型上判斷，那絕不是我的眼線。究竟是誰呢？我把自己的身影向後挪了挪，便於隱蔽，實際

上完全無此必要，因為白天的時候，我已摘掉了亭子裡的燈，此刻的亭中漆黑一片，我看得見他，他卻看不見我。

我盯著遠處的身影時，我身下的井中傳來了聲響，然而太黑了，什麼也看不見，當我準備逃離時，我的腳卻一動也動不了，彷彿被什麼抱住了一樣。這時候，月亮升了起來，我藉助著微弱的月光，看到了恐怖的一幕，我再也控制不住自己，發出了一聲尖叫，身體也跟著顫抖個不停。是觸手，從井口伸出無數觸手，牠們纏住了我的腳踝，還有更多的觸手，像蛇一樣慢慢的從井口湧出來，牠們纏繞在我的小腿上，一寸一寸覆蓋，將我包裹起來，當我握住辟邪劍的劍柄，準備反擊時，井口的觸手慢慢分開了，露出一個女人的臉。我一下愣住了，是阿夢，她的目光笑盈盈的，像兩個彎彎的月亮，細膩的像白瓷一樣的面孔，在月光下閃閃發光。是她，是我朝思夜想的阿夢，她從井中走了出來，伸出雙臂，將我抱在了懷中，她的懷抱如此溫軟，我曾將頭枕在她那豐碩的雙乳間，我實在是再熟悉不過了。她將嘴巴湊近，那是一張令人欲罷不能的嘴兒，新婚的那些沒有晝夜的日子，我們的舌頭無數次糾纏在一起，直到發麻為止。不過模糊的意識告訴我，那不可能是阿夢，因為阿夢已經死了。馮若芳和官軍趁著夜色摸上婆利島，發動突然襲擊時，我正躺在阿夢的懷中，我穿著睡衣跳了起來，拿起掛在床頭的刀，殺死了第一個衝進來的敵人，當我回頭尋找阿夢時，她站在窗臺上，跳上床的敵人正用刀抵著她那裸露的胸口，以貪婪的目光盯著她。她給了我一個動人的微笑，就像我第一次遇見她，當我明白有什麼要發生時，她一躍跳了出去。我心碎欲裂，奮力一刀斜劈向面前之敵，將那惡棍劈成了兩半，臭烘烘的腸子流了一地。我急忙朝窗外望去，窗外懸崖下只有藍色的大海，白色的浪花撞擊著灰暗的岩石，一隻紅繡鞋掛在崖邊的枯枝上。

阿夢死了，眼前的是邪魅。

觸鬚已經將我包裹的像粽子一樣，幾乎快纏繞到我的胸口了，我將辟邪劍刺入冒牌阿夢的胸口，牠一聲淒厲的嘯叫，一個頭上長著角，獠牙外露，面孔猙獰的怪物跳了起來，牠雖然有一張人臉，但卻沒有腳，身體的下半部分長著條大蜥蜴一樣的尾巴。扭動著身軀，疾速縮回了水井，纏繞在我身上的觸鬚將我拖了下去，在失去意識前我聽到了清晰的水響，冰冷的水淹過了我的頭頂，我落井了。

當我第二天從床上醒來時，我已經無從判斷那是個離奇的夢，還是真實的經歷。我的衣服完好的穿在身上，一點落水的跡象也沒有。只有頭髮上，略微有些亮晶晶的東西，可能是汗水裡析出來的鹼，或者海風吹在上面的鹽。船雖然還沒有全部修好，但足夠將所有人都帶走，為了節省空間，減輕船的重量，我下令將劫掠來的財物，包括那些從井底撈上來的金器和金子都丟棄，我實在是受夠了這個地方。不知是誰的主張，那些金子和財物都被丟進了井裡，幾乎將井填平，這還不夠，白執事又下令拆毀了亭子，將水井掩埋在下面。

再也不會有人知道這裡有一口邪惡的井了。

船隊出發後，我坐鎮旗艦在前，白執事主動請纓殿後，如果走散，相約在白山島集合。船在海上航行了二十多天，遠方出現了一片白色的峭壁，這讓大家十分欣喜，過了這座島嶼所在的海域，距離中土就不遠了。我們要打回去，奪回海上霸主的地位。莫三朵自從上次生病後，精神狀態一直不太好，我派了一個海盜照顧他。我的新侍衛官是個胖子，名叫陳老二，身軀雖然胖，但人卻精明

麻利。他悄悄告訴我，白執事的船失去聯繫已經好多天了。

白山島四周的水域非常平靜，有個巨大的峽灣，是下碇的好地方，我決定在這裡停泊修整，等待走散的船。幾天之後，落在後面的船陸陸續續都到齊了，只有白執事的船始終沒有消息。我命令柯大頭率領兩艘船回去搜索，五天後，他回來了，一無所獲。我決定不再等了，下令船隊出發。

船進入中土海域後，我發現前方航線上有一艘白帆，我以為那是敵人的偵察船，下令所有的帆全部升起，加速追趕。隨著距離越來越近，我發現那艘船是灰藍色的，那是自己的船，沒錯，是白執事的船，他肯定是偏離了航線，繞過白山島，跑到我們前面去了。我立刻讓桅桿上的兄弟發旗語，然而對方卻毫無反應。柯大頭忍不住了，放下小舢板，朝白執事的大船靠近，甩起搭鉤，順著繩子爬上了大船，不一會兒，二十幾個海盜全部上去了。

除了白執事的侍衛官韓矬子，船上的其他人都死了。他之所以被稱為韓矬子，當然是因為生的矮，並且胖，他是白執事的表弟，也是他的心腹，幾乎可以說寸步不離。

我問他：「白執事在海上幾十年了，經驗豐富，怎麼會偏離航線？」

韓矬子低著頭，過了半晌，一聲不吭。

「你只管直言，我絕不會殺你。」我說。

他似乎在極力克制自己的情緒，過了許久才說：「我們回去了。」

「回去？」我不太明白他的話。

「那座島，那口井。」

我瞬間恍然大悟，白執事終究還是對那些金銀放心不下，他主動請求殿後，實則是為了脫離船隊。

「後來呢？」

「我們回到了原來的海域，怎麼也找不到那座島嶼，我們在那片海域搜索了三天，連個影子都沒有。返航的路上，他瘋了，不吃不喝，餓死在了船上。我和兄弟們將他葬在了海中，後來偏離了航線，錯過了白山島。」

貪欲害死了他，也害死了其他兄弟。我拍了拍韓矬子的肩膀，將他一個人留在船艙裡，準備離開。他嘀嘀咕咕的說：「其實，她也是個可憐的女人。」

我猛然一驚，回頭望著他，問道：「你說什麼？」

「是的，白執事是個女人，是鄭老倌的女人，很少有人知道這個祕密。她的名字叫馮小珠，是馮大王的妹妹，算起來是鄭老倌的小姨，他倆人青梅竹馬，一起長大，彼此喜歡。馮大王雖然是個海盜，但也不同意這門婚事，馮小姐乾脆裝扮成男兒身，偷偷上了鄭老倌的船，和他一起私奔了。這些年鄭老倌始終只敢派遣人送擄掠來的俘虜和財物回婆利島，自己卻不回去，也是這個原因。鄭老倌起初與馮小姐還能恩恩愛愛，但是日子久了，就有了新歡。你也知道白執事的手段，這些女人沒一個能活得長久的。後來，白執事乾脆奪了船隊的大權，將鄭老倌架空。我們在寧島時，黑執事將趙夢兒獻給了鄭老倌，白執事從此更被視作空氣一般。你上船私會趙夢兒，被白執事發現，她不但沒有告發，還幫著隱瞞，也是這個原因。」

「那島上唱歌的女人……」

「沒錯，也是白執事。」

「她是如何做到的？」

「你聽過腹語嗎?就是用肚子說話，這是一種祕術，經過訓練後，人不但能用腹腔說話，還能唱歌。」

「我窗子外面的死人呢？」

「是我掛上去的，用繩子纏在死屍的腳腕上，我當時就在你的屋頂上。」

「那些死去的人呢？」

「都是我做的，扔進井裡淹死的。」

「為何不將我一起殺了？」

「白執事從未想過殺你，殺了你，這支船隊就徹底垮了。」

「別忘了，我可是與馮大王的仇人。」

「那又如何，馮小姐恨透了她哥哥。」

「井中的怪物也是你們搞的鬼？」

「沒有怪物，那都是謠言罷了。」

「不對，有怪物，有一天晚上，我在井邊看見遠處有個影子，那時怪物出現了，將我拖入了井

中……但奇怪的是第二天醒來我又在自己的床上。」

「那天晚上，你看到的就是我，別忘了，那天晚上有月亮，我看到你精神崩潰跳入了井裡，將你撈了上來後，我還烘乾了你的衣服，重新幫你穿上。為了讓一切不露痕跡，我對你下了蒙汗藥，當然，那不是我第一次對你下藥。」

「事情不是你想的那樣……」我將那天晚上遇到的一切告訴了他。他似乎想起了什麼，渾身顫抖了起來，眼睛睜的大大的，驚恐的跳了起來，說道：「馮小姐一定也看到了……她說……大執事沒死，他要她回去。我們都以為她瘋了。」

「你不是說沒找到島嗎？你剛才撒謊？」

「是的，我們找到了那個島，還取出了那些金子和財寶，但馮小姐命令我們又放了回去，她說那屬於大執事，誰拿了，誰就得死。她瘋了，她真的瘋了，她殺了兩個藏匿金子的人，甚至懷疑我，還用刀刺傷了我。」為了證明自己沒撒謊，他撩起衣衫，露出腹部的刀傷。他前言不搭後語，一會兒說找到了那個島，一會兒又說沒找到島嶼，我猜他也瘋了。

再談下去，我也會陷入瘋狂。

我將他關在一個偏僻的艙舍裡，派兩個人看守，沒有我的手令，任何人都不准見。

我們回到中土後不久，聽說朝廷處死了馮若芳。泉州太守招安，派人送來了朝廷的承諾。為了幫兄弟們找條出路，我投降了，從此結束了海上漂泊的日子。然而每當雨夜醒來，我彷彿都能聽到重重雨幕後那悽婉的歌聲，並看到阿夢的臉。

隱山記

1. 縱橫家

溪山明朗，水流撞擊岩石，猶如金玉相激，繞過枯松，消逝於林木中。

長長的日影，從樹木的枝椏間穿過，彷彿雪亮的鋒刃，李白從水淺處趟過，聽到一陣奇怪的聲音，那是介於呼嘯和歌唱之間的音調，時而激越高昂，時而悠長低徊，他循著聲音的方向，緩步靠近。草木開闊處，有個道士打扮的男子，三縷長髯漆黑如墨，身高八尺開外，聲音正是他發出來的，男子前方四五尺的地方，一隻巨鳥大如馬匹，喙長三尺，頭頂上還長著兩隻毛角，渾身金色的羽毛，卻長著一隻火紅的獅子尾巴，巨大的羽翼猶如船帆豎立，隨著道士的吟嘯，或進或退，前後騰挪，似在舞蹈一般。

道士突然朝李白所在的地方瞥了一眼，叱道：「何人偷窺？還不現身。」

李白從樹後轉出，躬身行禮道：「晚輩李白，路經此地，打擾先生，請恕罪。」

道士見李白年約二十餘歲，一襲白衣，劍眉星目，骨骼甚是清奇，招手命他近前。

李白上前問道：「敢問仙長姓名。」

道士面露微笑，說道：「我乃梓州趙蕤，踞此山煉氣，入聖成仙尚早，斷不可以仙長相稱。」

李白跪下叩頭說：「原來是東巖子先生，在此得遇實在是天幸，蜀中李白，願拜先生為師。」

趙蕤哈哈大笑，說道：「誑的虛名罷了，你且起來說話。」

李白跪著說：「先生不肯收，弟子便一直跪著。」

趙蕤見他意志十分堅定，戲謔道：「那有強拜人為師的道理？」

李白笑了，但並未起來。

趙蕤說：「你若能說出理由，我便收你為入室弟子。」

李白說：「先生大才，秦漢以來縱橫家之學問，盡在先生。」

趙蕤得意的說：「此是其一。」

李白說：「聽聞先生善釀酒，懷有劉白墮之祕術，若能學得此術，則無憾矣。」

趙蕤一笑，說道：「起來吧，從此以後，你就是我的門人了。」

李白欣喜若狂，叩了三個頭，行了拜師大禮。

趙蕤從腰間解下一塊青玉珮，遞給李白說：「此物，就當是師門信物吧。」

李白雙手接過，見玉珮晶瑩剔透，兩面皆雕著展翅欲飛的鳳凰，謹慎的繫在腰間，連聲稱謝。

李白拜師時，巨鳥伸著長長的脖子，扭動著大腦袋，身體前趨，似乎十分好奇，但卻很安靜，像個乖巧的大孩子。趙蕤問李白：「你可知此是何鳥？」

李白說：「弟子見識淺陋，不識此鳥，請先生賜教。」

趙蕤說：「此乃鵬之雛鳥，若是成年大鵬，還要大十倍。」

李白說：「弟子適才見先生驅使此鳥，不知所用何法？」

趙蕤說：「人有人言，獸有獸語，鳥兒也有自己的言語，為師用大鵬鳥之語和此鳥交談，鳥兒高興，故而起舞。」

李白說：「弟子曾聞，至聖先師孔子門下有弟子名公冶長，精通鳥語，想不到先生也精通此道，實乃真神仙也。」

趙蕤說：「你有心，我日後慢慢授予你此道。」

隨後向大鵬雛鳥低語幾句，鳥兒舒展羽翼，掀起一陣大風，瞬時消失在在灰藍色的天幕中。師徒二人一直談到天色將暮，這才返回半山茅廬，看守門戶的弟子名叫姬玄，聽聞師父的腳步聲，出門迎接，與李白序了年齒，李白年長，為兄；姬玄小一歲，為弟。趙蕤命姬玄掌燈，為李白措置宿處。

至此，李白追隨隱居的趙蕤，學習鳥獸的語言和煉氣之道。

李白性情疏闊，唯在釀酒這個事情上，勤勉的很。趙蕤說要釀酒，得有糧食，買來的糧食不夠好，須得自己種，李白便親自在山坡下的向陽處種了三畝麥子，半畝豆子。山裡的日頭，和其他地

方的一樣硬，照射在人身上，火辣辣的疼，汗水摔在地上，成了八瓣又氣化了。李白愣是熬了下來，一絲不苟，比農夫更像農夫，把所需的一應糧食都準備齊了。他照著老師教的方法釀酒，釀成了，老師不在。他請師弟姬玄喝，姬玄望著綠色的酒水，像一大塊流動的碧玉，他不敢喝。李白就自己喝，酒的味道實在極好了，醇厚甘冽，滋味無窮，尤其是管夠，他左一盞右一盞，整整喝了兩天，醉倒了。

老師回來了，他還沒醒。

趙蕤嘗了嘗李白釀的酒，實在是好，也坐在酒缸邊喝了起來，直到喝醉為止。

姬玄見李白和老師醉臥在地，心說能有多好喝，自己盛了一葡萄，嘗了嘗，是真好喝，一飲而盡。

師徒三人都醉了。

2. 鵬鳥

趙蕤雖隱居山中，但交遊廣闊，偶或收到友人書信邀遊，離山赴約，短則十天半個月，長則半年，留李白師兄弟二人看山。

李白種糧食，經常有各種鳥兒飛來啄食，起初他做了個稻草人，樹立在麥田中，但鳥兒們並不

怕，照樣來啄。他覺得草人太假了，花力氣重新做了一個，鳥兒們果然不敢來了，麥田上方空空的，沒有了鳥兒們的名叫和飛翔，少了些生機。人要吃糧食，鳥兒也要吃，還是讓鳥兒也吃吧。他捅壞草人，只留下木頭骨架，看著鳥兒們落在草人的肩上、頭上、手上，那才是他想要的風景。

老師教了他鳥語，他還沒用過，他決定試一試。

那天晚上，飛鳥在空中排著隊，跟著他飛回了家，徹夜停駐在屋頂上。一座山的鳥似乎都來了，姬玄擔心屋頂被壓塌，當然他更受不了鳥叫的喧鬧，回家探親了，留下李白一個人留守。

一人看山，整日玩鳥。

他學著老師的樣子，站在山坡上，向空中長嘯，天色忽然暗了下來，一大片雲遮住了太陽。飆風掠過山林，好些大樹連根拔起，伴隨著雷霆般的聲音，雲越來越低。不，不是雲，是一隻巨鳥，牠俯衝而下，尖利的爪子閃爍著金光，獅子般的尾巴在空中劃過優美的弧線，尾端的毛炸開，彷彿一大朵火焰。巨鳥落在了距李白十餘丈遠的地方，張開的雙翼，遮蔽了整片山坡，那是一隻成年的鵬鳥。李白一面吟唱，一面目不轉睛的盯著鵬鳥的眼睛。

老師曾經說過，一定要堅定不移地和鵬鳥對望，讓牠意識到，你是誠心誠意的，只要你流露出一絲欺瞞，就必死無疑，即便是獅子或老虎，對成年鵬鳥而言，也脆弱的像隻松鼠。

李白走到鵬鳥跟前，用手輕輕撫摸牠的喙，牠的喙是粗糙的，表層覆蓋著一層鱗甲，閃動著藍色的螢光。牠低下了那座像小山一樣的頭，幾乎貼到了地面上，嘴裡發出咕——咕——咕的聲音，溫柔而且馴服，這是鵬鳥向人示好的聲音。他當即明白了，扶著鵬鳥的脖子，跨了上去。

鵬鳥飛了起來，大地瞬間傾斜。

李白趴在鵬鳥的背上，緊緊抓著翎毛，生怕被大風吹落，起初的時候，尚能感受到燥烈的風掠過皮膚，呼呼聲在耳邊響起，不知過了多久，一切都安靜了下來。他嘗試睜開眼睛，只見四周白茫茫一片，鵬鳥平伸羽翼，漂浮於九天之上，他朝下方望去，大地模糊不清，遠方是河流的入海口，彷彿一片葉子，布滿黃綠色的葉脈。他從鵬鳥背上站了起來，幾乎感受不到牠在飛，但牠的確在飛，穿破了白茫茫的雲，掠過了海岸線，飛到大洋上方。牠在那塊藍色的巨幅絲綢上方滑翔，越降越低，李白看到水下有巨物移動，鵬鳥的羽翼幾乎貼上了浪花，牠突然伸直利爪，穿透了一隻鯨魚的腦袋，鯨魚扭動著身體，頭頂噴射出巨大的水柱，鵬鳥那獅子般的尾巴抽打在水面上，瞬間回到了高天之上，李白差一點滾落，他死死抱著圓柱般的翎毛的毛柄。

鵬鳥抓著鯨魚，飛回了山間，藉著山谷的氣流，慢慢落地。李白看著牠將那隻巨魚吃了個乾淨，只剩下幾十根巨柱般的鯨骨，斜刺向天空。

永遠不會有人知道，這隻原本生活在大海中的鯨魚為何會死在距離海洋幾千里之外的深山中。

師弟還沒有回來，他一個人在山中玩鳥，玩上了癮。

3. 劍仙

師弟姬玄拜入趙蕤門下很早，盡得其所創梨花槍法，一桿槍舞到極處，猶如銀蛇出洞，梨花漫天，但李白天賦極高，雖只跟趙蕤學劍一年，劍術已有小成，與姬玄交手竟不相上下。姬玄對他十分尊重，事事由李白拿主意，每有師父的朋友來訪而不遇，也由李白主事接待。一日李白正在門前舞劍，來了個老人，身高不足五尺，衣冠不整，面黃肌瘦，身上橫背著一柄巨劍，看起來劍倒比人高。他見李白將劍舞得猶如一團霜雪，似乎並不入眼，搖起了頭。李白見他有輕鄙之色，十分不快，只說師父遠遊去了，想將他打發走。

老人未走，盯著李白手中的劍，輕慢地說：「可惜了一把好劍。」

李白說：「阿翁也懂劍嗎？」

老者大咧咧的說：「鄙人若自稱第二，當世恐無人敢稱第一。」

李白壓住心中的怒意說：「前輩何不讓晚輩開開眼。」

老人從地上撿起一根枯枝，說：「後生何妨來攻。」

李白四處顧盼，撿了一根木棍。

老人大笑，說道：「小子何故輕視老兒，莫說你將我一劍刺死，就是你的劍沾上了我的衣衫，也算我輸。」

李白大怒，丟掉木棍，倉啷啷寶劍出鞘，向老人刺去，他的身法極快，刹那間刺出十三劍，再看老人，動作慢極了，手中的枯枝輕描淡寫，就化解了李白的劍招。李白使出渾身解數，一劍快於一劍，只見劍影，不見人影，四五丈之內，俱為劍氣籠罩。

姬玄挑著一擔柴，老遠就看見了門前形勢，從山梁上飛奔而下，邊跑邊喊：「快住手。」

李白聽聞是姬玄的聲音，倒退三尺，收劍入鞘，不忿的說：「師弟為何阻攔，為兄就快贏了這老兒了。」

姬玄指著他的衣衫說：「師兄，你已輸了。」

李白往自己身上一看，頓時愣住了，外衣的胸、腹、腰布滿了破洞，露出了裡面青色的小衫。他惶恐地對老人說：「晚輩眼拙，不識泰山，慚愧慚愧。」

姬玄笑著說：「師兄你輸的一點都不冤，他便是師父經常提及的劍仙張鴉九先生。」

李白誠懇地說：「晚輩劍術不精，適才班門弄斧，見笑了。」

張鴉九有意指點李白的劍法，問道：「世間何物最快？」

李白答：「《漢書》上說大宛國有千里馬，能日行千里，當為世間最快。」

張鴉九搖搖頭說：「千里馬雖快，奔赴千里，尚需一日。世間最快者，乃是閃電，心意若閃電，人未動，心念先至。」

李白本就心性穎悟，聽了張鴉九的話，頓時如醍醐灌頂，說道：「前輩以心馭劍，晚輩以手臂運

劍，我未動，前輩劍已至，豈能不敗。」

張鴉九大笑道：「真佳兒，趙蕤這老鬼嗣業有人矣。」

姬玄見他二人說得十分投機，殺了一隻養了兩年的老母雞，燉了剛從山上採集的蘑菇，設案置酒，三人入席。

張鴉九大馬金刀的坐在了上首，李、姬二人頻頻敬酒。

4. 算命先生

趙蕤的朋友很多，有些很熟，有些不熟，有些專門挑他不在的時候來。

不論熟悉與否，李白一概用自己釀的好酒招待，他清楚有些人是來騙酒喝的，也不在乎，反正他的酒量大，肯定不會先倒下。騙子們醒來後，發現自己躺在山溝裡，力大無窮的姬玄將喝醉露了餡的傢伙們都扔了出去。

好在這裡沒有狼。

扔到溝裡的人沒有一百，也有八十，但還是抵不上有人來繼續騙酒，誰讓酒香從山上飄到山下了呢。

又來了個人，算命先生。

他是趕著老師不在的時候來的，老師懂這個，但卻不信這個。

李白拿來了酒，盛情款待。

姬玄冷眼瞧著那人，心想，又是一個混子。

李白與算命先生喝了一罈又一罈，車輪話說了一遍又一遍，直到第五壇見底，那是最後一罈酒了，算命先生爛醉如泥，李白也醉了。

後半夜的時候，姬玄將那騙子扛在肩上，準備扔到溝裡去，一張紅色的字條從桌上滑落，墨色淋漓，字跡凌亂，好在還能辨識。那是算命先生寫給李白的卜辭，他怔忡了一下，將肩上的人放在了床上，這人和那些躺在溝裡的傢伙好像不太一樣。他為李白蓋上滑落的被子，將地上的字條撿起來塞進抽屜。想想不妥，又拿出來糅成了團，不知該放在何處。最後，他看了一眼火苗閃爍的灶膛，扔了進去。

李白第二天醒的特別早，但算命先生比他還要早，已經走了。李白手持張鴉九先生所贈的那把碧泉寶劍，登上了最高的那座山，他走的太快，姬玄沒追上。追不上，也就不追了。只是，他總覺的李白有些不太對勁，至於那裡不對勁，他也說不上。也許是那算命先生說了什麼不該說的話。算命先生的那張嘴，總是令人不大痛快。

那天李白在山頂上待了很久，幾乎到吃晚飯的時候才回來。

姬玄終究還是沒忍住，問道：「師兄，昨晚那算命的，都說了些啥？」

李白仰著頭，望著天空，天上一絲雲都沒有，也沒有一隻飛鳥，他的目光沒有地方可以停留，

就落在了桌上的粳米飯上。沒有酒，飯也吃不下去。他淡淡地說：「我忘了。」

姬玄說：「算命先生的話，你不信，那就和你無關。你若信了，那就是你的命。」

李白說：「此話怎講？」

姬玄說：「不信，就是不應；信，就是內應；做，就是外應。」

李白說：「若是忘了呢？」

姬玄說：「那就是忘了唄。」

李白說：「可惜呀，沒有酒了。」

姬玄說：「你究竟是忘了，還是不信。」

李白說：「沒有酒了。」

5. 沒有名字的貓

師父的朋友送來一隻花貓，痴肥。

李白問：「貓叫什麼名字。」

「沒名字，貓就是貓，要什麼名字。」

所以，也就沒有取名。

貓臥在胡床上，除了嘴邊的鬍子微微抖動，無聲無息，說是一堆肥肉也無不可。訪客來了逗貓，貓一概不加理睬。這倒讓李白對牠高看一眼。貓睡醒了，會自己找吃的，反正山裡不缺吃的。不過該回來的時候，牠就回來了，還是屋裡舒服。有時候，李白會想，看不見的時候貓在做些什麼？捕食、捉蝴蝶、找母貓？山上只有這一隻貓，最近的村莊有三十里，那裡有不少母貓。他在山下的村莊看見過牠。

學劍、學書法、學縱橫術、學醫、學術數……老師的學問很大，夠學一輩子了。學了之後呢，像老師一樣，隱居終老嗎？其實老師也並非真隱，要不他一收到朋友的請柬，立刻就走了呢？老師不屑於做隱士，他對隱士這個頭銜，也是沒興趣的。他最大的學問，不是劍術，也不是兵法，而是縱橫術，可惜他生錯了年代，不能像戰國時期的蘇秦、張儀那樣，縱橫捭闔，掛六國相印。師徒三人中，倒是姬玄最像個隱士，他學了老師的槍法，也學了兵法，對縱橫術也頭頭是道，但劈柴還是劈柴，挑水還是挑水，煮飯還是煮飯，釀酒還是釀酒。他讀書的時候略懂其意，就放下了，你可以說是淺嘗輒止，也可以說他對尋章摘句沒興趣。他如果肯做，隱士也好，當官也好，領兵打仗也好，都會是最好。這是老師說的。

看山。

老師走的時候，說讓他兄弟倆看山。山有啥好看的呢，樹、石頭、草，還有飛來飛去的鳥，早就看厭了，沒什麼好看的。鄉里人說看瓜、看雞、看羊、看小娃娃，當然不是看，是看住，怕丟了。山嘛，那就更不用看了，又不會有人把山偷走。那麼，看什麼？

當然不是盯著山看。

看山的日子裡，李白看流星，看月亮，看花開花謝，去山上散步，去山下集鎮購買蔬菜和布匹，還有逗貓。貓很傲嬌，不理人，但是對李白例外，有時候會躺著，打滾，將肚皮露給他看。他知道，這是表示對他有絕對信任。畢竟對於任何動物，肚皮都是最脆弱的地方。

老師喜歡貓，他不是把貓當寵物，是當做一個朋友。

大概，老師也像貓。貓不同於狗，牠不是被圈禁豢養的動物，牠在人的世界和牠自己的世界之間游離，或者說將二者融為一體。老師不是沒有當官的機會，蜀中的巨宦推薦過，玄宗皇帝也親自徵辟過他，他都辭而不應。他不想成為籠中之鳥，魚缸中的魚兒。

6. 從一座山到另一座山

大唐開元十二年，二十四歲的李白離開了隱居的大匡山。仗劍去國，辭親遠遊。

在陳州時，他認識了書豪李邕。當然，最重要的是他見到了自己的偶像孟浩然，還娶了妻子。人都要成家，除非你做了和尚。但有些和尚，也是有老婆的。前朝有個和尚叫高曇晟，不但娶了尼姑當老婆，還造反當皇帝。李白雖然號「青蓮居士」，與佛門沾一些邊，但畢竟沒考慮過當和尚。

二十七歲，多金、帥氣，在大唐也是黃金單身漢。在安州，他娶了前宰相許圉師的孫女，做了

上門的準女婿。

李白不缺銀子花，他離開了蜀中的山，又到了另一座山上。

這座山的名字叫白兆山，也叫碧山。

問余何意棲碧山，笑而不答心自閒。
桃花流水窅然去，別有天地非人間。

這是他為這座山寫的詩。

酒隱安陸十年，此山非彼山，但看山還是山。

妻子為他生了一兒一女，兒名伯禽，女名平陽。動盪的生活來臨之前，這也許是他一生中最平穩的歲月。彷彿他是老師的影子，山是他的根，但並不是拴住他的繩，他在這裡喝了很多的酒，也寫了很多詩，還交了很多朋友。

他在這裡獲得了親情的安慰。

他的小賦也寫的很好，不是一般的好，〈春夜宴從弟桃花園序〉云：

夫天地者，萬物之逆旅也；光陰者，百代之過客也。而浮生若夢，為歡幾何？古人秉燭夜遊，良有以也。況陽春召我以煙景，大塊假我以文章。會桃花之芳園，序天倫之樂事。群季俊秀，皆為惠連；吾人詠歌，獨慚康樂。幽賞未已，高談轉清。開瓊筵以坐花，飛羽觴而醉月。不有佳詠，何伸雅懷？如詩不成，罰依金谷酒數。

他是個重感情的人。

醉飲狂歌成了生活的日常，是渾渾噩噩，還是酒精麻醉也會成為一種習慣。李白很清楚，他醉的時候其實並不多。酒喝到後半夜的時候，冷眼望過去，你分不清那些是純粹的醉鬼，那些是你的朋友。酒量太好的人，不是沒朋友，就是太孤獨。

也許是太孤獨，所以格外需要朋友。李白的一生從來不缺朋友，尤其是是隱士朋友，韓準、裴政、張叔明、陶沔、吳筠、司馬承禎、胡紫陽，當然，他最要好的朋友是元丹丘，他們保持了一生的友誼。元丹丘知道李白不會一輩子做隱士，建議他去大唐的中心——長安，碰碰運氣。

7. 夜宴

元丹丘的老師胡紫陽門下有三千弟子，玄宗皇帝屢召不應，後來封其為西京太微宮使，才不得不入宮。玄宗胞妹玉真公主好道術，與胡紫陽頗有往來，紫陽向玉真公主極言李白的才華，公主邀請李白赴宴。

玄宗皇帝執政以來，大唐王朝不斷上升，至開元二十九年，盛極一時。長安城裡夜夜笙歌，皇帝的御妹玉真公主的夜宴，更是知名度最高。人人都以收到宴會的請柬為榮耀，皇族、外戚、官員、詩人、畫家、歌唱家、還有各種雜耍藝人，雲集於公主的府邸。許合子為公主祝壽演唱，引起了玄宗皇帝的關注，改名為永新，成了宮廷首席演唱者；吹笛人李謨，為公主夜宴演奏，被徵召入

宮，成為梨園曲部首席。……所有的詩人、藝術家們，包括那些想走仕途的人，都把玉真公主的宴會視作自己成功的捷徑。

公主的府邸非常大，受邀的客人們按照自己請柬的顏色，被安排在不同的位置上，大部分客人被安排在外院，他們連見公主一面的機會都沒有。李白收到的是金色的請柬，他的座位被安排在公主下首一丈外，屬於貴賓席。宴會開始後，當晚的宴會主持者、玉真公主的姐姐金仙公主介紹了來賓，有皇十三子潁王李璬、祕書監賀知章、宋國公主駙馬都尉溫西華……。

玉真公主自幼喪母，極受兄長玄宗皇帝的呵護，她的宴會上，經常有來自宮廷梨園曲部的演奏者。當音樂響起時，適才大廳裡還沸湧若浪，此刻已鴉雀無聲，所有人都豎起耳朵聆聽，沉湎在極致的音樂中。李白卻覺得琴聲有些異常，錚錚琴聲中隱隱透著殺機，他朝琴師多看了兩眼，見琴師手腕翻動，閃爍一點銀光，當即大呼一聲：「有刺客。」同時，鶴飛沖天，襲向琴師。

琴師的劍很短，但是很快，但李白比他還要快。

變生肘腋，所有人都愣在了原地，琴師的劍猶如萬點寒星，將李白罩在其中，但李白得到了張鴉九的真傳。轉瞬間，他已奪劍在手，制服了琴師。琴師大喊道：「還等什麼，他只有一個人。」其他樂手聽聞，紛紛從樂器中抽出兵器，有的殺向李白，有的奔向公主。

琴師還有同夥。

李白長嘯一聲，手中的劍一分為三，三又分為九，九道寒芒從天而降，這正是張鴉九的絕技「玄生萬物，九九歸一」，幾乎在同時，刺客們一起倒地。

瞠目結舌的人群爆發出雷鳴般的歡呼，玉真公主命僕人們將倒在地上的刺客捆起來，送往大理寺審查。她問了李白的名字，讓他坐在自己的左手邊，宴會繼續進行。

李白的名字一夜傳遍長安，文人雅士紛紛登門拜訪，他居住的旅館門幾乎都要被擠垮了，就連名動天下，與張鴉九齊名的劍器大師公孫大娘也來訪了。

長安的風是冷的，但他的心是暖的。

8. 供奉翰林

天寶元年七月，玄宗皇帝在太極殿召見李白。

當李白前趨入殿時，皇帝從寶座上起身，降階相迎，免行跪拜大禮。此時的李白，彷彿自帶輝光，他的風儀氣度令所有人目眩，年代久遠的昏暗大殿也被照亮了，他是天上下凡的金星。

玄宗命內侍抬出七寶床，賜座於李白。親手調羹，奉於李白。

這樣的殊榮，簡直是亙古未聞，就連那些最受寵的大臣，也感到眼睛發燙，嫉妒在他們的血液深處翻滾、湧動、上升。

玄宗問治國方略，李白對答如流。

一個詩人，一個藝術家皇帝，兩人都有相見恨晚之感。

玄宗當即命近臣擬詔，任命李白為供奉翰林，為皇帝擬定文書和提供治國意見，時機成熟時，再委以重任。

李白的才華深深打動了玄宗，恨不得李白隨時隨地陪侍自己，每一場宴會，每一次郊遊，每一次田獵，都不能少了李白。

嫉妒之心是一柄刀，寵臣們的嫉妒之心更是鋒利。

只是此時的李白正在浪尖上，他們憾不動。

春天來了，皇帝在宮中行樂，命李白作詩，李白曾在〈上韓荊州書〉中說：「請日試萬言，倚馬可待。」這當然不是吹牛。內侍鋪開紙，李白筆走龍蛇，寫成〈宮中行樂詞〉十首。

水綠南薰殿，花紅北闕樓。

人在最得意的時候，寫下的每一個字裡都有春天的顏色。

玄宗大喜，賜予李白錦袍一襲。

天寶二年的春天，比任何一年的春天時間都長，宴會也就特別多，金仙公主府、玉真公主府、恆王府、豐王府，一場宴會接著一場。玄宗是個愛熱鬧的皇帝，作為帝國的主人，他的宴會蓋過所有人。暮春時節，興慶宮的牡丹開了，玄宗詔命皇族、外戚、勛貴、公卿大臣都來參加宴會。

教坊司歌姬們嫵媚的容貌，動人的腰肢，餘音繞梁的喉嚨，是皇室奢華綺麗的象徵；梨園少年們英俊的面孔，挺拔的身姿，是盛世大唐的顏面。

這絕不能少了李白。

玄宗皇帝身穿赭黃袍，頭戴軟角璞頭，親自擊鼓，貴妃楊玉環下到舞池中，跳起了胡旋舞。

皇帝和貴妃將宴會推到了高潮，興奮的皇帝打斷了鼓槌，不得不換了一副新的。李龜年看著皇帝潮紅的面孔上掛滿了汗珠子，想接替鼓手的職責，遭到皇帝拒絕，他太高興了。沒有人知道繁華到了最頂峰之後，會是什麼。

當所有人在雲端的時候，他們意識不到歷史的車輪已經滾上了另一條路。

宴會到最後，玄宗命李白作詩壓軸。

雲想衣裳花想容，春風拂檻露華濃。
若非群玉山頭見，會向瑤臺月下逢。
一枝穠豔露凝香，雲雨巫山枉斷腸。
借問漢宮誰得似，可憐飛燕倚新妝。
名花傾國兩相歡，長得君王帶笑看。
解釋春風無限恨，沉香亭北倚闌干。

他是一群人中的光，有了他，有了這三首〈清平調詞〉，這場宴會的光芒可以閃爍一千年。

但是，他不是貓，他是鵬鳥，被人擼不符合他的性格。

無休無止的宴會令李白厭倦，比之於和達官貴人們一起飲酒，他更願意和朋友們一起飲酒。他與賀知章、李適之、李璡、崔宗之、蘇晉、張旭和焦遂終日廝混在一起，喝更多的酒，做更長的

夢，他心裡清楚，這場夢就要醒了。

像往日一樣，玄宗皇帝命令內侍召李白進宮，但李白未出現在皇帝的視野裡。找到李白，必須盡快找到李白，就算將長安翻個底朝天，也要找到李白。高力士率領著宮中的內侍，金吾衛全城出動，整整折騰了一天，在玄宗的晚宴開始前，他們終於在一個廉價酒館中找到了。

廉價酒館中，李白和一個乞丐喝醉了。

玄宗是一個寬容的皇帝，他沒有責怪李白。不但沒有責怪他，還賜予他醒酒湯，每隔一個時辰，就派內侍來探視一次。

又一場宴會開始了，李白再次失蹤。

金吾衛翻遍了長安，這一次他們再也沒能找到他。

幾個月之後，李白出現了，蓬頭垢面，衣冠不整，沒人知道他這些日子去了哪裡。

玄宗還是沒有怪罪李白。

落拓不羈和爽朗清舉在李白身上並存，這讓玄宗想到了魏晉時期的名士嵇康。他的度量，豈止是肚裡能撐船，可以裝的下日月。他像第一次召見時那樣迎候了李白，命內侍抬來七寶床，賜坐；命內侍為李白換上乾淨的袍服，還有新靴子。

供奉翰林的職責，不止是為皇帝寫寫娛樂文章，還有一項重要工作，擬詔。皇帝命楊國忠幫李

白磨墨，貴妃為李白打扇，只是李白的酒還醒，他乜斜著眼睛，一副無精打采的樣子。另外，靴子也小了點，似乎束縛住了他，一個字也寫不出來。他抖了抖腿，想踢掉靴子，不過他還有一點理智。當著皇帝踢靴子，那就失儀了。

玄宗看出了李白的不自然，對高力士說：「高將軍，替李翰林脫了靴子吧。」

他為李白保住了風度，也給了他莫大的尊榮。

墨磨的恰到好處，他提起筆，在紙上颳起了一股颶風。

這是他為玄宗起草的最後一道詔書。玄宗知道，李白不是籠中之鳥，他是關不住的，他決定放他走。

賜金還山。

李白自由了。

9. 拂菻犬

李白離開宮廷後，決定大醉三日。至於醒了之後去那兒，他暫時還沒想好。

飲中八仙的名頭，絕非虛傳，當李白告訴他們自己的想法後，眾人無不撫掌大笑。

你要醉，我們一起陪你醉。

醉的再厲害，終究會醒。

第一個離開的是焦遂，三日不歸，老婆打上門了。

第二個醒來的是李白自己，他看著依舊爛醉的朋友們，決定不辭而別。走到春明門時，對面來了個貴婦人，手中牽著一條拂菻犬，頭挽高髻，外罩大紅綢緞裙，熟白紗抹胸，胸部曲線隱約可見。那狗子見了李白，扭了扭屁股，撒歡似的奔了過來，可惜牠被繩子牽著，還沒跑到李白跟前，就被拽了回去。

貴婦人見李白形容憔悴，空蕩蕩的袍子在他身上晃，猶如一隻鶴，拉著狗子便走，狗子一步一回頭，被硬生生拽出了十多丈，四肢伸直，趴在一棵樹下不動彈了。

李白走到樹下，望著狗，這條狗太胖了，比他見過的任何一條狗都胖，簡直胖的離譜。他想像著狗走路的模樣，那不是走路，那是掙扎。

他笑出了聲。

成熟男子的笑容裡，有種孩子般的純粹。貴婦愣了愣神，打量著他，狗子就殷勤多了，四條腿軟乎了，幾乎爬在了李白的鞋子上，伸出舌頭舔他的腳踝。

其實，李白對那貴婦沒興趣，對狗更沒興趣。

他彎下腰，本想摸摸那胖狗油滑的皮毛，但心中忽然湧起一個惡趣味的玩笑，對著狗的耳朵，低聲說了一句話，他用了獸語。

狗子像被燒紅的烙鐵燙了一下，彈了起來，猛的掙脫主人的手，箭一樣的向遠方逃去。貴婦一邊追狗，一邊回頭望李白。

10. 囚徒

天寶三年夏天，李白在東都洛陽遇到了杜甫，他比杜甫大十一歲。此時的李白已是名滿天下，杜甫籍籍無名，但兩個人很聊的來，杜甫把自己的詩給李白看，李白暗暗驚嘆，他似乎在杜甫身上看到了自己年輕時的影子。兩人約定在梁宋再會。

秋天來臨時，杜甫沒有爽約，他與李白、高適在商丘梁園相會。這裡曾是西漢梁孝王劉武的花園，只是一千年的時光足以摧折一切，除了幾處漢時的高臺，一切已非。三人歡飲達旦，談詩論文，尤覺不足，又同上王屋山，去陽臺宮拜訪司馬承禎，與胡紫陽一樣，他是大唐最有聲譽的隱士之一，在普通人的眼裡，就是神仙。

可惜，他們來晚了，司馬承禎已仙逝。李白等三人在宮觀中遊覽，見山河瑰奇，雲海翻騰。小道士請求李白留下墨寶，他逸興飛揚，揮筆寫下「山高水長，物象千萬，非有老筆，清壯何窮。」十六個字，筆勢清健沉雄。

看過了最好的風景，就是告別的時候。

又是十年的漫遊生涯，他短期隱居，但大部分時候是喝酒、寫詩，會朋友。

天寶十四年，大破壞來臨了，安史之亂爆發，玄宗皇帝逃入蜀中，攻破洛陽的安祿山自稱大燕國皇帝。次年七月九日，抵達朔方大營的太子李亨得到了杜鴻漸等大臣的支持，最終在靈武宣布登上皇位，改年號為至德，是為肅宗。

再說玄宗皇帝逃到漢中時，任命第十六子、永王李璘為山南東路及嶺南、黔中、江南西路四道最高長官、江陵郡大都督。李璘於當年九月從襄陽到江陵，一路召募將士數萬人，李白得知後，應召入幕。

永王李璘兵鋒東下，直趨廣陵，使肅宗大為震驚，他意識到，這個弟弟要與自己爭奪天下，命大將征討。李璘麾下眾將膽怯，紛紛自尋出路，化作鳥獸散。不久之後，永王李璘被俘殺，追隨者都成了囚徒，也包括李白。

他被關在船艙裡，因為關起來的人太多了，只能將一艘艨艟鉅艦充作臨時的牢獄。

這是一艘破舊的船，日光從艙壁的縫隙裡透進來，灑下一地斑駁的影子。囚徒們有的躺著，有的坐著，全都目光無神，彷彿待宰的羔羊。李白混在他們中間，思緒彷彿船艙外的河水，洶湧澎湃。

他想起了年輕時在大匡山隱居，那滿嘴酒氣，言語顛倒的算命先生說的話：「鏡中花是苑中花，水中月是天上月，花謝影碎，本是萬物的宿命。你的一生如鏡花水月，但也不是空歡喜一場。」

他想起了自己的妻子，她單名一個煜字。煜，釋義為火光。那是他生命中的火，生命中的光。

天寶二年他結束了供奉翰林的短暫職業生涯，次年與杜甫、高適在商丘的梁園相會，正是在這裡，

他邂逅了生命中的第二段愛情。那天他與杜甫、高適喝了很多酒，每個人寫了一首詩抒懷，高適慫恿他把詩寫在園內的粉牆上，那堵牆很高，為了把字寫到高處，高適將他扛在肩頭，杜甫連續三次遞給他飽蘸濃墨的筆，才將〈梁園吟〉寫完。李白的字猶如一條狂飆的黑龍，在粉壁上翻捲，似乎要破壁飛去。

字寫完，三人大笑離去。

一個姑娘抱著琴，身邊跟著個小童子，她仰著頭，目光追逐著詩句，從這頭走到了那頭。

人生達命豈暇愁，且飲美酒登高樓。

字好，詩更佳。

她牢牢記住了詩後面的名字，李白。

粉牆對面是雷音寺，寺僧見牆面被塗得一團糟，十分生氣，命小沙彌們取水桶，將牆上的字洗掉。

抱琴的姑娘一見，立刻制止道：「大師，千萬莫要洗掉牆上的字。」

和尚不高興的說：「為何不能洗掉？」

姑娘問：「你這粉牆價值幾何？」

和尚見她問的奇怪，說道：「這牆……自然是不值幾個錢。」

姑娘說：「這粉牆不值幾文錢，可是有了這些字，卻價值千金。」

和尚說：「姑娘說笑了，粉壁塗鴉，怎的就價值千金。」

姑娘說：「你權且保護好，今天一定會有人重金來買這堵牆。」

和尚半信半疑，答應了姑娘。

姑娘名叫宗煜，是當地大族宗氏家的千金，祖父是已故宰相宗楚客。她一回到家中，立刻命人送去了一千兩銀子給和尚，條件只有一個：保護好那面牆。

宗府大小姐重金買了一堵牆的事很快傳遍了全城，也傳入了李白的耳朵，宗家還派人向他提親，要嫁女給他。

就這樣，李白雖然官場失意，卻迎來了愛情。

宗大小姐為李白提供了穩定的生活，他可以像從前一樣，飲酒寫詩，賞月會友，但他隱隱覺得自己時日無多。他從趙蕤先生處學來的縱橫術、兵法，寶劍發硎，然而霜刃未試，他還可以搏一搏。

功名心是枷鎖。

命運彷彿債主，最後連本帶利都收走了。

還是天寶二年，那是他命運的分水嶺，他已預感到皇帝對他失去了耐心，而他也厭倦了供奉翰林的侍臣生涯。朋友們不知那裡去了，他去了幾個經常聚會的酒樓，都沒有找到他們。那天他在街上漫無目的的遊蕩，信步到了東市，看到幾名軍士押解著一個身形高大的漢子迎面而來，那漢子雖然戴著鐵枷鎖鏈，但卻面色平靜，有種視死如歸的氣度。他攔住軍士說：「各位軍爺從何而來，此人犯了何罪？」

軍士見李白高冠錦袍，氣度非凡，回答說：「我們是刑部的人，此人為并州軍官，作戰失機，押往東市處死。」

李白立刻說：「我乃供奉翰林李白，我看此人乃壯士，他日於國家有用，爾等在此等候，切莫行刑，我這就進宮面聖，求敕書赦免。」

軍士應諾。

那人被赦免了死罪，親自到李白府上答謝，李白方知他的名字叫郭子儀，華州人氏。郭在并州，與當地的契丹人交戰，右翼諸將率先逃跑，導致郭子儀孤軍奮戰，戰鬥失利。主將卻將戰敗之罪推到郭子儀的身上，說他戀戰而不知進退。李白見他心底坦誠，一身豪氣，酒量又大的驚人，十分喜愛，留在府上長達三月。他將一生所學全部授予郭子儀，別看郭外貌粗豪，但絕卻非粗夯之人，悉得兵書、劍法之妙。

這些年裡，他再也沒見過郭子儀，但是郭不斷建功，他卻時有耳聞。安祿山造反後，郭子儀與李光弼成了大唐的中流砥柱，屢次擊敗叛軍，被任命為朔方節度使。他雖囚繫舟中，但並未隔絕外間的消息，聽說郭子儀已收復了河東、河西、河南的大片失地，被肅宗加封為司徒、代國公。在郭的身上，他看見了自己的夢。

他想到了師弟姬玄，在他離開蜀中後不久，姬玄也辭別了恩師，輾轉各地，後來改名為李嗣業，投入安西都知兵馬使高仙芝麾下，不斷累積軍功，擢為右威衛將軍。在征討安史叛軍時，他得到了肅宗的極大信任，被任命為四鎮、伊西、北庭行軍兵馬使。至德二年九月，十五萬唐軍與十萬

叛軍在長安附近的香積寺對戰，郭子儀命李嗣業為前鋒，他裸露上身，手持陌刀，大呼殺入敵陣，騎士們見他身先士卒，無不奮勇殺敵，唐軍的陌刀在敵軍中撕開了一個大口子，令敵人為之膽寒，兩軍血戰四個時辰，戰死者的屍骨堆積如山，叛軍徹底被擊敗，隨後收復兩京。肅宗親自為李嗣業頒詔，命他兼任衛尉卿，封爵虢國公，開府儀同三司。

在無量的時間裡，也許這些並不能算是不朽的功業，但他知道老師的學問沒有輸給光陰，自己也並未輸給命運。

11. 撈月亮

作為永王的同黨，李白被判流放夜郎。

一年後，關中久旱無雨，肅宗大赦天下，宣布死罪者流放，流放者免罪。

李白從流放地歸來，從白帝城到江陵，又遊洞庭湖、宣城、金陵。此時的他已垂垂老矣，他真切的感受到衰老意味著什麼，你不能奔跑，不能跳躍，甚至連最心愛的劍也拔不出來了，衰老還讓他擁有了很多時間，因為他的朋友們都已離他而去，是的，永遠的離去了。師弟姬玄也離去了，在乾元二年相州的那場與叛軍的戰鬥中，師弟中箭身死。他想哭，但是連眼淚都乾涸了，眼睛好像兩眼枯井，在銀子般寂寞的月夜裡，再也打不出一桶水。

他老了，像所有人一樣老。

不論是建功封王，還是碌碌一生，最終都會老去，呼吸濁重，感覺遲鈍。

人不論怎樣，都會老的。不知苦痛，從未被愛，會老；淒涼嘗遍，得到過愛，一樣會老；老去是實實在在的，你猶豫也好，不接受也罷，它都來了。

這個混亂的世界充滿了迷障，從來沒有一座山能夠安放靈魂。

瑰麗的夢，通往的卻是荒唐之路。

桃花源是永遠不可抵達之地。

他的一生中梅花開遍，但帶雪的那一支永不凋謝。

他是肯將千金散盡的朋友，也是流浪的愛人。

上元二年，窮困潦倒的李白投奔了當塗縣令、族叔李陽冰，他知道自己到了告別的時候，他將全部詩稿交給了這唯一的親人。

他依舊還是飲酒，在水邊、月下。

月亮還是那個月亮，是他離開蜀山時看見的峨眉山月，是他在長安時看見的中天明月，是他在宣城時看到的春夜朗月，是他滿懷悽苦在采石磯看到的枯瘦秋月，是他此刻看到的寒月……月亮慢慢的升高，慢慢的下滑，不停地下滑，最後撲通一聲，掉進了水底。他望著水中的月亮，淚水滑落，連眼淚也是冰冷的，月亮，月亮，怎麼也墜落了呢？月亮在變軟，在熔化，在水中蕩漾。不，

不行，他要把月亮撈起了，他一縱身跳入了水中。他必須將那輪月亮撈起來。

第二天的時候，人們在河流的下游發現了李白。

他死了。

龍的潔白骨頭沉入藍色的大海，在最幽深的地方閃光。

億萬風的面孔凝固在他居室的牆上，蝴蝶停在他的睫毛，那些流放的靈魂，回到了故鄉。

那一刻，這個世界與被遺棄的人擁吻，採集詩歌的人重新出發，走向遠方。

這一切都交付給你，交給詩人的後裔，月亮上墜落的桂花，落滿你們乘坐的每一節車廂。

終生尋找所愛，終生親近火焰。

縱馬萬里與你相會，只為溫柔的瘋狂。

那一刻，玫瑰在雲巖上盛開，光未能照射到的地方，也有了浪漫。

人總是會死的，有的人在最好的年紀就死了，留下詩歌與寶劍；有的人要到老了才死，殘年暮景，猶如風中的燭火，那時候的他們，不但寫不出詩，甚至沒有女人愛。

但是，再過一千年依舊有人愛他，不論男女。

12. 仙山

李白死後十年，有個名叫柳宗元的詩人出世，他寫了一本書，名叫《龍城錄》。

這本書裡記載了很多稀奇古怪且好玩的事情。

書中說，唐憲宗元和年間，有人從北海來，看見李白和一個道士在海中的一座仙山上談笑。當時碧波洶湧，海上升起了綠色的大霧，道士騎著一條赤紅色的虯龍離去，李白大步追趕，最後和道士一起騎著龍向東去了。

書中還記載說，有個名叫白龜年的人，是詩人白居易的後代。有一次到嵩山遊玩，遙望東巖，只見古木參天，藤蘿從岩石上垂下，如同簾幕一般。他信步走去，不知從那裡出來一個人，對他說：「李翰林邀您前往。」說著，拉起他就走。

白龜年進了洞府，見一人褒衣博帶，風姿秀發。

那人說：「我是李白，水解而成仙，天帝命令我在此管理奏牘。你的先祖白樂天，現在在五臺山掌管功德所。」話說完，從袖子裡拿出一卷書，贈予白龜年，告訴他，讀此書能聽懂鳥兒的語言。

古者，凡胎肉體要成仙，有兵解、火解、水解、木解等種種屍解方式，李白所說的水解，就是透過投水脫離了軀殼，跨越了凡塵，進入仙界。

又有人說，李白屍解後，被天帝封為了清逸真人。

清逸真人居住在東華上清監，那是一座很高很高的仙山，距地九萬里之遙，只有大鵬鳥才能飛那麼高。

13. 醉夢

蘇東坡的詩詞中有不少寫酒，他還說自己是一個釀酒專家，但他其實不善飲。

他又一次遭到朝廷貶謫，到定州當地方官，朋友們去安慰他，你勸、他勸，就又喝多了。

月光亮堂堂的，朋友們都走了，但桌案邊還有一個人，那人身穿皂衣，面貌有些模糊，起初他以為那是誰家的雜役，不料到最後也沒走。那人拉著東坡說：「今夜東華仙界門大開，賀真人請您移駕夜遊。」

喝的多是多了點，不過難得有人巴巴的等著。

再說了，良夜難得，夜遊更難得。

東坡醉眼迷離，腳步有些踉蹌，門前停著輛仙鶴拉的車，他剛一上車，車便騰空而起，再看那皂衣人，渾身閃爍銀光，銀甲黑袍，腰繫獅蠻帶，手中持金鞭。東坡覷著眼，見那人竟然有一張豹臉，不是精怪，就是神仙。車子在空中飛行了片刻，進了一道金碧輝煌的大門，降在楓林畔，林中人影幢幢，每人舉著一支紅燭，三三兩兩交談。有個穿赭色衣服的小童，將一支亮著的蠟燭塞到他

的手裡，他跟在眾人後面，朝林子深處走去。皂衣人叮嚀東坡道：「三聲鼓響，我便送先生回去，切不可忘記。」

東坡似懂非懂的點了點頭。

林中有一碧池，人們圍池而坐，一胖大老頭，又蹦又跳，嘴裡的牙齒雖然不剩幾個，但動作十分敏捷，他正疑惑間，胖老人已到了近前，一把抄住他，嘴裡嚷嚷道：「稀客來了，稀客來了。」將他拉扯到了水邊。

東坡懵懵懂懂，不知這胖老頭意欲何為。

忽然，空中大風呼嘯，一隻大鵬鳥從天而降，從鳥背上跳下一人，走到東坡近前，笑著說：「賀季真說你是我李太白的隔世知音，說的我耳朵都快起繭子了，卓爾豐姿，果然所言非虛。」

蘇東坡這才曉得，拉自己的胖老頭是唐朝人賀知章。眼前人，竟然是詩仙李白。

這時水邊已人滿，有抱著琴來的，有攜琵琶的，有背著劍的，還有一人騎著駿馬，身穿明黃袍，頭戴冕旒。不一會兒，樂伎們也來了，湊齊了一部鼓吹，身穿絳紅袍子的男子開始擊鼓，眾人安靜了。一時聲振林木、響遏行雲。鼓聲停了後，一身量苗條的女子唱了起來，音色之美，為人間所無。待其唱罷，眾人尚未回過神來，許久，眾人讚嘆不已。

東坡問道：「不知擊鼓者何人？歌唱者何人？」

李白說：「擊鼓者李龜年，歌唱者許永新，皆為開元間玄宗皇帝所寵之梨園樂人。」

東坡指著遠處一個氣度非凡的人說：「那是何人？」

李白說：「那便是岐王李範，他下首的即玉真公主，今皆在上界仙班。」

李白一邊勸東坡飲酒，又一一為他指認了杜子美、孟浩然、張旭、崔宗之。就在東坡欲問玉真公主上首那黃袍冕旒的人為何人時，池中忽然掀起一陣巨浪，一條豬頭龍身的粗夯怪物竄了出來，眾仙人們大驚失色，那冕旒者嚇得跌了手中酒盞。身穿金甲的天神從天而降，手持燒紅的鐵鉤，穿透豬頭龍的鼻子，一隻腳踩著龍尾，一隻手摁著龍頭，用鞭子猛抽，叱罵道：「你這蠢物，在水底受罰還不夠麼，又來此搗亂。」豬頭龍吃了痛，又被鐵鉤穿了鼻子，乖乖的退回了水底。

東坡感到詫異，問道：「此是何怪物？」

李白說：「此怪便是安祿山，被玉帝罰在這冰池之下領罪，要受五百年冰凍之刑，五百年火燒之刑，方能贖其罪業。」

東坡說：「那跌了酒杯的，莫不是玄宗皇帝。」

李白點點頭說：「正是。」

二人聊的入巷，忘了時辰。皂衣人突然奔來，對東坡說：「先生速行，不然東華仙界之門關閉，可就回不去了。」他還未來及向李白告別，便被那人拖著騰空而起，到了來時的門邊，將他攆了出去。

東坡醒了，原來是個夢。再看窗上，天色已泛白。他翻了個身，細細回味夢境，房門砰的一聲

給你。」

被撞開了。他以為又是做夢，卻被友人丹元子一把拽了起來，叫道：「坡翁、坡翁，看我帶來了什麼

一幅畫展開在他眼前，頓時，他的眼睛也直了，畫中之人，不是李太白是誰？他喃喃自語道：

「奇怪，奇怪，與夢裡一樣。」

丹元子從桌上替他拿起一支筆，說道：「坡翁還不賜詩。」

東坡欣然命筆，在畫上寫道：「天人幾何同一漚，謫仙非謫乃其遊，麾斥八極隘九州。化為兩鳥鳴相酬，一鳴一止三千秋。開元有道為少留，縻之不可矧肯求！西望太白橫峨岷，眼高四海空無人；大兒汾陽中令君，小兒天臺坐忘真。平生不識高將軍，手汙吾足乃敢瞋！作詩一笑君應聞。」

寫罷，投筆於案。

丹元子問道：「你適才說什麼夢？」

東坡愣了愣神，說道：「我說過嗎？」

二〇二四年十一月九日十二時，十一月十九日改定

隱山

唐朝幻譚

永生是這樣的，它規避了死亡，當一個人獲得了永生，他就不會被殺死。刀劍殺不死他，水淹不死他，火燒不死他，飢餓了結不了他，就是將他打成碎片，他也能重新復原，就像散落的水珠重聚為整體。瘟疫、地震、戰爭、山崩地裂，也絲毫不會威脅他。他是絕對潔淨，絕對不會被玷汙的，但是唯有一樣，會讓他喪失永生，那就是愛，一旦他有愛的念頭，動了情欲，那怕只是一次親吻，他就會衰老，並最終死去。

我的父親曾說過一個故事給我聽。

有個名叫木道仙人的神仙，已經活了幾千年了，幾乎經歷了人世所有的滄桑，不論是昌隆富足的時代，還是驅趕著人為「兩腳羊」的時代，他都經歷過。他像一棵樹，見識了風雨雷電，見識了劫毀成敗，一直都平安無虞。有一天他駕著雲從天空飛過，看到了一個女人，一個穿著淡藍粗布裙，頭裹紅巾的女人，那女人用木盆端著衣物，去溪水邊浣洗，就在她蹲下的一瞬間，她的下裙脫落了，露出了雪白的屁股。這一切都被木道仙人看在眼裡，只是看了那麼一眼，他就從雲端倒栽了下去。

當人們發現木道仙人的時候，他已經死了，腦袋磕在一塊石頭上。他沒有任何神仙特質，腦袋磕在石頭上後，腦漿和血液流了一地。數千年的修為，只因為看了一眼，就一眼，女人白花花的屁股讓他的道行化為了烏有，像個空氣泡泡，一捅就破了。

我經歷的故事很多很多，我將自己隱藏在故事裡，我不是主角，我甚至連那話多的僕人和丫鬟也不是，我是角落裡那個默默守護故事的人。我活了兩百多年，經歷了很多事，腦子裡裝滿了無數故事。我可能還會繼續活下去，也許能活五百歲，也許更久，誰知道呢。

1. 狐情人

鄭清言，排行第六，出身滎陽豪族，自北魏孝文帝以來，鄭氏與范陽盧氏、清河崔氏、太原王氏並稱為豪門閥閱，至大唐尤盛，列朝冠蓋如雲。然而輝煌在於別人，落寞獨屬於我，清言一族，祖父曾為京兆尹，但到了父輩，卻幾乎與墮入寒門無異。清言年輕時，曾與李氏結親，說起來妻子是信安王的族妹，也屬於豪門了。然而不知是他福德淺薄，還是造化弄人，妻子過門後數年，竟然撒手人寰了。為了衣食，清言不得不四處干謁，遍拜豪門，充當清客以療飢。然而，長安並不宜居，所遇不是白臉，就是冷眼，不得不寄居在亡妻族中。他的妻兄和內弟都看不上他，經常嘲笑他，辱罵他。信安王李禕的外孫韋崟家資累億萬，為人落拓不羈，性情豪邁，揮金如土，與清言的亡妻是遠親，時常照顧清言，故而清言追隨於鞍馬左右。

天寶九年夏六月，長安。

韋崟寫了帖子，讓僕人送到鄭清言居處，邀他一起冶遊，赴新昌里飲酒，據韋公子信中說最近新昌里的如意坊來了幾個胡姬，不但歌唱的好，琵琶彈的好，且人人都擅長跳胡旋舞，可謂色藝俱絕。鄭清言大為心動，應承了僕人，答應同遊。與韋公子同行者六七人，皆鮮衣怒馬，身穿絳紅，只有鄭清言騎著驢，一身布衣，尾隨於後。一行人穿過阡陌，轉過城角，到了宣平里南，同行者中有貴公子譏諷鄭清言，鄭清言心中不悅，對韋崟說：「忽然想起故人有事相托，暫別片刻，隨後再赴飲宴。」韋崟點點頭，一行人繼續向東，鄭清言則騎著驢向南，進了昇平里的北門。

鄭清言心中怏怏不樂，像個霜打的茄子，任由驢子馱著他在里中小道上亂走，忽然看見前方有三個婦人步行，全都容顏清麗，其中身穿白衣者，尤其姿容昳麗。鄭清言來了精神，策動驢跟著她們，一會兒在前，一會兒在後，頻頻顧盼。他的舉動引起了三個女子的注意，竊竊低語，發出一陣笑聲。白衣女子見他一副魂不守舍的模樣，朝他微微一笑，秋波閃動。清言心中一痴，用腳跟輕輕一踹驢子腹部，驢子小跑著跟了上去。清言調戲說：「三位姊妹如此清俊，怎麼徒步而行呢？」

白衣女子笑著說：「你有座駕卻不肯給我們用，不徒步還能如何？」

清言羞赧的說：「我的驢子雖劣，但是性情溫順，若能為佳人代步，我願意牽韁墜蹬。」

三位女子都笑了起來，但不是嘲笑，而是一種接納了他的笑，氣氛變的親近，彷彿他們是認識很久的朋友了。清言把驢子交給白衣女，扶著她騎上。問道：「敢問小娘子家世麼？」

白衣女說：「我家本在西陲，也是大族，暫居長安，姓任，排行第二十。」

清言自告家世，但對於任二十娘子所報的家世卻有懷疑。

一行向東，到樂遊園時，已是晚暮。驢子停在了一座高大的宅邸前，從門口向內窺望，屋宇重重，燈光閃動，僕從邁著細碎的小步，謹慎的往來，說話時低聲細語。一個女奴從門內出來，扶著白衣女落駕，對鄭清言說：「請公子暫候片刻。」便進了門。

過了一會兒，身穿綠衣的小廝跑了出來，將鄭清言的驢子牽到後院的隱祕處，引著清言穿過遊廊，到了一座華麗的別院。清言剛在廳內安坐，一個身穿緋裙，三十餘歲的婦人秉燭而出，衣裙翻動，步搖閃爍，風韻猶盛，正是適才同行者之一、二十娘子的姐姐，名喚太音，換了衣裝，如同仙妃。

太音命僕人們陳設宴席，列燭置膳，不一會兒就掏飭出滿案珍饈佳錯。這時，二十娘子也換了衣裝，依舊是一襲白衣，兩臂戴金釧，環頸一圈兒碧玉瓔珞，烏髮生金，兩峰高凸，金碧流動，比之於太音，更不知又美了幾分，以至於清言不敢直視，一句話也說不出來。太音笑著說：「公子適才在路上談笑自若，而今二十娘子垂顧，怎麼又不敢說話了呢？」

鄭清言這才舉杯，三人暢飲，雅笑戲謔，酒過三巡後，太音悄悄離去了，留下了任、鄭二人。鄭清言本不勝酒力，且無捷才，平素言語也遲鈍，但當晚卻飲的極多，彷彿曹子建附體，妙語連篇，令二十娘子為之捧腹。

夜已深，酒也喝了很多，清言卻依舊清醒。二人丟下滿桌狼藉，一起上了閨樓。整夜綢繆，三度雲雨，相擁而眠，他只恨天亮的太快。拂曉，二十娘子說：「公子可以離去了，我的兄弟們都在宮

中教坊為業，職屬南衙，不一會兒就要去點卯了，看到你恐怕不妥。」二人約定了再見的時日，在小廝的引領下，清言從偏門悄然離去。

出了任氏宅，到了裡牆邊，因天色未大亮，坊門尚未開。按長安城宵禁之令，入夜後各坊閉戶，天亮後三通鼓響過，守門軍士會將坊門重新打開。門旁有個賣胡餅的鋪子，簷下懸著燈，光頭胡人正在點火起爐子。清言把驢子拴在門口，進入鋪內簾下，等待坊門打開。胡人頗通唐語，清言問道：「從這裡向東轉過去，有一座高大的門戶，可知是誰家嗎？」

胡人詫異的說：「向東去，只有一片廢棄的荒地，沒有宅邸。」

清言說：「我適才從門前經過，親眼所見，怎麼說沒有呢？」

胡人喃喃的說：「我在此十年，何曾見到什麼高門大戶。」忽然想到了什麼，說道：「此處有一狐妖，經常引誘男子留宿，你所說的，恐怕是她家吧。」

清言一聽，頓時心中慌亂，胡亂搪塞說：「不曾，不曾，大概是我看錯了。」

等天完全亮了，清言終究還是心中有疑惑，騎著驢掉頭去看，果然看到一片高大的門戶，只是門戶破敗，牆內一片荒蕪，長滿了高及人肩的荒草。心中大為懊悔，羞慚的離去了。回到家中後，看到韋崟送來的帖子，責怪他爽約。他只好編了一通謊話，塞責過去。

儘管清言知道二十娘子是狐妖，可是一想到她那嬌媚的話語，柔順的性情，尤其是當她舔吻著他，從耳垂到頸部，從頸部到胸口，一直滑向小腹，含住他的玉柱，彷彿在舔一大塊油脂，他渾身幾乎要融化了一般。他的心中固然充滿了恥辱，但是身體是誠實的。時間過去了十天，他的心中早

已沒有了羞慚，只剩下渴望，他心心念念，簡直要發瘋了。他好幾次到樂遊原那座荒廢的宅邸門前徘徊，然而除了一片雜草之外，什麼都未遇見。

一日清言到西市閒逛，忽然看到販賣衣裙的鋪子門口有個人，背影十分熟悉，身後跟著綠衣小廝，不是二十娘子是誰。他萬分驚喜，連聲呼喚，二十娘子卻像沒聽見一般，急匆匆的走避，混入了往來的人群中。清言緊趕慢趕，在人群裡東撲西撞，引來一片咒罵，但他不管不顧，終於還是追上了，堵在了二十娘子的前頭。二十娘子用扇子障面，躲避著他說：「公子既然已經知道了我的底細，為什麼還要再見呢？」

鄭清言說：「雖知妳我不是同類，但又有什麼可擔憂的呢？妳忍心就此罷手嗎？」

二十娘子說：「我怎能忍心呢，只怕公子得知了真相厭惡啊。」

鄭清言當即指天發誓說：「鄭某若負二十娘子，當遭天譴。」

二十娘子撤開扇子，捂住了他的嘴，揪然說道：「我心早已屬於公子，不必立此誓矣。」

由此，二人歡好如初。

二十娘子說：「從這裡向東，有一座大宅院，有大樹從庭院內長出，伸出牆外，門庭幽靜，人少打擾，可以租下來居住。」

鄭清言允諾。

二十娘子又說：「此前在宣平里南，和你一起同遊，騎白馬的人，是你的遠親嗎，他家多器什，可以借來用。」

鄭清言連連稱是。

房子租下後，清言向韋崟借用器物，韋公子笑著說：「你一個窮酸漢子，借用那麼多器物幹什麼？」

清言說：「新納美人，又僱傭僕從，舊物都不太堪用，故而煩擾韋兄。」

韋崟大笑，爽快的答應了，命僕人幫忙搬運器物，讓一個狡黠的小廝偷窺清言所謂的美人，看姿色如何。

小廝很快就回來了，韋崟問：「鄭公子屋內人如何？」

小廝說：「其美勝過天仙。」就再沒有別的話了。

韋崟撇了撇嘴，笑著說：「看你平日嘴尖舌利，怎麼這會子又不會說話了呢，真是夯貨。」韋崟族親廣茂，貴婦佳人不勝枚數，平生又最好漁色，所見過的美人多之又多。因而問道：「與趙郡主相比，容貌如何？」

小廝搖搖頭說：「小的說句不該說的話，趙郡主之美，的確不可方物，但與今日所見之美人相比，卻好比烏鴉與鳳凰。」

韋崟又說：「與我家三妹相比如何？」

小廝吐了吐舌頭，說道：「得罪了，三小姐還是不能比。」

韋崟感到十分驚訝，說：「與安平王新娶的側妃相比如何？」

小妾說：「安平王妃已屬千里挑一，但還是比不上。」

韋崟神色大變，說：「吳王家的六郡主，你見過吧，在我族中人皆稱她為第一美人，與她比如何？」

小廝還是搖了搖頭，說道：「所見美人，猶在郡主之上。」。

韋崟大驚駭，說道：「莫非是神女降世了嗎，我這就去看一看。」當即沐浴更衣，盛裝縱馬，其風流倜儻，令路人紛紛側目。

韋崟到了門前，也不令人通報，直接闖了進去，恰好鄭清言有事外出，只有四五個僕人，還有三兩個女奴，全都姿色平平，並無所謂美人。他在室內四處搜索，忽然看到屏風後有一截紅色的衣裙，一把拽了出來，果然是個女子，手持團扇障面，不肯以顏色示人。韋崟搶過扇子，看到二十娘子真容後，彷彿被雷擊了一般，她的容貌比起吳王六郡主，何止是在其上，簡直是雲泥之判。

二十娘子斥責道：「那裡來的狂小子，私闖內室。」

韋崟大笑說：「我乃信安王外孫韋十二，我實在想不明白，鄭六這個夯貨，何德何能，怎會得到妳這樣的美人？不如我給他些銀子，妳跟我走吧。」

二十娘子正色說道：「韋公子既屬貴胄，又與鄭公子交好，言語怎可如此輕薄。」

韋崟此時色欲攻心，早已將鄭清言拋到了腦後，上前就欲擁抱，卻撲了個空，這讓他興致大增，施展起平生手段，玩起了捕獵的身法。二十娘子被他拿捏住，嘆息著說道：「韋公子既對妾有意，又何必用強，不如給我些時間，讓我侍候公子。」

韋崟大喜，鬆開了手。二十娘子一脫身，立刻疾步逃走。韋崟大怒，再次追拿，兩人在廳中你追我趕，別看二十娘子是個弱女子，但卻性情極悍，每當韋公子快摸到她的裙裾，又被她逃脫，靈巧的彷彿一隻猞猁。兩人周旋了約半個時辰，二十娘子香汗淋漓，嬌喘吁吁，而韋崟卻玩上了興頭，不肯罷休。二十娘子自知今日難逃大難，束手就擒，臉色慘變。韋崟望著她那緋紅的臉，爽然若失，頗覺唐突，放開手說道：「美人何故變色若此？」

二十娘子說道：「鄭六真是悲哀啊。」

韋崟說：「何出此言？」

二十娘子說：「我知道鄭六是什麼樣的人，他徒有六尺之軀，卻連一個女人都庇護不了。公子你出身豪門，家資以億萬計，得到的美人何止千百。鄭六貌寢相陋，文不能取功名，武不能上疆場，胸無大志，言辭鄙瑣，然而他平生所愛，唯有我一人。你坐擁億萬，卻仍舊不肯放過一珠。忍以有餘之心，奪人之不足。悲哀的是，鄭六一切都依賴於你，你奪取他所擁有的，他也無之奈何。」

韋崟固然好色，但卻是義烈之人，聽聞二十娘子的話，說道：「韋某慚愧。」

二人各自退到禮法所允的距離，二十娘子斂衽行禮道：「韋公子能知大義，任氏代鄭六謝過了。」

過了一會兒，鄭清言回來了，一見韋崟，歡欣不已，當即命僕從置酒。當時韋氏家的男子多從征，故而別院空無人居，器物家什閒置甚多，韋崟讓鄭清言隨意取用，願意拿多少就拿多少，從不過問。有時韋崟邀請二十娘子單獨同遊，她不拒絕，鄭清言也不疑。二十娘子與韋崟雖調笑戲謔，

但絕無越禮之舉，每當韋崟有求歡之意，則必遭其正色拒絕，這讓韋公子對她更加又愛又敬，但凡有所求，幾乎無不應諾。

二十娘子深知韋崟對自己的心意，對他說道：「感於公子愛重，只是我身心皆屬鄭六，不能有負於他。我本是西陲之人，故家在秦城。家中之人，多能音樂，或在教坊，或為伶人。若是公子看中了那家的美人，或許我能幫上忙。」

韋崟一再稱謝。

寒食節，韋崟與鄭清言及諸友人遊覽千福寺，見將軍刁緬的家伎們在殿堂上演奏音樂，有吹笙的，有彈琵琶的，有撫琴的，有擊鼓的，十分熱鬧，其中有個小美人，雙鬟垂耳，十分可愛。韋崟一見心動，然而將軍府的人走來走去，人多眼雜，他無緣上前搭話，悵然不已。他將此事告訴了二十娘子，二十娘子笑著說：「你說的是玉奴嗎？她的母親就是我的遠房表姐啊。」

韋崟大喜，起身跪拜在席下，戲謔的說道：「娘子若能玉成好事，晚生必定有厚報。」

二十娘子趕緊避席，疾言厲色的說道：「什麼足下、晚生的，收起你們男人這一套，男人都是見一個愛一個，玩膩了又丟棄在腦後。我們家的人，活該當你們的奴隸嗎？」

韋崟見二十娘子面色不悅，說道：「在下唐突了，原來是您內親，若如此，也就罷了。」

二十娘子見韋公子面色不安，說道：「我家的人雖出於教坊，也是人，只是我先前已向公子許諾，公子但有所愛，必定羅致。只是公子得了玉奴，還請善加呵護，切莫始亂終棄。」

韋崟見二十娘子肯施以援手，當下喜不自禁。

二十娘子頗諳厭勝之術，她暗施術法，使玉奴進食減少，一日少於一日，眼看不治，將軍刁緬對此女十分上心，多方延請郎中，但是沒有一個人能治好玉奴的病。玉奴的母親更是整日衣不解體，守護在玉奴的床邊。有人向刁緬推薦巫師，二十娘子便賄賂巫師，讓她說，將軍府兵氣太重，若要治好玉奴的病，只有出居東南某地的居所。刁緬派人按照巫師的話去尋找居所，正是二十娘子的家，將軍府的人請求讓玉奴借住，二十娘子以房舍狹窄，不便住外人為由拒絕，後來刁緬親自出面，二十娘子這才答應。

玉奴和其母搬進二十娘子的家不久，病果然好了。玉奴天性調皮嬌憨，與二十娘子很投脾氣，在她的引薦下，與韋崟相識，彼此都有相見恨晚之感。時日久了，玉奴有了身孕，玉奴的母親得知後，大為驚懼，害怕刁緬追究，謊稱玉奴病故。刁緬十分懷疑，派人調查二十娘子所居的地方，得知是信安王外孫韋崟的居所，也就作罷了。儘管刁緬未深究，但玉奴的母親終究是心中惶惶不安，韋崟就給了她一大筆銀子，讓她回到了西陲。

二十娘子有了玉奴為伴，居所內終日絲竹不絕，韋崟更是將這裡視作自己的別院，幾乎常年居住在這裡，鄭清言的衣食幾乎全由其承擔。二十娘子雖有奪玉奴之謀，逞了韋公子的心意，但仍覺得一切依賴於他不是長久之計。忽一日，她對清言說：「你有五六千錢嗎？我可以為你謀利。」

清言說：「妳我今不缺衣食，何必謀利。」

二十娘子說：「你一切悉出於韋公子，終究不妥，人還應有遠慮才好。」

清言深以為然，向人借了五千錢，交給二十娘子。

二十娘子望著桌上的錢袋，說道：「明天市面上有一個人買馬，馬的腿上有傷痕，你可以買回來。」

清言將馬買回來後，他亡妻的兄弟們都嘲笑他，以為他買了匹無用的病馬。

過了一段時間，二十娘子對清言說：「你可以把馬牽到市面上販賣掉了，不要少於三萬錢。」

到了市上後，有人出價兩萬，清言不售。那人一再提高價錢，最後出到了兩萬五千文，清言依舊不肯出手，將馬牽回了家，賣家就跟著他，一直追到宅前。亡妻的族人們得知後，紛紛前來觀看，得知一匹病馬售價三萬，而對方肯還價兩萬五千文，如此天大的好事，鄭清言卻不出手，實在是個傻瓜。清言抵不上妻兄和內弟的嘲弄，就將馬出手了。那人臉露喜色，急急將馬牽走了，彷彿害怕清言反悔似的。清言感到詫異，就跟著去打聽。原來昭應縣為皇宮飼養御馬，有一匹馬的腿上有些小毛病，已死了三年了。上司巡查，官吏無馬，只得去買一匹相似的馬充數。御馬價值六萬文錢，官吏原本打算用半價買馬頂替，未料到只用了兩萬五千文就買到手了，自然欣喜。況且買到馬後，他不但免於追責，此後養馬用不完的草料錢還能落入口袋。

清言得知真相後，悔不聽二十娘子之言，以後對二十娘子幾乎是言聽計從，漸漸累積起了家業，不再依賴於韋公子。由於家用不愁，清言專心兵法，每年都參加兵部的武舉考試，終於被錄用，授為槐里府果毅都尉。即將上任，清言請求二十娘子和自己一起赴任。二十娘子說：「妾不勝鞍馬，願在此等候郎君。」無論怎麼苦勸，她就是不願同行。清言無奈，只好請求韋崟幫忙。韋崟來相勸，依舊遭到二十娘子拒絕，他感到不解，請說明原因。

二十娘子說：「曾有人為我算命，我今年不利西行，否則有性命之憂。」

韋崟哈哈大笑，說道：「妳這樣聰慧的人，怎麼會被旁門左道所迷惑啊，這樣的話妳也相信嗎？」

二十娘子禁不住二人的苦勸，只好答應同行。不過，她希望玉奴能與自己同行，如果到了秦城，她也可與多年未見的母親相見。

韋崟同意了。

清言夫婦離開長安之際，韋崟在臨皋驛為他們餞別，二十娘子滿眼落寞，似乎有話要說，但終究沒有說。韋崟本欲相問，但礙於鄭清言在側，最後還是將到嘴邊的話嚥了回去。

二十娘子騎著馬在前，清言率領僕從在後。離開長安兩天後，他們到了馬嵬驛。當時皇家訓練獵狗的官吏們正在洛川，上百條狗彙集，突然從叢草中竄了出來。二十娘子看到獵狗後，從馬背上墜落了下來，變成了一隻白色的狐狸，向南逃去。獵狗緊追不捨，清言驚慌不已，揮鞭驅馬緊緊追趕，追了一里地終於追上了，然而還是遲了。草地上躺著一隻白狐，脖子上鮮血淋漓，嗚咽了兩聲，斷了氣。清言悲痛不已，從官吏手中贖下白狐之屍。回來後，見二十娘子的馬正在路邊啃食野草，衣裙都在馬鞍上，鞋襪懸在馬鞍間，只有頭飾墜落在塵埃裡，彷彿脫下了一層皮。再尋找玉奴，也脫蛻了衣飾在馬上，杳然不見了身影。清言在當地匆忙製作了一口白皮棺材，割下自己的一縷頭髮，連同衣裙、鞋襪和頭飾，一起和白狐下葬，墳塋朝陽，旁邊有一棵大樹，他在樹身上留下了記號。

一年後，鄭清言任期滿了，回到了長安。韋崟高興的在城門外迎候他，見面就問：「二十娘子和玉奴好嗎？」

清言悲傷的說：「內人和玉奴為獵犬所害，都不在世了。」

韋崟聞言大驚，慟哭昏厥在地，僕從們趕緊將他抬回家中。郎中診視後，認為是傷心過度，並無其他大礙，留下幾副藥走了。韋公子醒後，立刻向鄭清言詳詢事情的緣由，清言這才將二十娘子的身世一一告知。韋崟請求和清言同去馬嵬驛拜祭。到了墓前，韋崟且哭且拜，他始終不信二十娘子和玉奴是狐妖，更不信她們會死於獵犬之口，要求打開墓穴。

清言極力反對，但還是未能攔住韋崟。

棺木打開後，衣裙、髮飾、鞋襪俱在，鮮豔如常，彷彿是剛脫下來的，最上面是鄭清言的頭髮，稍微有些乾澀。韋崟再次落下了眼淚，命僕人蓋上棺蓋，不過就在僕人準備重新填土時，他卻攔住了。他跳下墓坑，掀開了棺蓋，自己也跳了進去。清言以為他傷心過度，得了失心瘋，卻見韋崟一把掀開了棺材裡的衣裙。清言頓時愣住了，衣裙下空空如也，哪裡有白狐的屍骸。他記得自己親手將白狐放進了棺材，並用衣裙覆蓋。

兩人面面相覷，都楞在了原地。這時傳來一聲佛號，一個身形高大的胡僧不知何時出現，他對墓穴邊的二人說：「人世本是空幻，何必苦苦追尋。隨生死流，入大愛河。愛河乾枯，令汝解脫。」

清言跪在僧人腳下，向他頂禮，請求收自己為弟子。

胡僧笑著說：「你我可以為友，不必為師徒。」

清言撫掌大笑，隨即跟著胡僧走了。留下韋崟瞠目結舌。

天寶十四年，安史之亂起，長安的豪族們多遭罹難，韋崟死於亂軍之中。後來肅宗在靈武即位，令公郭子儀與李光弼攜手剿賊，經過十餘年的戰火，終於蕩平安史叛軍，但長安的舊居全都在戰火中化為烏有，昔日的豪族們泰半無存。從海外歸來的清言找到韋崟的骸骨，將他安葬後，離開了長安。

有一次，春日雨後，清言騎著驢在華州獨行，看到前面兩匹馬，一青一白，白馬上的女子的背影似乎十分熟悉，青馬上的少女也似乎在哪裡見過，便驅策驢追了上去，竟是二十娘子和玉奴。二十娘子見了清言，喜不自勝，說道：「分別多年，郎君好嗎？」

清言喜極而泣，說道：「我找妳找的好苦。」

二十娘子請同行，二人歡合如昔。

2. 破戒

呂飛卿，字白雲，少年時哀樂便過於常人，經常被寂寞感所纏繞，這或許與他那悲慘的身世有關。呂家原本是關中的百年大族，但因武德年間捲入秦王與太子之爭，秦王李世民發動玄武門之變後上位，太子一黨多遭誅戮，呂家作為太子故舊，被流放到了交趾荒島。自此，族人分崩離析，

子弟竄跡於荒野，到了呂飛卿這一代，已經沒幾口人了。因是之故，呂飛卿到了三十歲，依舊未娶妻，也不事產業，對功名更是嗤之以鼻，只是一門心思求道。

長慶年間，呂飛卿回到中土，一則是拜訪故舊，二則是尋訪道德高深之士，當時朝廷對唐初罪人的後裔約束已經弛禁，大家族之間重新恢復了聯繫。呂飛卿乘坐大舟到襄漢間，經過曾祖父姻親崔相國故宅，前去拜訪，相國不知去世幾多年了，他的孫子崔慶以門蔭入仕，但卻早早就辭官了。當他得知飛卿依舊是白身時，贈予他錢二十萬，極力勸導他將心思用在讀書上，求取功名。還將長安近郊灞橋的一處故宅鑰匙給他，希望他能在那裡閉門讀書。奈何呂飛卿一心求道，把追求祿位視作彘狗之行為，不論崔慶如何勸說，就是不肯接納。

是夜，呂飛卿留宿崔宅，有一女子叩門，自稱是崔府小姐。因白日於屏風後見飛卿豐神俊逸，芳心暗許，願與他結成連理。

呂飛卿聞言，回應道：「晚生一心向道，無心俗情，小姐請回吧。」

隨著細碎的腳步聲遠去，夜晚重新恢復了安靜。

不知過了多久，突然床前閃爍一道螢光，照的屋中亮如白晝。只見一女子徘徊在光芒中，雪膚花貌，姿容妖媚，呂飛卿驚問道：「妳是何人？」

女子答道：「我是此間的花神，見公子孤臥寒館，特來相陪。」

呂飛卿手撫床頭劍柄，斥責道：「妳既然是神靈，當知人神殊途，豈能苟合。必定是妖物，還不快走，不然休怪我手下無情。」

女子說：「公子切勿誤會，我輩所奉為仙道，並非妖術。我與君合，並非採補之術，實是與君有緣，此緣一了，則返本歸元，大道可成。」

呂飛卿說：「求道首在持戒，持戒若惜重寶，豈能輕棄。」

女子說：「你所持守之戒，實為修身小道，不是羽化之道。道之所存，本乎性情，存乎自然。」

呂飛卿從鞘中抽出長劍，冷冷的說：「妖物休得巧言令色。」話音未落，一劍斬去。此劍名為「青雲劍」，係唐初著名術士李淳風與袁天罡合力所造，昔年李袁二人與呂家親善，將劍贈予呂飛卿之祖呂青川，數代傳家，雖然家族敗落，但這柄劍卻沒有失脫。那女子被罩在劍光中，花容失色，慘呼一聲：「崔翁誤我。」螢光隨即消失，屋子重新陷入黑暗。

呂飛卿摸到燭臺，點亮了蠟燭。只見床前散落一地花瓣，一朵紫紅色的花蓓尤其碩大，形同瓷盤一般。他猜這便是那花妖，用劍挑起，拋到了窗外，重新高臥。

次日，崔慶問道：「賢弟昨夜可有什麼異常之事嗎？」

呂飛卿怕說起昨晚的事累及崔小姐，因此答道：「一覺睡到天明，並無他事。」

崔慶哈哈大笑，說道：「我看賢弟樣貌，豐姿清逸，一身仙骨，只是面色微帶桃花，恐怕還有一段情緣。」

呂飛卿以為他又想勸自己放棄求道之心，便說：「小弟求道之心堅如金石，絕不會被俗情所束縛。」

崔慶說：「此一段情事不了，則仙道難成。」

呂飛卿見他與那花妖的話十分相似，頗覺蹊蹺，問道：「還請老大人明言。」

崔慶神祕的一笑，再次極力勸他收下自己的餽贈，並稱若不收下，則後事皆不能成。呂飛卿才勉強接受，僱傭僕人，挑擔背箱，沿著漢江走水路向西，直驅長安去祭拜祖先的陵墓。

與呂飛卿同船的人不少，有個美婦人名叫二十娘子，年約三十餘歲，目含秋波，眉如新月，一襲白衣，儼然仙子臨凡。呂飛卿偶然一見，驚為天人，竟然動了塵心，二十餘年來堅如金石的修道之志，猶如春天湧動的潮水，冰消瓦解。他心中暗想，莫非這就是崔慶所說的情緣嗎？自此，行臥起坐，不論何時，他的心頭變幻的都是二十娘子的影子，以至於茶飯不思，實在是睏得乏了，小憩了一會兒，忽聽的艙門響，前去開門，赫然是那婦人笑吟吟的站在門口。呂飛卿大喜過望，請她入室，兩人略說了兩句，飛卿抱著求歡，婦人也不拒絕。二人剛剛入港，忽聽一陣嘹亮的歌聲，呂飛卿驚的從床上坐起，才發現是個夢境，兩腿間褻褲涼浸浸的，早已洩了真元，不由懊惱，連聲嘆悔。他起身擦拭乾淨，走出船艙，船行清江之中，甲板上月色如銀，那一聲高歌似乎還在空中，迴盪著裊裊餘音。

次日，呂飛卿向人打聽二十娘子的行止，方知她住在最豪華的那間船艙裡。為了一親芳澤，他頻頻在艙外盤桓，結識了名叫玉奴的小侍女，用一小塊碎銀子賄她，請求玉奴將自己的詩交給女主人，玉奴同意了。詩云：

同船修的仙家緣，偶在水上見玉容。
五湖放舟共朝暮，一蓑煙雨洗平生。

此後再無消息。

呂飛卿偶見玉奴，立刻截住詢問，玉奴說：「你的信我上呈主人了，你還是等消息吧。」

是時，恰好船臨時靠岸，有人將果蔬送上船販賣，他當即命僕人買了幾種最珍貴的新鮮果子，一日三次送入二十娘子艙內。不久，二十娘子派玉奴來召飛卿。艙內帷幕重疊，香氣襲人，陳設淡雅而毫無塵俗之感，二十娘子修眉鳳眼，鬟鬟儼然，身著藕荷色的長裙，赤著腳，未著鞋襪，在木質船艙裡走動，一雙纖足微鉤，白皙動人，她見呂飛卿盯著自己的腳，頓時笑了。說道：「我久居荒野，赤足慣了，失了禮數，請公子稍候。」便轉身進了後艙。此舟十分巨大，船艙有數重，二十娘子的居艙猶如一所華屋。須臾，她換了素色長袍，儘管不施粉黛，仍然顯得玉瑩光寒，明豔照人。呂飛卿趕緊行禮，說道：「得見仙容，這廂有禮了。」

二十娘子命玉奴搬來一個繡墩，請呂飛卿坐下，說道：「我夫君剛剛辭掉職務，準備入山修行，召我來訣別。我心中滿懷憂思，害怕趕不上和他約定的時間，那裡還有心思留情與他人呢。只是公子你一再垂青，因此邀你前來，表達我的謝意。」

呂飛卿連連說：「慚愧。」

二十娘子請他飲茶，雖味同瓊漿，但眼前之人既為有夫之婦，與他無分，滋味畢竟變了。只得飲罷告別。回到自己的艙房後，二十娘子差玉奴送來一首詩：

何處去尋襄王夢，三千弱水一痴心。
灞橋紅葉月老牽，霜刃白璧見小青。

呂飛卿拿著薄薄一張紙，翻來覆去看了幾遍，終究不明所以。此後，他又多次送以果蔬，致以書信，請求再謁二十娘子，但對方只是派玉奴回話，不肯再見。船到了一個無名渡口，二十娘子和僮僕們下了船，不告而別。呂飛卿得知後，趕緊追下去打聽音訊，卻了無蹤跡，彷彿突然從人間蒸發了似的。

此後，呂飛卿溯游漢中，棄舟登岸，買了四五匹駿馬，和僕人們一起奔往長安。到了一處荒村時，已是黃昏，他見路邊有三四間茅屋，便下馬求飲，拍打著門扉，高聲問道：「有人嗎，有人嗎？」

一個身形高大的老婦人從門內走了出來，穿著粗布衣服，兩條寬大的衣袖幾乎拖到了地上，滿面怒容的斥責道：「沒有禮貌的混小子，大呼小叫什麼。」

呂飛卿趕緊上前賠禮，說道：「在下錯過了市鎮，到了貴處，求一杯水喝。」

老婦人回頭朝屋內大喊：「小青，為這位公子端一杯水。」

呂飛卿聽到小青這個名字，感覺有些耳熟，忽然想起二十娘子詩中有小青二字，又見眼前房屋雖是村舍，卻是一片紅牆，牆上掛滿了紫紅色的小花，頓有所悟。就在他胡思亂想時，簾子掀開了，伸出一雙手來，手中捧的瓷杯潔白無瑕，那雙手更是白的勝於霜雪，十根玉指幾乎與杯子融為一體。他接過杯子道謝，一飲而盡，不知是因為渴極了，還是那水真是天上的瓊漿玉液，只覺甘美

無比。他喝完了，對著簾後人說道：「謝謝姑娘，請取回飲具。」簾後伸出一隻手，接過了杯子，又無聲無息消失了。他感到十分驚訝，在如此荒僻之處，怎麼會有這樣一雙手，這雙手的主人究竟是何等人物，這激起了他的好奇心。他悄悄撥開窗上的竹簾，從縫隙中偷窺，只見室內一女子，背對著他，一頭長髮垂到腰間，正持鏡梳頭，雖看不到她的模樣，但從那娉婷的背影便知是個美人，他頓時挪不動了。為了找機會與這女子親近，他對老婦人說：「我遠道赴長安，沒想到迷了路。我的僕人們一再抱怨，馬兒也疲憊不堪，能借寶地修養幾日嗎？」

老婦人說道：「我這裡有幾間空房，不知公子去長安是求學，還是投親。」

呂飛卿說：「我既非求學，也不投親，是來祭拜先人陵墓的。不過在灞橋倒是有親戚的舊宅。」

老婦人問道：「不知是誰家？」

呂飛卿答道：「崔相國。」

老婦人啊呀一聲，說道：「此處便是灞橋鎮，崔相國故宅原來還有一個老看門人，幾年前也病故了。」

呂飛卿一聽大喜，當即取出崔慶所贈的門戶鎖匙，請求前去探訪。

灞橋雖然距離長安不遠，但自從早年安史亂軍大舉，市鎮焚毀，百姓逃散，已然十分荒涼了。廣闊的關中平原流溢著猛烈的風，像橫衝直撞的火焰，山脈從遠處延伸過來，一條寬闊的河流，將山麓截斷，沿著河岸是起伏的大大小小的丘陵，分布在丘陵間的，是一片茅草屋或泥巴小屋，有些有人居住，屋頂上有炊煙，有些門窗無存，顯然已被拋棄了。老婦人引著呂飛卿主僕沿著小路前

行，她始終籠著雙手，彷彿雙手間抱著什麼東西，走路的時候身體前傾，像一隻黑色的大烏鴉。這荒涼的地方似乎把所有人的精氣神都吸走了，一路上沒有任何人言語，只有老婦人豢養的兩條狗，一會兒在前，一會兒在後，不停地撒著歡。

崔相國的故宅背靠一座高大丘陵，門前地勢開闊，還有一片水塘，水已經半乾了，清澈的半汪水倒映著晚暮天空的雲，兩三隻綠頭鴨棲息其間。高大的門楣上油漆已經剝離，厚重的獸頭銅輔首依舊威嚴，二斤重的鎖頭掛在兩扇門扉間，呂飛卿將鑰匙插進鎖孔，很輕鬆的就將們打開了。隨著門被推開，一座雅致的庭院映入他們眼簾。呂飛卿的心頭不由的掠過一陣歡悅，也許這正是他尋找的地方。他的心頭甚至產生了這樣的願望，和小青在此終老一生。

狗子進了院子後，也變老實了，乖乖的蹲在門後的陰影裡。庭院裡的世界，似乎和門外是兩個世界，深綠色的屋簷像一條分割線，將荒涼枯燥的氣氛隔擋在了別處，似乎這裡蘊藏著某種能改變人內心的東西。他是在交趾的一個偏的不能再偏的荒島上長大的，那裡到處都是土人，呂家雖然堅持唐風，不墜其書香世家的本色，但奈何在莽荒之地，不知何日能回到中原，總不免心懷苦恨。那是一個狹長的島嶼，和大陸之間相隔著三十多里，幾個月才會有一趟船。少年時呂飛卿所看到的，每天都是狂湧的海浪撕咬著礁石，要不就是帶著鹽粒的海風捶打著房屋，將島上的所有屋頂都撕的破破爛爛，總之那絕不像是人能夠住的地方，那是一座無人看管的露天監獄，一座流放者的海上「囚船」。與之相比起來，這所庭院簡直就是流浪兒最理想的棲息地。

呂飛卿指揮僕人們收拾房間，住進了崔宅。老婦人悄悄對他說：「公子住在此間，一切都十分妥

當，只是到了晚間，無論聽到什麼聲音，都切莫出門才好。不然會有大禍。」

呂飛卿雖然答應，但還是覺得老婦人的話十分蹊蹺。他住正房，僕人們住偏房，馬兒也被安置的後面的馬廄裡，老婦人忙前忙後，張羅飲食，就連馬兒草料的草料都沒耽擱。次日，呂飛卿去向老婦人表達謝意，卻再未見那名叫小青的少女。那老婦人人極熱心，但是言語卻十分凶狠，似乎有極大的怨氣，有時候會突然凶狠的看著他。這讓他極為惶恐，不敢去打聽那少女的事。

崔宅一用物品俱全，後院還有一口井，只是衣食乏用。呂飛卿差僕人去最近的市鎮購買米麵蔬菜，還有酒，親自下廚做了一桌豐盛的菜餚，請老婦人赴宴。在宴席上，呂飛卿對老婦人說：「先前偶見府上小娘子，姿容絕世，在下心生愛慕，願備厚禮迎娶，不知可願婚配否?」

老婦人瞪視著他，忽然一揚拖地的衣袖，露出一雙鷹爪般的雙手，伴隨著嘩啦啦的巨響，手腕上竟套著一條巨大的黑色鐵鏈，說道：「我老邁不堪，又受此羈絆，你若是能取來玄霜寶劍，斬斷此鏈，我就將她嫁給你。」

呂飛卿初一驚，隨即意識到，老婦人必定不是凡人。崔慶曾說他有一段情緣，只怕是應在小青身上，他有崔家所贈巨資，莫說是一把寶劍，就是要天上的星星和月亮，只要花錢，也有人肯去摘。便對老婦人說：「請給我三十日為限，千萬莫要將小青許配他人。」

老婦人說：「好。公子請放心，莫說是三十日，就是三百日，老身我也等的。」

宴席後，呂飛卿留下一個僕人看守門戶，帶著兩個僕人連夜啟程奔向長安。到長安後，命僕人購買了祭品、酒水和紙馬，先去祖墓祭拜了先人，之後便四處高價求購寶劍，從一萬出價到十萬，

連續三個月，也沒有人來應招，他以為價格還不夠高，重賞之下必有勇夫，又將價格提到十五萬。長安市上，人人都視他為瘋狂，僕人們也以為他瘋魔了。有個高鼻深目的胡僧來拜見，對他說：「我有個朋友在終南山上，人稱風鬍子，新鑄成了一把劍，公子願去看一眼嗎？」

呂飛卿將僕人們安置好，當即和胡僧一起上了終南山。

風鬍子滿頭白髮猶如銀絲，臉龐卻像嬰兒一般透著嫩和紅，他拿出一把巨劍，遞給呂飛卿。飛卿將劍拔出，頓時大失所望。劍長且大，黑沉沉的，劍刃極鈍，莫說是斬斷鐵鏈，就是砍木頭，只怕也費力。風鬍子似乎看出了他的心思，一把將劍搶了回來，說道：「非二十萬不售。」

他本就沒帶那麼多錢，便推脫說：「待在下回長安取錢。」

在回去的路上，胡僧極力勸他將劍買下，還說：「那劍看著雖鈍，磨一磨總是可用的。」

回到長安後，呂飛卿清點錢數，竟只有十六七萬，原來他一路上揮霍掉了三萬餘錢，他不得已將僕人和馬一起賣掉，仍然還差兩萬，最後他拿出隨身帶的一塊白璧，這是祖上遺物，十餘年間須臾不曾離身，但他還是咬了咬牙，賣掉了，剛好湊夠二十萬。

得到了那烏黑的鈍劍，呂飛卿片刻不敢耽誤，晝夜兼程，還差兩天就滿三十日了。

老婦人看著他帶來的劍說：「確實是一把好劍，只是鈍了點。」隨即從屋內拿出半塊磨刀石，遞給他。連續磨了整整一百天，黑沉沉的鈍劍鋒利了起來，劍刃上透著絲絲寒氣，劍身閃爍五色光芒，輕輕一揮，溪水被斬斷不流，要過幾個時辰，才重新連為一體。呂飛卿大喜，面見那老婦人，隨著劍光過出，猶如切豆腐一般，黑色的鐵鏈墜落在地。老婦人大喜，對他說道：「請給我些時間，

讓我為你和青兒操辦婚禮。」

當夜三更，呂飛卿聽到屋外傳來喧鬧聲，他悄悄將窗上的竹簾撥開一條縫，只見空中漂浮著幾個巨大的銀球，閃爍的光芒照的亮如白晝，車馬雲集，逶迤的隊伍不知有幾里長，旌旗葆羽羅列，冠冕者數百人，穿戴絳紫者數百人，穿金甲者數百人，鼓樂之聲不絕於耳，看其陣勢，猶如王侯。呂飛卿正訝異，見雲中有兩個穿綠袍的仙姬擁著一位十七八歲的少女，少女面帶淺淺的笑容，嫵媚極了，輕飄飄的飛上了四匹馬拉的大車，車聲轔轔，但卻無一人喧譁。起初車隊還緩慢前行，不一會兒車輪就離了地，上千面旗幟飄揚在雲氣之間，車馬淩空飛行。雖然只看了一眼，但少女的姿容深深刻在了他的心中，輾轉反側半夜，才沉沉睡去。

次日，呂飛卿又去拜訪老婦人，那裡還有老婦人的影子。不但人沒了，就連那幾座茅草屋也沒了，只有一片丘陵，似乎之前的一切都是幻覺，根本就沒存在過。呂飛卿無法相信自己的眼睛，前前後後找了個遍，怏怏的回到了宅中。

過了三天，來了一輛四匹白馬拉的車，伴隨車子的是一對戴著花、穿著大紅吉服的少年，見面就說：「新郎官該去見娘子了。」呂飛卿又驚又喜，上了車，起初還能聽到馬蹄聲，不一會兒就無聲無息，他掀起車簾，發現馬兒在雲中奔騰。先前的少年不知那裡去了，只有兩隻巨大的鳳鳥環車飛翔，其中一鳥見他將頭探出車外，口吐人言說道：「公子小心了。」

呂飛卿說：「我總該知道娘子的身世吧。」

鳳鳥說：「我們是鸞鳳族，先前被烏金鍊鎖著的，是我的姑母黑鳳，她是水神共工的妻子。只因

四千年前共工與天帝爭奪帝位，共工輸了，天帝將他三族全部貶往大荒之境。我姑母與西王母是表親，所以我們鸞鳳族被改貶到了人間，前些日子，我家小姐還去瑤池參加了西王母的宴會呢。」

他這才明白，為何那日看到少女的背影後，就再也未見。又不安的問道：「我劈開了烏金鎖鏈，天帝不會知道嗎？」

風鳥說道：「天帝早已知道，不過這是天數，正該你來解開。」

呂飛卿這才釋然。

說話間，車子已降落在一片山中，這裡青壁萬仞，碧潭千尋，絳樹青楓，宮闕隱然，一個極其美豔的中年婦人騎鶴降於車前，向他微笑致意。

呂飛卿趕緊向她施禮，婦人笑著說：「呂郎不認識我了嗎？」

呂飛卿疑惑地說：「敢問姊姊，在何處見過。」

婦人說：「還記得漢水上的那艘船嗎？」

呂飛卿懵懵懂懂，似乎將塵世的一切都忘了。先前的紅衣少年低聲說道：「這就是人稱天上無雙，人間第一的玉華夫人，她是狐族，我們私下稱他為狐娘子，她是仙君鄭清言的妻子，如今修成高道仙真，在玉皇神殿中當女史。」

呂飛卿恍恍惚惚，彷彿從夢中驚醒，這才想起來，這婦人就是二十娘子，自己曾在船上向他求愛，不由紅了臉。而這一切，都應了二十娘子給他的那首詩。

玉華夫人一揮手，呂飛卿腳下生雲，飄飄然飛了起來，彷彿被託著一般朝一座宏大的殿堂飛去。此時，仙人們正在翹首以待。剛一落地，樂聲四起，玉華夫人笑著高聲說道：「不要耽誤了吉時。」在眾位仙人的祝福下，呂飛卿掀開了小青的蓋頭，這才發現，小青就是那晚看到的雲中少女。入了洞房，眾仙人離去。小青戲謔道：「郎君今夜要破戒了。」

呂飛卿一伸手將小青攬入懷中，笑言：「看我縱馬試槍，在芳草地上馳過。」

小青面色緋紅，豔若桃李，低著頭只是嗤嗤的笑。

一夜晚景已過，拂曉時二人梳洗，與親友們相見。呂飛卿牽著小青的衣袂說：「能與卿卿共結鴛盟，縱使不能成仙也足矣。」

小青說道：「君所持之戒，猶如水上浮舟，水漲則船高。今日破戒，是盡洩舟下之水，木落於地，心歸於虛。君所持之戒，又猶如鐵鐐纏足，禁得身，卻禁不得心，終究還是刻舟求劍。今日我與君合，魚相忘於水，獸相忘於林，破小戒而成大戒。」

由此二人居於玉峰山蕊珠宮，雙宿雙飛，同持仙訣。數年後，都修成大道，擁有了萬世不滅之身。

3. 鬼妻

大唐武宗會昌年間，李非中了進士，返歸故鄉潯陽，途徑商洛時，遇到漢南節度使入京朝覲。旌旗隨風招展，盔明甲亮的軍士們耀武揚威，奔騰的馬隊掀起的煙塵飄在半空，猶如一片黃雲，為了避免衝撞引起麻煩，他趕緊下馬，牽著馬韁躲到了道旁。騎兵過去後，馬隊後面是長長的輜重隊伍，載滿了獻給朝廷的禮物，由手持長矛和短刃的步兵守護。這些士兵全都身形高大，剽悍健碩，一望便知是節度使的牙兵，是軍中精銳。

差不多過了一個多時辰，大隊人馬才全部通過，是時已然日暮，前不著村，後不著店，四望唯有連綿的群山。李非騎在馬上，有些躊躇，不知何處傳來幾聲淒慘的夜梟叫聲，伴隨著長一聲短一聲的狼嗥，令人毛骨悚然。從聲音來判斷，狼群距離他似乎不遠，這讓他心中十分難安。他四處張望，見荊棘深處有一座殯宮，灰白色的牆，窄窄的窗。所謂殯宮，是死者暫厝靈柩的屋宇。他也顧不得太多，牽著馬兒疾步走了過去，屋宇外壁的夯土牆甚是平整，沒有被雨水侵蝕過，屋頂上的茅草還是青黃色，門口插著幾朵白紙花，在夜風中微微顫動。他伸手正欲推門，又後退了幾步，拱手作揖說道：「晚生李非，下第南歸，行走至此，躲避大軍，耽誤了行程。天色已暗，不辨道路，又恐有野獸之害，故而借宿貴處。魂若有知，還請容忍一夕攪擾。」說罷，他將馬兒牽到屋簷下，自己推門而入。

李非向來膽氣豪壯，因而並不害怕。殯宮內昏黑異常，他從懷中掏出火摺子，用嘴吹了吹，立

刻亮起一團小火苗。一具白皮鬆木棺材停放在屋正中，他小心的從旁挪過身子，聞到了新木頭的味道。由於連日奔波，他疲倦極了，找了個乾爽的角落，躺下了，睡得十分平穩。進門時，他隨手將門閂插上了，此刻就算狼群在屋外逡巡，也不遑憂慮了。

不知睡了多久，李非被一陣車馬聲驚醒，車輪碾過大地，鑾鈴聲停在了門外。他懷疑是綠林響馬，一骨碌爬了起來，透過窄小的窗子縫隙，朝外窺探。月色如銀，萬宇澄清，高大的樹木在地上留下深重的影子，細碎的、絨毛一般的小草隨著輕風抖動，即便是一根毫毛，也看得清清楚楚。一匹青驄馬拉著油壁小車，停在門外，車簾子掀起，從車內跳下身穿綠衣的少女，雙鬟微垂，環珮叮噹。少女姿容十分嫵媚，剎那間到了門扉前。李非知道事情怪異，趕緊躺下，略微半睜著眼睛，那女子推了推門，門未打開，直接穿牆而入，到了屋內，她「咦」了一聲，望著躺在牆角的李非，聽到他發出如雷的鼾聲，這才收回目光。對著棺木施了一禮，說道：「崔姑娘，今夜風清月朗，玉華夫人在瓊仙臺設宴，命奴婢來接您。」

棺木中有人回應道：「今夜叢棘中群狼環伺，而舍下有貴賓，我不忍離去。請代我向夫人問安，改日自當登門告罪。」

綠衣少女望了一眼酣睡的李非，抿嘴竊笑，對著棺木施了一禮，說道：「奴婢知道了，告退。」話音未落，人已穿牆離去，傳來馬車遠去的聲音。

次日天亮，李非本欲離去，未料外面大雨傾盆，厚重的雨幕遮擋了視線，分不清東南西北，溼滑的道路也增加了旅人的危險。好在他帶的給養勉強夠維持，馬兒身上也馱了六七天的草料。這場

雨下了整整七天，他吃完了攜帶的食物，馬料也見了底，雨水恰好停了。他到了前方的鎮子上，向人打聽殯宮中暫厝之人，才知道是官家之女，舉家南行，沒料到半路染病身亡，故而暫時安置在這裡。李非在鎮子上買了香燭，紙馬和酒，回到殯宮祭奠了一番，感謝這位姓崔的官家小姐對自己的庇護。

到靈寶時，李非聽到身後有人連聲呼喚「李公子」，他十分詫異，此處既無親朋故舊，又沒有什麼相識的人，不過他還是回了頭。只見一黃衣女子，手持笛子，向他招手。他並不認識那女子，但卻認出了笛子，那正是自己的綠玉笛，不知何故在那女子手中。女子到了近前，雙手奉上笛子說：「公子借宿寒舍時，遺落了這件寶物。」李非心下明白，眼前的黃衣女就是那棺中人。他接過笛子，見道旁有個酒樓，便下馬對女子說：「崔姑娘若肯垂青，不妨借一步說話。」

黃衣女點點頭。

李非曾聽人說，鬼物沒有影子，不能在白日下行走。可是眼前這個姑娘，不但有影子，而且在人群中穿梭自如，近身有一股幽香，和生人無異。

二人到了酒樓門前，門外的夥計接過了馬轡繩，牽到後面去餵水和草料了，門內的夥計見李非舉止不凡，那姑娘更是顧盼生輝，趕緊引著二人上了樓上的雅間。兩人在席上坐定，李非拱手作揖道：「可以詢問姑娘的名字嗎？」

黃衣女說：「我本是博陵崔氏女，閨名凌霄，因小恙而不得不留在商洛，荒江野屋，陰雨連綿，常有鼠輩竄擾，幸虧公子相伴，使宵小無有機會。公子走的匆忙，落下了這支笛子，我見公子時常

拿著這支笛子沉思，恐怕是貴重之物，因而不顧鞋弓襪小，一路追趕，才終於追上。」

李非訝異的說：「從商洛到此，不下於五百里，崔小姐是如何趕來的？」

崔凌霄神祕的一笑，起身關上雅間的門，返回坐下，說道：「我年幼時，曾得到異人傳授神術。」只見她從衣袋中取出一物，那是一條用竹篾編成的龍，她將竹龍放在桌子上，拿起一個大碗扣在上面，端起桌上的酒杯，噙了一口酒，噴在碗上，嘴中唸叨著：「甘竹化龍，急急如律令，疾！」她輕輕將碗掀起一條縫隙，碗底下雲霧瀰漫，隱隱有閃電和雷聲，一條三四寸長的龍，在雲霧中蜿蜒游動。

李非雖覺神奇，但還是不明白地說：「如此小的龍，有何用呢？」

崔凌霄將碗掀開，那條小龍暴長到三四尺長，瞬間就長到了一丈多長，在屋中張牙舞爪，似乎將破空飛去，好在崔小姐眼疾手快，揪住龍的尾巴，拿起碗扣在牠的頭上，龍重新縮回了碗底。再次掀開，桌子上依舊是那條竹龍。

李非用難以置信的語氣說：「崔姑娘莫非是……騎龍而來？」

崔凌霄點了點頭。

李非又驚又喜，不疑她是鬼，而是將她視作下凡的謫仙。兩人談笑戲謔，李非見她眼中秋波頻閃，便故意挑逗，崔姑娘也不著惱。不知覺間，日影過了兩個時辰，李非假意說：「崔姑娘孤身一人，某也是孤身一人，不知可願與我同歸江南否。」

崔凌霄說：「公子若不嫌棄，我願奉巾櫛之歡，以遂於飛之願。」

李非大喜，是夜二人同寢，顛龍倒鳳，自有一番恩愛。次日，在靈寶多買了一匹馬，雙雙並轡南歸。李非自幼由長兄李常撫養長大，其兄早已得到喜報，獲悉李非中了進士，如今得知弟媳是博陵崔氏女，更是喜從天降。博陵崔氏與隴西李氏、趙郡李氏、清河崔氏、范陽盧氏、滎陽鄭氏、太原王氏並稱為大唐「五姓七望」，是顯赫的頂級閥閱世家。讀書人最大的榮耀，便是「舉進士第，娶五姓女」，如今雙喜臨門，不啻是祖墳上冒青煙了。李常遍告親戚鄉鄰，為兩位年輕人舉行了婚禮。

不久，李非被授予萬年縣尉，攜妻子赴任。開春時，他與妻子出春明門，準備到山野踏青，他騎馬在前，蒼頭駕車在後。一匹白馬錯肩而過，馬上的青年男子頻頻向車內的崔氏探看，舉止十分無狀。李非見他窺探妻子，心中惱怒，命蒼頭駕車先歸，自己調轉馬頭，追上那青年，揮鞭劈頭蓋臉的打去，男子從馬上滾落，翻身起來，怒問李非：「你為何打我？」

李非說：「你舉止不良，偷窺官家婦，我不但打你，還要將你捕入萬年大牢。」原來，京師長安南北十四街，東西十一街。街道將城內分割成一百零八坊，每個坊方方正正，各自獨立，坊牆方圓三百餘步。以朱雀大街為界，東五十四坊，屬萬年縣；西五十四坊，屬長安縣，兩縣皆由京兆尹管轄。李非身為萬年縣尉，主管治安與捕盜。

男子得知李非是萬年縣尉，不但不慌，反而哈哈大笑。說道：「你既為官身，為何拐帶良家婦女，車中之人，明明是我的妻子。別說你是萬年縣尉，就是京兆府的人來了，我也不怕。」說著報出了自己的名字，此人名叫王淏，也是官身。

兩人互毆，早引來了巡邏的京兆府軍卒，軍卒見二人皆是官家，無力定奪，乾脆將兩人一起帶

往京兆府衙。一路上王淏絮絮叨叨，言語十分蹊蹺，他說崔凌霄是自己的表妹，自小便心悅之，年長之後，請求父親下了聘禮。然而崔氏並不願身事表兄，嫁給王淏後經常怏怏不樂。一年前，他被任命為安吉縣令，攜妻到商洛時，崔氏突然病故，他來不及安置，只好暫厝於墳屋中。到安吉後，為官僅半年，因觸怒上司被罷官，又回到了長安故宅。未料今日在春明門，看到了車中的妻子，因此才一顧再顧。

李非似有所悟，告知軍卒，兩人已和解，不必去京兆府衙了。他將自己與崔凌霄相識的過程據實相告，並讓王淏和自己一道去見凌霄。兩人進了後堂，遠遠看見崔氏坐在繡墩上，手中拿著一面銅鏡，對鏡描眉，聽到腳步聲後，回首看到李非和王淏，臉色一變，手中的鏡子墜地，頓時摔成了兩半，崔氏便不見了。兩人在屋內四處尋找，就是不見崔氏蹤影。王淏面色青灰，憂鬱不樂的說：

「我知道了，內子只怕回墳屋了吧。」

李非不信，二人共赴商洛。一年的時光，殯宮早已面目全非，雨水幾乎沖掉了屋頂的大半，牆搖搖欲墜，白皮棺木也變成了蒼白的顏色。二人打開棺蓋，只見崔氏仰臥其中，肌膚瑩潔，宛然若生，眉毛只描了一邊。二人雙雙嘆息，將棺蓋蓋上了。這時，天色暗了下來，傳來或遠或近的狼嗥，只見一個手持錫杖的高大胡僧，與一道士結伴而行，健步如飛，朝他們走來。

4. 婆羅門

大唐天寶年間，我在長安的馬嵬驛結識了鄭生，他排行第六，名叫清言。事實上，早在數年前，我就與他有過一番交談，只是他並不記得。那時，我尚未落髮為僧，在長安新昌坊靠近坊門的地方，租了一間小鋪子，專門販賣胡餅。我早年結識一位高僧，授予我法術，天眼已開，上可見天庭之事，下可觀地獄之變，中可見人間萬事，至於除掉個把妖怪，那更是易如反掌。

狐女任氏，自稱二十娘子，故家在秦地。數年前，來到長安。新昌坊內有片荒蕪之地，那是前朝時某貴人的家宅，她已修成女身，據荒宅為家。結識鄭生前，她曾勾引過幾個年輕後生，不過我都找機會向後生們透露了任氏的身分，那些膽小鬼得聞後，無不嚇得魂飛魄散，再也不敢來問津了。只有鄭生，明知二十娘子是狐妖，依舊對她念念不忘，心意不改。

我與二十娘子比鄰而居多年，我知道她是妖，但始終沒動手，是因為我發現她很不同。她似乎在尋找什麼，那是一種我無法說清楚、也不可能懂的東西。有人說那是愛，《楞嚴經》中說，汝愛我心，我憐汝色，以是因緣，經百千劫，常在纏縛。鄭生也好，韋公子也好，對二十娘子的愛，恐怕都是先起於色，後入於心。二十娘子之於先前的浮浪子弟也好，對鄭生也好，卻是出自一片尋覓愛的心。未曾尋得之前，遍嘗人間滋味，從一個男人到另一個男人，從一個懷抱到一個懷抱，和蕩婦無異。可是一旦尋得，便心如鐵石，不但將身子交給了你，也將一顆心全部交付，縱然是斧鉞加身，無間地獄，也不能改變。

鄭生其人，文不擅筆墨，武不能舞劍，就相貌而言，也是中下之人，與出生豪族，相貌英武、氣度非凡的韋崟相比，可謂是鳖腳雞與鳳凰。然而，二十娘子的心裡，始終只有鄭生一人。想那韋公子，放下身段，用盡手段，對二十娘子有求必應，真正一片痴心，二十娘子就是不動心。女人之對男人，實在是人間最不可捉摸的事，前一晚上，二十娘子還勾引別的男子，極盡歡愛。後一天，便對鄭生死心塌地，再無任何雜念。一個人一旦愛上一個人，她的身體也變得潔淨起來，身心俱如飛仙。而她若不愛你，你縱然得到了她，百般蹂躪，也不能玷汙她。

我好像說得有些遠了，還是說回我自己。

我本是天竺人，家中世代為婆羅門，自高祖父時，就擁有了家族的神殿，到了我祖父這一代，因為他一心向學，注釋經典，成了通「五明」的學者，國王允許他頸項下懸掛白錦帶，這是婆羅門的無上榮耀。王上還將神殿周圍方圓數百里的村莊都賜予我家，成了我家族的世襲領地。我父親繼承了祖父的領地，也繼承了家學，同樣頸懸白錦帶。我父親生了兩個兒子，我們是孿生兄弟，由於我先出世半個時辰，因此成了哥哥。不過，弟弟比我更聰明。

從少年開始，我與弟弟就在神殿裡跟隨父親讀書，我們學習了《婆羅門書》、《婆羅門天文經》、《婆羅門算經》等等幾十種經典，除了神學著作外，還有天文、地理、數學、律歷、醫藥和修辭等等，當然，和真正的五明之學相比，這些都只能算是皮毛。弟弟自幼羸弱，但是卻虔誠、堅毅，在五明之學上更是獨具天賦。十二歲時，他請求脫掉婆羅門的袍服，割掉頭髮，做個苦行修士，把五明學問作為他終生唯一的事業。父親沒答應脫袍斷髮，但是給了他一間圖書室，供他一人專用。我

心裡清楚，弟弟將成為神殿的祭司，也是這片領地的唯一繼承者，他將和我的祖父、父親一樣，頸懸白錦帶。因此，我主動承擔起了神殿的世俗事務，為父親當書記官，調停領地內的糾紛，有時候還替父親接待訪客。

父親身為王國內精通五明的學者，經常有人來拜訪他，有國王的使臣、醫生、法官、學者，還有來自世界各地、包括大唐的商人。他們帶來了各種珍奇無比的禮物和金銀財寶，期望得到父親的教誨，而父親總能給他們滿意的答案。父親不在家時，我充當他的代理人，在神殿裡那間放滿書籍的小修行室接待訪客。我的家族擁有取之不竭的財富，除了神殿周圍的大片土地，還有商舖、學校和醫館，因著婆羅門的身分，不用向國王繳稅。但父親的生活沒有一絲一毫奢侈的影子，他終生不穿絲綢，不佩戴金玉，一襲布袍，四季赤足。甚至到了國王的宮廷，他也不會穿上鞋子。他是一個素食者，嚴格遵從婆羅門對食物的戒律，太陽一過中天，就不再進食了。儘管神殿很大，但他的修行室很小，放滿了書籍，有的書傳了很多代，破損很嚴重，他都一一親手修補過。神殿裡每天都擠滿了祈禱的人，有衣著鮮亮的剎帝利，也有乞丐和妓女，還有很多衣衫襤褸的人在神殿過夜，父親不但不驅趕他們，還長期派人提供飲食給他們。對於患了病的人，父親親自幫他們診治，有時候還讓我和弟弟打下手，不論是奉獻黃金的人，還是不名一文的人，他都一視同仁。

我在父親的小修行室接待了來自大唐的商人和他的女兒，他穿著華麗的絲質長袍，腰間佩戴華貴的腰帶，每個手指上都帶著一枚寶石戒指，伸開手時五彩斑斕。他的頭髮打理的非常整齊，抹著薄薄一層髮蠟，身上散發的香氣來自名貴的香料。他從手指上脫下一枚藍寶石戒指，放在我的手

心，請求我為他和女兒祈禱平安。他身邊的小女孩，看起來十五歲，也可能還要小一些，面如滿月，身量豐盈，微笑的時候，有淺淺的梨渦。她看起來十分聰慧，對修行室的書籍充滿興趣，尤其是那些畫滿了圖的醫藥書籍，她翻了又翻。我送給她一冊《婆羅門諸仙藥方》作為禮物，她非常高興極了，用唐人的禮節向我行了拜師禮，請求改天向我學習醫藥，這也得到了他父親的贊同。

她的名字叫蕙蘭。

蕙蘭正式來學習的那天，我和父親去了國王的宮廷，她把我弟弟當成了我。儘管弟弟略顯清瘦，但我們實在是太像了，梳一樣的髮髻，穿一樣的服飾，就連笑容也是一樣，只見過一面的蕙蘭當然看不出差異。她拿出那本《藥方》，請求弟弟為她釋讀，弟弟欣然同意。當我和父親回來時，弟弟已經對蕙蘭講授了三天的課程，我看得出，她喜歡我的弟弟，弟弟也喜歡她。對於誤認老師這件事，我沒有說破。

弟弟的智慧遠在我之上，他講授的更好。

蕙蘭在天竺待了一年多時間，她幾乎每天都來向弟弟學習，有時候她一個人來，有時候和她的父親一起來。在離開天竺前，她向弟弟辭行，我在她的臉上看到了淚光。那天晚上，弟弟突然告訴父親，他決定放棄祭司的身分，跟隨蕙蘭一家去東土大唐，原因是他已愛上那個東方女子。

一向平靜溫和的父親怒不可遏，他出手打了弟弟，並將他關在神殿的小祈禱室裡。沒有父親的允許，任何人不得為弟弟送一杯水，一口飯。我知道父親為何憤怒，我資質魯鈍，無論如何也繼承不了家學，而弟弟早已登堂入室。他是父親全部的期望，被父親視為神殿的守護者。

我和父親都很清楚，要把家族的榮耀傳下去，只有一個人，那就是弟弟。

父親的憤怒平息後，命我親自為弟弟送去湯羹，打開小祈禱室的門後，我發現他已不知所蹤。祈禱室在高塔的頂端，門鎖是父親親自上的鎖，門口還有兩個看守。沒有父親的允許，沒有人敢將弟弟放走。祈禱室的窗子距離地面有三十丈高，從窗口望去，地上的人和車馬小的像螞蟻一樣。我仔細檢查窗臺，那裡有一些模糊的灰塵痕跡，很顯然，弟弟是從窗口逃走的。

我們都低估了弟弟對那女子的愛。

父親以極快的速度衰老，他變得暴躁易怒，經常將自己關在祈禱室中，不見任何人，就連國王的使者也拒而不見。我不得不勉強接受國王的任命，擔任祭司。我知道父親的心病所在，決定赴大唐找回弟弟，我向國王遞了辭呈，但卻始終沒得到回覆。我只能一遍一遍的寫信給國王，向他陳述不能繼續擔任神職的理由。整個天竺都被籠罩在熱浪中的時候，我決定不再等待了，踏上了長路。最初我和商隊一起同行，但商隊到每一個地方都會停留，將攜帶的貨物發賣掉。有時候停留十餘日，有時候停留達幾個月之久，而且他們的目的地與我不同，因此大多數時候我只能獨行。進入斯瓦特河谷之後，我溯印度河前行，在吉爾吉特地區向北，穿過興都庫什山脈和喀喇崑崙山之間的河谷、瓦罕走廊，進入了大盆地地帶。這條道路是天竺國和大唐之間的傳統通道，據說已經有上千年了，也有人將之稱為罽賓道。

途中我經過了很多小國，在迦畢試國停留的時間最久，這是一個位於開伯爾山口附近的國家，也有人將它稱之為罽賓。這是一個非常美麗的王國，重疊的群山包圍著它，高聳的山峰投下的山影

罩住了半座城市，比起酷熱的天竺半島，這裡實在是涼爽怡人，大山的氣息穿透我的心房，我擔心我在這裡待得太久會動搖去大唐的決心。我拜見了國王，國王得知我將赴大唐後，任命我為特使，讓我攜帶國書去見大唐的皇帝。

迦畢試國的都城名叫循鮮城，到長安的路途有一萬二千二百里之遠，但是我沒有產生畏懼之心。在迦畢試國停留期間，我認識了一位名叫善無畏的高僧，他傳授我知識與信念，為我打開了一扇新的門，不過我當時身負使命，並未落髮，因此不能算是僧人。

我到大唐時，是玄宗皇帝開元十年。我上呈了迦畢試國國王的國書，並向皇帝陛下說出了尋找弟弟的心願。玄宗皇帝給了我很多賞賜，並給了我一面腰牌，可通行全國。大唐的疆域十分遼闊，我花了將近三十年，走遍了每一個州，最後在泉州的延福寺找到了弟弟，他已經出家為僧，並且成了主持。我不知道弟弟這一生經歷了什麼，和那個名叫蕙蘭的女子有怎樣的故事。我們相對無言，彼此微笑，我看著弟弟眼中閃爍點點淚光，他從懷中掏出一枚鑲著寶石的象牙戒指，還有一方白錦帶，那是父親為我們開蒙時，父親給弟弟的禮物。他將東西交給了我，我替父親收下了。

離開延福寺後，我返回長安，在馬嵬驛遇到了鄭生和韋崟，他倆人不知所措的站在一處墓穴邊。韋崟雖有一副好皮囊，但欲心滿腹，不可再造。鄭生卻有一副好根器，我知道天道將崩，玄宗時期的盛世即將結束，一切都會分崩離析，人間將化為無間地獄，便帶著鄭生回到了天竺，避開了這場災難。

父親已去世，他等了一輩子，也沒有等來我們兄弟倆的回歸。

我們能真的超越生老病死，像日月山河一樣獲得永恆、徹底、純粹的自由嗎？

每個人都有不同的答案。

我家族的神殿無人繼承，早已易主，神殿周圍的村莊領地，也被國王收回了。父親曾對我說過，真正的財富是智慧，而非現世的物質。我們是財產的守護者，並不是財產的主人，我們所擁有的財產，只是替世人打理罷了。如今，那些財產也只是被別人保管著而已，因此我並不感到遺憾。我與鄭生在荒野中結廬而居，向每一個路過的學者學習，有五明之學，也有瑜伽之術。鄭生雖然一心向道，但是道業始終沒有進境。我知道他塵緣未滿，心中還有沒解開的答案。只有解開生命必經之路上的那些答案，才能獲得最終的圓滿。

我在他身上看到了弟弟的影子。

回到中土後我們師徒分離，鄭生與二十娘子再次相遇，像失散多年的夫妻，也像兩條重新匯聚的河流，他和弟弟一樣，走的是另一條同樣可成大道的路。愛欲沒有滅卻道業，反而使道業大成，夫妻二人均脫去凡骨，修成飛仙。清言被任命為漢南仙君，在人間觀風，二十娘子在玉皇殿當女史，號稱玉華夫人。

清言雖有神職，但終究不以職事為念，在人間觀風三年後，他決定隱居巖穴，追求更高的道業。我再一次在他身上看到了弟弟的身影，也看到了我自己。他像是我與弟弟的合體，年輕時渾金璞玉，一片混沌，情愛未能迷上他的眼睛，反而打開心智。

穆宗長慶間，我與鄭清言見呂飛卿資質不凡，決定當他的接引人。當時呂飛卿去崔宅探訪，其

實崔家早已無人，我便化身為崔慶，著意點化他。至於崔小姐和花仙，實則都是我的障眼法。風鬍子則是清言的化身。

呂飛卿與小青結縭後，最終歸了仙道。武宗會昌年間，我與清言在商洛又點化李非和王淏，二人後來皆名列仙班。歷年來，我與鄭清言在人間救難，與天道合一，最終三花聚頂，五氣朝元，修成了大羅金仙。

愛欲如絲，有人為其纏縛，墮於凡塵；愛欲如功德，圓滿之後，便不再留戀。

二〇二四年十一月三日，二〇二五年四月二十四日再改

荒原上的少女

1

大唐顯慶二年，大軍出塞。

漫天黃沙，看不到人煙，就連一棵樹、一根草也看不到，蕭無忌第一次追隨大將軍蘇定方出塞。西突厥屢襲邊塞，朝中分成兩派，一派主張和親，一派主張出擊，蘇定方認為大唐國力鼎盛，應主動出擊，重創突厥，使之不敢再輕易犯邊。高宗皇帝採納了蘇定方的主張，任命他為將軍，率領三萬大軍出塞。

大軍出關十日，未見敵人的蹤影，攜帶的水囊日漸癟了下去，依舊未能找到水源，天空卻似在下火一般，每天都有士兵缺水死去，蘇定方多次下令限定飲水分量。第十二天晚暮，嚮導依舊沒有找到水，大軍在一座連綿的沙山下紮營，蕭無忌奉命鑿井，發現了溼沙，沙下似乎是河床，蘇定方認定此處有水，下令掘沙，但下掘五丈，依然不見水湧出，原來溼沙只是從沙丘山脊上滲透的夜露而已。為避免全軍覆沒，蘇定方交給蕭無忌三百名士兵，命他尋找水源，他卻只挑選了包括表兄王

信在內的五十個來自家鄉的子弟，每人配兩匹馬，一匹馬騎乘，另一匹為副馬，全都穿短甲，攜短刀硬弩，出發了。

蕭無忌率隊沿著乾涸的河床前行了兩天，聽到沙山的另一邊傳來叱喝聲，他命兵士就地待命，自己爬上了山。見山坳裡有四足巨蛇，正攻擊一名手持鐵戟的老人，老人銀髮黑袍，手中武器呼呼生風，儘管身體碩大，但頗為靈活，不時攻擊巨蟒的腹部，留下一道道血痕。蕭無忌估算了一下距離，張弓搭箭，隨著弦響，箭矢貫穿蛇腦，蛇翻滾於地，將老人壓翻在地。老人從蛇屍下鑽了出來，在一片屍體間焦急的跑來跑去，好像在尋找什麼。終於，他在一個穿淡黃色長裙的屍首前跪了下來，哇哇大哭了起來。

蕭無忌將屍首翻了過來，掀開了蒙著臉的面紗，發現是個胡人少女，額頭上凝固著一大塊血跡，面色慘白如紙，緊閉著雙眼，嘴唇乾裂，鼻際的氣息十分微弱，但畢竟還活著。他把水葫蘆嘴對準了女子的嘴唇，小心地餵了一些水。過了許久，女子的眼皮開始顫抖，彷彿平靜的水面上湧動的波紋。她醒了，睜開眼睛的一瞬間，他呆住了，那是一雙蔚藍的眼睛，藍的像南方的大海，長長的睫毛略微蜷曲，宛若絲絲花蕊，白皙的皮膚有了血色，幾乎是透明的。

蕭無忌問：「妳叫什麼名字，從哪裡來？」

女子怔忡著，未作答。

蕭無忌又用高昌話問了一遍，這一次那女子聽懂了，回應道：「露娜，我來自艾陵群島。」

蕭無忌為她擦拭額頭上的血跡，敷上金瘡藥，命令士兵們掩埋死者的遺體，快速離開此地。表

兄王信見他帶兩個胡人一起走，十分不滿，氣鼓鼓的說：「你救了他們，也就算了，還要帶他們一起上路，萬一是突厥人的奸細，可就麻煩了。」

蕭無忌說：「收起你的小心眼，這兩個人，能幫我們找到水源。」

王信不再說話了，牽來兩匹多餘的馬，給姑娘和那老人。

露娜告訴蕭無忌，艾陵群島距離中土一萬七千六百里，她和父親、兄弟和族人們乘坐鐵底船渡過沸騰的猶如熱開水的硫海，登上泰西大陸，翻過鐵峴山，山中的石頭鋒利無比，山峰像直衝蒼穹的利劍，又越過大草原，進入酷熱的天竺國，騎著大象經過遍地蛇蟲的蛇洲，這裡的毒蜂像拳頭那麼大，幸好帶了胡蘇木，點燃之後，百蟲不敢近身。進入沙漠十二天後，發現了隱蟒的蹤跡，父兄尋找隱蟒的蛻骨時，與隱蟒遭遇，搏鬥時遇害，好在有斷舌阿多衛護她。她指著黑衣老人說。

蕭無忌不解的問道：「為何叫做斷舌阿多？」

露娜說：「我們渡過硫海，在泰西大陸的拂菻國集市上看到了阿多，他的脖子上戴著鐵鏈，舌頭也被割掉了，身上掛著待售的牌子。我見他十分可憐，請求父親把他贖了下來，給予他自由身。他不肯留在拂菻，請求和我們同行，就帶上了他。」

蕭無忌這才明白，為何老人，也就是斷舌阿多始終不離露娜左右。

「什麼是隱蟒的蛻骨？」

「據我父親說，只有兩個地方有隱蟒，一個是中土的大漠，一個是巒雉山。巒雉山在大海中，方圓千里，林木俱為美玉，雲霧呈紫色，隱蟒盤踞其中。隱蟒形如巨蛇，有四足，每過五百年，就會

蛻骨一次，如同蛇蛻皮一樣，蛻骨而重生。隱蟒的蛻骨潔白如雪，堅硬如玉，焚燒後可為藥，有起死回生之效。」

「你說的是真的嗎？」

「我也不曾見過，只是聽父親說，大概是傳說也未可知。」

「你們從沙漠西端來，這附近，可有水源？」

「我父親是個旅行大師，他是我們的嚮導和尋水者，可惜我沒記清楚路線。」

阿多似乎也聽得懂高昌語，嗚哩嗚啦的吼叫著，同時用手比劃著，見蕭無忌還是不懂，一拍屁股下的馬，向東南方絕塵而去。蕭無忌回頭對身後的表兄王信說：「我沒說錯吧，他們可以幫我找到水源。」隨即下令眾人跟上。

銀色的月光灑在空曠的沙漠上，一隊人看起來那麼弱小。半夜時分他們到了一座十來丈高的小山下，山雖然不高，卻十分陡峭，風蝕和重力作用形成的峭壁上，有無數大大小小的孔洞，彷彿沒有眼球的眼窩。山底下長著低矮的芨芨草，草叢裡，一脈細流像蜿蜒的蛇，在沙子裡蠕動。水是從幾乎塌掉的三角形洞穴裡流出的，士兵們輪番上前裝滿了自己的水囊，正準備離開時，蕭無忌忽然感到一陣不安，他立刻下令眾人上馬，刀劍出鞘，弓弩上弦，結成戰鬥隊形。在沙漠裡，有水源的地方，往往也有人，是最好的伏擊地點。他急於找水，大意了。

一隊人馬從兩翼包抄而來，有十餘人之眾，人手一支銀杖，杖頭閃爍著銀色的光，將夜色照的亮如白晝。馬隊逼近，蕭無忌發現這些人全都披著銀色的披風，在夜風的吹動下露出大紅的裡子，

表兄王信低聲說：「好像是亞夏人的巫師，只怕來者不善。」蕭無忌點點頭，暗暗戒備，用食指扣住弩箭的弩機，大聲用高昌語說道：「我乃大唐裨將蕭無忌，到此取水，還望行個方便。」

為首之人微微頷首，目光掃過唐軍將士的臉，停留在了露娜身上，抬手用馬鞭指著露娜，用高昌語說：「你們走吧，把這個女人留下。」

王信用刀環捅了捅蕭無忌，示意快走。

蕭無忌自信的說：「打起來，我們未必會輸。」

王信生氣的說：「你瘋了嗎，為了個女人把大軍忘了，幾萬人等著飲水呢。」

露娜深深看了一眼蕭無忌，好像在說：「別把我留下。」

蕭無忌伸手抓住露娜的馬韁，將她拉到自己身邊。

銀袍巫師們見唐軍刀劍出鞘，結成半月陣，沒有留下胡人少女的意思，立刻催馬發動了攻擊。唐軍占據人數上的優勢，而且皆為精銳，膽氣雄壯，面對這群怪異的人，絲毫不露怯，奮勇對敵。銀袍巫師們甫與唐軍一交兵，就穿過了陣型，朝背後的山壁衝去，像一道光一般，消失在了崖壁中。

一切發生的太快了，士兵們瞠目結舌，簡直像做了一場夢。蕭無忌驅馬到崖壁下，月色過於黯淡，什麼也看不清楚，他招呼表兄王信點亮火把，一起湊了上去。巫師們消失的地方被叢草掩映，有一個圓環，環內鐫刻著人面山羊頭形圖案，十分猙獰。

王信催促道：「此地不宜久留，我們趕緊回去稟報大將軍吧。」

蕭無忌用刀環敲了敲石頭，說道：「這是何物？」

露娜和阿多也湊了過來，阿多嗚哩嗚啦的說著，同時用手比劃著。

蕭無忌問露娜：「阿多說些什麼？」

露娜說：「他說這是侍神泉，神的僕人居住的地方。」

蕭無忌問道：「神的僕人是什麼人？」

這一次，他不用露娜翻譯，大概也猜出了阿多比劃的意思，「祭司」。

蕭無忌命王信和士兵們照看好馬匹，他打算進洞去探查一番。露娜請求與他同行，他答應了，當然也帶上了阿多，他是絕不可能離開露娜的。三人匍匐而進，勉強鑽了進去，未料到洞內十分軒敞。

進洞前，蕭無忌從懷裡掏出了一串鈴鐺，繫在了腰間，鈴鐺總共有五枚，分別用金、銀、銅、鐵、錫製成，名為「辟邪鈴」。此鈴是他的傳家寶，係太宗皇帝時術士袁天罡所煉製，平時不響，遇有不測，就會發聲示警。洞中十分平整，洞壁上滴答著水，光線比想像的明亮很多，三人循著光朝內走，洞內隱約傳來喘息的聲音，也許是風聲。蕭無忌手持利刃，豎起耳朵聽著四周情況，大概前行了半個時辰，洞左側出現一道月洞門。門內空間極大，猶如大廳，洞頂上鑲嵌著巨大的夜明珠，照的洞內亮若白晝。洞正中有一座圓形石案，案面上有個凹下去的圓環，環內刻著與之前石壁上看到的一模一樣的人面山羊頭。圍繞著石案擺放著十餘個石凳，每個石凳上都坐著一個人，都已風乾。這時候忽然鈴鐺亂響，頭頂上風響，阿多揮動長戟上撩，蕭無忌也一口氣射完了連弩中的弩

箭，只聽聲聲厲嘯，發出抓撓巖壁的聲音。三人循著地上的血跡，跟了出去，血跡消失在一處朝下的坑洞裡，側耳傾聽，洞內毫無聲息，洞口太小，只有露娜能鑽下去，蕭無忌把火摺子遞給她，晃一晃點亮了，她舉著火下去了，過了片刻手中拿著一枚金環爬了出來。

「妳在洞中看到了什麼？」

「另一條隱蟒，已經死了。頭顱被阿多的長戟洞穿了，還有，牠中了你的箭。我在蟒身上發現了這個。」她舉起手中的金環。

阿多眼睛一亮，搶過金環，奔向洞廳，放進了桌子上的環形凹槽裡。隨著隆隆的聲音，石案分成了兩半，露出黑色匣子。阿多迫不及待的打開匣子，裡面盛放著一塊翠綠的玉珮，兩面都刻滿了彎彎曲曲的銘文。

阿多又比劃了起來，蕭無忌問露娜，「阿多說什麼？」

「他說這是侍神令。」

蕭無忌莞爾一笑，阿多絕不是一般的被販賣的奴隸，他一定是個有故事的人。

他將玉珮繫在腰間，向圓桌四周環拜，說道：「大唐裨將蕭無忌，到此尋水，偶入洞府，天緣遇寶，未識玄機，還望示下。」話說完，跪地叩頭。他的頭剛一接觸地面，正對的洞壁嘩啦啦打開了，原來那裡有一扇門。門裡傳來若有若無的水聲，眼前豁然開朗，一座長橋凌空架設，連接著對面的懸崖，崖下水霧瀰漫。他讓露娜和阿多留在洞內，自己小心的上了橋，眼見快到對岸了，忽然咔嚓

一聲，橋面斷裂，墜入激流中。巨浪翻湧，眼看沉入水底，空中傳來長鳴，一隻大鳥從天而降，朝水中的蕭無忌飛去。

2

蕭無忌醒後，發現自己身在一個綠色的華麗帳篷裡。剛起身，從外面走進一個蒙著面紗的年輕女子，一雙藍眼睛，一頭青絲披散在腰間，用藍綠色的緞帶隨意一綰，兩枚月光石耳墜瑩瑩閃耀，一串流離珠掛在修長的頸項上，上身穿著狹窄的短衣，下身穿石青色長裙，密密的裙褶閃爍著翠色，走動時有光影流動。更顯得身段又細又韌，風情萬種。不知怎的，他隱隱約約覺得在那裡見過她。問道：「姑娘，這是何處？」

女子不答話，將盛放著紅色丹藥的琉璃盤遞到他眼前，彷彿在說：「快吃了它。」

蕭無忌吞下丹藥，心頭清明起來，然而還是想不起女子是誰，好在他想起了墜橋的事。這時一個男子走了進來，頭戴青冠，身材瘦削，三縷長髯，眼神銳利。一眼就看到了他腰間的碧玉珮，厲聲問道：「此物從何而來？」

蕭無忌便將在山洞中的事一一道出。

青冠人聞言，笑道：「前塵往事，宛在眼前，兩隻妖物竊據洞府，已三百年矣，今日妖除，一掃汙穢。」

蕭無忌不明所以，但也無暇細究話中之意。解下玉珮問道：「長者可識得上面的文字麼？」

青冠人說：「天機不可輕洩，你若能擊敗我，我便將祕符傳於你。」說著將一柄長劍丟了過來，自己卻只持一根魚竿。

蕭無忌使慣了刀，並不長於用劍，只好將劍掄圓了，當做刀用。甫一交手，他心頭便緊了起來，儘管他將劍舞的呼呼響，但青冠人身法極高，飄忽不定，他不但傷不到對方分毫，那根魚竿反而寸寸不離他的咽喉，他一邊招架，一邊苦想對策，就聽啪的一聲，魚竿敲打在他的手腕上，他痛的幾乎握不住劍。幾招過後，手腕第三次被擊中，隨著劍落地，帳篷外響起一陣雷聲，青冠人長嘆一聲，消失在了門外。

蕭無忌剛撿起劍，蒙面女子進來了，手持一柄細長的劍，依舊是一言不發。只見她一手提起裙裾，一手將劍斜舉過頂，足尖輕輕一點地，就飛躍到了半空中，那不是劍術，是舞蹈，不過他得承認，那是殺人的舞蹈。舞了片刻，女子直衝他而來，他本能的揮劍格擋，女子卻像一條魚一樣貼著他的臉滑了過去，距離近到能嗅到她身上奇異的體香。他覺得受了侮辱，舞劍反擊，女子猶如鬼魅一般，遊走於前後左右，幾乎是貼著他的身體，但他無論怎樣都觸及不到。就這樣，過了約一炷香的時間，蕭無忌早已累的氣喘如牛，女子卻依舊輕盈如風。她的劍一會兒慢，一會兒快，慢的時候如同九天之上飄下的雪花，快的時候如暗夜裡的奔雷閃電，無處躲藏，無可避讓。蕭無忌暗想，再這樣下去，自己就算不被刺上千萬個窟窿，也會累死。

他實在舞不動了，閉上眼睛受死，可什麼都沒有發生。他睜開眼睛，發現只有自己，腳下泛著

藍光的琉璃盤提醒他，這不是夢，盤子裡靜靜躺著一枚紅色丹丸。他不再多想，蹲身拿起盤子，將丹藥吞了下去。

疲倦像一陣大風席捲而來，他這次是真的睡著了。

醒來時，似乎已經天黑。蕭無忌走出帳篷，發現半透明的暮色籠罩下是一片荒野，他想起大軍正在等待消息，頓時一陣焦躁。這時，他看到青冠人似乎在前方，便追了上去，問道：「長者，這裡是何處，在下軍務在身，延誤不得。」

青冠人一見他，說道：「既已來到仞利天，何必去那塵世汙穢處呢。」

蕭無忌聽不懂他在說什麼，執意要回去。

青冠人揮了揮手中的魚竿，說道：「也罷，也罷，你若是能擊中我一次，我就放你走。」

蕭無忌收攝心神，揮劍直取青冠人咽喉，青冠人騰挪如龍，「咦」了一聲，倒退三丈之外，他的一截衣袖已被斬斷，飄然落在了地上。

「小子，我倒是小看了你，你走吧。」他向前方指了指。

蕭無忌謝過，大步向前。不一會兒，青冠人又追了上來。他訝異的說：「長者莫非是反悔了？」

青冠人說：「我豈能反悔，只是我先前答應過你，只要你擊敗我，就傳給你祕符，這也是你我的緣分。」

蕭無忌大喜，下拜說：「謹受教。」

青冠人說：「玉珮上所載為侍神咒，共九十九字：甲作食凶，胇胃食虎，雄伯食魅，騰簡食不祥，攬諸食咎，伯奇食夢，強梁、祖明共食磔死寄生，委隨食觀，錯斷食巨，窮奇、騰根共食蠱。凡使十二神追惡凶，赫汝軀，拉汝幹，節解汝肉，抽汝肺腸。汝不急去，後者為糧！謹記此咒，可遣十二神為己所用。」

蕭無忌默誦數遍，熟悉於心，問道：「弟子可一試否？」

青冠人點點頭。

蕭無忌持玉珮在手，隨即唸誦咒語，只見雷聲動處，遍地生起金光。上古十二神：甲作、胇胃、雄伯、騰簡、攬諸、伯奇、強梁、祖明、委隨、錯斷、窮奇、騰根，一一從金光中走出。一起欠身作禮道：「神使有何差遣？」

青冠人低聲對蕭無忌說：「此地不宜久留，我已將祕法傳於你，快快離開吧。」說完，用魚竿猛擊他的肩頭。

蕭無忌大叫一聲醒了，見表兄王信和士兵們正望著他。王信不滿的說：「你也太大意了，竟然在洞中睡去，害的我們苦等。」

他問：「露娜和阿多呢？」

王信說：「我們進來，他們就不在了，只怕是突厥人的細作啊。」

蕭無忌想起石壁上的那扇門，過去摸了摸，卻毫無痕跡。他不願再多生事端，說道：「我們回去吧。」走出洞口，又停了下來，對士兵們說：「今天發生的事，誰也不得洩漏。」

士兵們齊聲應諾。

又回頭對王信說：「包括你，明白嗎？」

王信鄭重的點了點頭。

3

蘇定方得知找到水源，大喜。當即下令拔營。

唐軍到了侍神泉，只見地上泉湧如河，洞穴已完全淹沒其中。大軍補足了水，繼續前行，斥候來報，在沙漠盆地邊緣發現了突厥主力。

蕭無忌對蘇定方說：「末將有一言，不知當不當講。」

蘇定方道：「但說無妨。」

蕭無忌說：「突厥人來去如風，而我大軍行動遲緩，一旦敵人發現我軍，必定遁去。請給末將五千精騎，輕騎倍道而行，咬住敵人。」

蘇定方猶豫不決，副將藥葛羅說：「蕭將軍所言甚是，將軍不要再思慮了。」

蘇定方當即命藥葛羅為先鋒，蕭無忌為副手，率領輕騎襲敵。

二人率領輕騎距離敵營尚有五里，斥候來報，突厥的大營在邪羅斯川大沙丘下，約有數萬人之

眾。藥葛羅聽聞敵人人多勢大，臉色大變，命令就地紮營。

蕭無忌說：「將軍，我等已是箭在弦上，不得不發，欲取勝，須先搶占敵人營地背後的高丘，一鼓而下，敵人不知我軍虛實，可以大破之。」

藥葛羅拍拍蕭無忌的肩膀說：「蕭將軍壯勇，我命你立刻搶占高丘。」

唐軍悄悄登上了突厥大營背後的高丘，蕭無忌手執長矛，回頭對諸將說：「今日殺敵，戰亦死，不戰亦死，大丈夫當血灑疆場，馬革裹屍，丹青留名。」

眾將無不動容。

唐軍從山丘上俯衝而下，殺的突厥人驚恐奔逃，自相踐踏。逃奔十餘里後，突厥沙缽羅可汗阿史那賀魯見唐軍人少，收攏殘兵回頭再戰，蕭無忌執矛殺入敵陣，兩軍血戰了半日，蘇定方率領的大軍趕來了，立刻投入戰團。

突厥人遭到唐軍兩面夾擊，阿史那賀魯僅率領數百騎逃遁。此戰之後，蕭無忌名動天下，人稱「萬人敵」，蘇定方更是視他如左膀右臂，每次衝陣，必定以他為先。唐軍連戰連捷，阿史那賀魯向碎葉水逃去。蕭無忌主張犁庭掃穴，徹底擊滅西突厥，但蘇定方認為，唐軍連年作戰，已疲憊至極，加之朝中諫臣們一再彈劾他，認為他長期領兵域外，樹威自重。高宗皇帝雖然斥責了諫官，擢升蘇定方為左驍衛大將軍，封邢國公，仍然命他回朝敘功。同時，擢升藥葛羅為右威衛將軍，蕭無忌為左監門將軍，其餘各將，俱有封賞，命令他們就地駐守。

朝廷命藥葛羅節制諸將，但蘇定方臨走時卻告誡他，遇事最好先與蕭無忌商量。

4

阿史那賀魯死裡逃生後，逃往石國。九個月後，重新集結人馬，殺向唐軍駐地。

斥候稟報藥葛羅，突厥人正在碎葉水一帶行獵，進行軍事演練，蕭無忌建議主動出擊，藥葛羅卻認為，唐軍穿越沙漠襲擊敵人，路途過於遙遠，有覆軍殺將的危險，不同意進兵。

一個月後，突厥四萬大軍行近唐軍駐守的龍雀城，距城二十里紮營。蕭無忌請求給自己三千人馬，趁敵人遠道而來，兵困馬乏，殺他一個立足未穩。藥葛羅再一次拒絕了他的建議，下令四門緊閉，任何人不得出城作戰，違抗命令者斬。

兩天後，突厥大軍直逼城下，發起了攻城。經過一輪又一輪血戰，唐軍殺退了敵人的進攻，城牆也被血染紅了。

蕭無忌請求出城求援，沙漠南緣的虎威城駐紮著蘇定方留下的另一支人馬，藥葛羅勉強答應了他的請求，但只允許他一人出城。表兄王信請求一同前往，遭到藥葛羅阻止，不過，他給了王信二十個人，為蕭無忌打掩護。蕭無忌一旦衝出包圍，他們就得回來。

趁著天黑無月色，唐軍悄悄打開了城門，蕭無忌單騎在前，王信緊跟於後，距離突厥營壘三十丈時，催動戰馬，衝進敵營，唐軍四處縱火，逢人便殺。敵人突遭夜襲，頓時亂作一團，蕭無忌趁機衝出敵人的營盤，疾馳而去。王信見他成功了，打一個呼哨，且戰且退。雖然損失了幾個兄弟，但總算完成了任務。

阿史那賀魯意識到自己上當了，唐軍並不是真的夜襲，而是派遣人去求援，立刻挑選最快的馬，派遣五百名騎手去追擊。

驟雨般的馬蹄聲響起在耳邊，飛蝗般的箭貼身飛過，蕭無忌知道敵人的追兵來了，他將矛掛在得勝鉤上，從弓囊中取出弓，一招白猿望月，一箭射殺追在最前面的敵騎。然而這並未減緩敵人的追擊，他連發三箭，又射落三名敵人。追兵畏懼，改變了戰術，兵分兩路，從左右兩側向他包抄而來，他左右開弓，又射殺了幾名敵人，才有延緩了敵人。無奈，馬兒腳力不繼，連續奔馳，加之馬屁股上中箭，已是達到了極限，終於跑不動了。

突厥人圍了上來，蕭無忌右手執矛，左手仗劍，一場血戰。

血浸透了他的戰甲，戰袍破碎不堪，被創八處，有刀傷，也有箭傷，但致命傷只有一處，一支狼牙箭貫穿了他的心臟。他看到一大片金光，在自己眼前閃爍。一隻五彩的大鳥長鳴一聲，嘴裡噴吐著烈焰。突厥士兵們驚愕不已，烈火瞬間吞噬了他們。

5

荒原上，風撫摸著草木的葉子，無垠的原野在他的眼前鋪開，直達天際，綠油油的草像一片海洋，紫色、紅色、淡粉的花妝點其中。蕭無忌拎著矛，身上全是血，有自己的血，也有敵人的血，混合在一起。草木的葉子碰觸到他，他頓時一驚。長期的戰鬥，抱著刀劍生活，使人回到了野獸狀

態，敏感、多疑、警惕，即便是在荒野中行走，被花朵或枝條所碰觸，也會本能的反擊。就像獨居的虎豹一樣，殺戮使他退出了正常人的生活，包括對親密的需求，他更喜歡對空間的獨占，這讓他感到安全。總之，他的生命已殘破不堪，不再完整。他感到疲倦極了，一種沉重的東西占據了他，他厭倦了一切，他想躺在這荒涼的世界裡，睡上一覺。但另一種東西卻提醒他，不能，還有更重要的東西在等著你。

草木深處，有個頎長的背景，越來越近了，那是個熟悉的影子，纖細的，少女的背影。少女聽到了他的腳步，緩緩轉過了頭，她有一雙藍色的眸子，牽著一匹白色的馬。

他從未見過她。

「你來了？」

「妳是誰？」

「我是你的引路人。」

「妳怎知我要去那裡？」

「每個人都有屬於他的路。」

「我的路在何處？」

「那兒，一直向東。」

順著少女所指的方向，草被風吹彎了腰，露出了一條筆直的路，路的盡頭，是無盡的阡陌、稻

田，還有牽著耕牛的農人。

「妳怎麼知道我會走這條路？」

「這是你回家的路。」

蕭無忌身體晃了晃，倒了下去。少女掏出一個錦囊，從錦囊裡倒出一塊白色的，猶如瑩潤的玉石般的物品，放在火上燒。燒的只剩指甲大小的一塊，宛若焦炭，放進玉碗中碾碎，讓他服了下去。風吹過，草木遮掩了二人。整個世界都歸向一片綠色的海。

蕭無忌醒後，發現自己身體上的傷口痊癒了。

「上馬。」少女彷彿在命令他。

他爬上馬背，輕輕一夾馬腹，馬兒就奔跑了起來，草木碰觸著他的小腿，彷彿是一雙雙溫柔的手。少女足不踐地，在草葉上飛。

彷彿沒有疲倦，整個世界都在迎接他，慰藉他，擁抱他，等待他，百戰餘生，他將在飛翔中活著。

到了荒原的盡頭，一條河出現在他們的眼前。河水清澈冰涼，河灘上布滿了五彩絢麗的鵝卵石，一大片白色的雲低垂在河岸上。少女站在河岸邊，說道：「過了河，你就到家了。」

蕭無忌從馬背上跳了下來，衣服上的血跡，沾染了馬背，彷彿白皚皚的雪中一枝血梅花。河對岸的雲彩下，是一大片冒著炊煙的村莊，是他的故鄉。他對少女說：「妳想不想去看看？」

少女露出神祕的微笑，說道：「你想起來了？」

「是的，我想起來了，妳是露娜。」

少女笑了，把手伸給他。蕭無忌握著她的手，輕輕一籠她的腰，將她舉了起來，放在了馬鞍上。他牽起馬的韁繩，朝河水中走去。河水由淺到深，慢慢的沒過了馬腹，水流沖走了他衣甲上的血跡，也盪滌了他內心的恐懼。他牽著少女的馬，踩著河底的石頭，緩緩走向對岸，水聲響在耳邊，世界如此之美。

「你要努力活著。」少女說。

6

蕭無忌不知自己是怎樣到虎威城下的，他和馬兒像從血海中鑽出來的一般，城牆上的士兵看到後，立刻打開城門，他幾乎是半昏死的。士兵們在蕭無忌身上發現了求援信，虎威城守軍主帥、左驍衛將軍劉伯英當即率領兩萬人馬傾巢而出。

龍雀城的唐軍見突厥人後方一片騷亂，唐軍旗幟招展，知道援軍到了，人人振奮，打開城門殺出，阿史那賀魯兩面作戰，中箭遁去，逃往石國西北的蘇咄城，被城主伊沮達官抓獲，交給了蕭無忌，唐軍將之送往長安城，不久亡故。

阿史那賀魯死後，突厥人分為兩大部，東部潰散無所依傍，不成氣候，西部則歸降於大唐。顯慶三年，在大唐的庇護下，西單于即位，五百多反叛的突厥騎兵襲擊了他，唐軍擊敗了叛亂者，逃竄的突厥人一路劫掠，原本歸附大唐的十五個部落也跟著一起反叛了，擁戴阿史那賀魯的兒子咥運為首領。

高宗皇帝得知後，非常憤怒，命蘇定方率領四萬大軍出擊，這是蕭無忌一生中最慘烈的一場戰鬥，也是他追隨蘇定方的最後一戰。

咥運單于得知唐軍出動，連夜翻越天險絕漠山，向西陵谷方向退卻，一旦退入山中，唐軍將一無所獲。蘇定方命蕭無忌率一千輕騎翻越絕漠山遲滯敵人逃跑的速度，他親率大軍繞道堵截。

絕漠山是一座馬鞍形的山，到處是堅冰，中間只有一條狹窄彎曲的山谷，最寬處也只能容兩匹馬通行。要想掐住敵人的脖子，跟在敵人屁股後面肯定不頂事，只有跑在敵人前面才行，故而，蕭無忌決定走懸崖上的冰道。咥運單于當然也不傻，他知道冰道是個漏洞，因此派兒子墨綽領兵在冰道堵截唐軍。蕭無忌接連刺死三名敵軍，墨綽見他服色不同於普通士兵，便指揮兵士向他發起了一波又一波廝殺，他凜然不懼，擊殺十餘人，汗水溼透了他的甲衣，手臂，腿部多處受傷，表兄王信多次想替換他，無奈冰道寬不足一尺，錯身尚且不能，遑論在敵軍的攻勢下替換。他們都明白，在這條道上，後退就是死亡。蕭無忌的劍刺入第二十名敵人的胸部後，那人緊緊地抱住他，二人一起滾落懸崖。

王信瘋了一樣的向敵人發起了攻擊。

7

蕭無忌醒了過來，發現自己在馬背上，正往山頂上走。馬兒的前面，走著一老一少，老者背著他的劍，少女牽著馬。

多麼熟悉的影子啊，是露娜，他們又一次見面了。

這不是做夢吧。

到了山頂，露娜將他從馬背上扶了下來。

「這是哪裡？」

「西陵谷。」

蕭無忌驚愕的合不上嘴，他竟然身處六百里之外，令他更加吃驚的是，山下的數千匹戰馬緩緩移動著，當那些戰馬越來越近的時候，他看清楚了旗幟，是突厥人。他的心裡咯噔一下，看來在絕漠山咬住敵人的計畫失敗了，大唐主力軍也未能趕在突厥人前面到達截擊地點。

露娜似乎看出了他的憂慮，輕輕的說：「你可以召喚他們了。」

「誰？」

「十二神。」

也許，只有這個辦法了。他解下腰間的玉珮，唸誦驅神咒，一連串雷聲從天際劃過，十二道影

子出現在他的眼前，諸神或虎首人身，或跨乘麒麟，或肋生兩翼，或三面八臂……，一道紫色的影子朝著他，恭聲說道：「請神使差遣。」

他指了指山下的突厥人說：「擋住他們。」

儘管太陽還未落山，天卻黑了下來，咥運單于率領著大軍到達谷口時，什麼也未看不清楚，只見一陣狂風，旗幟折斷了，他的士兵紛紛落馬。那些未被吹下馬的士兵神色驚恐，朝來時的路瘋狂逃去，他們遭遇了唐軍主力，被斬首一萬七千級，西突厥徹底覆滅。

「露娜，這一次，我不是做夢吧。」

蘇娜搖了搖頭。

「妳願和我回長安嗎？」

露娜答應了。

西陵谷大捷，蕭無忌功居第一，高宗皇帝親自在太極殿召見他，命內侍從武庫中選了一柄二尺長的劍相賜，劍身通體烏黑，劍鞘上鐫刻著一條夔龍。據說此劍為殷高宗武丁所鑄，歷經秦漢，至今已經一千年了。當年殷高宗武丁討伐鬼方，有星星從天上墜落，入地十丈，武丁命人發掘，得到一塊隕鐵，鑄成此劍，名曰：破天。

露娜得知皇帝賜劍，憂心忡忡，說道：「賜劍不祥，昔年吳王夫差賜劍給伍子胥，子胥自盡；越王勾踐賜劍給大夫文種，文種伏誅。君王賜劍，良臣必亡啊。」

蕭無忌問道：「我該如何？」

露娜說：「閉門謝客，露面越少越好。」

滿朝大臣都在慶賀擊滅西突厥的盛事，將士們沉浸在封賞的喜悅中，蕭無忌卻聲稱患了惡疾，從此隱退，不再上朝，就連曾在戰場上一起廝殺的同袍來拜訪也一概不見。炙手可熱，人人都想攀附的大將軍蘇定方登門，也被他拒之門外。

蘇定方權重，引起了高宗皇帝的忌憚，嫉恨他的諫官們領會了上位的心意，上疏彈劾他西征時濫殺無辜，蘇定方辭官求免，高宗假意挽留，但最終還是罷免了他。後來吐蕃擾邊，才重新起復。

8

蕭無忌知道露娜不是尋常女子。

露娜天生麗質，不施粉黛，也不大佩戴首飾珠玉，蕭無忌將皇帝御賜的各種珍寶都交給她保管，她總是隨手往箱籠裡一放，也不看一眼。

露娜生了個女兒，眼睛有兩個瞳孔，於是起名「重瞳」。女兒出生的那一天，露娜破天荒的塗上了漢地女子的胭紅，戴上了蕭無忌送給她的飾品，左手翡翠環，右腕赤玉環，還將蕭無忌的辟邪鈴也繫在了腰肢上，那些「啞鈴」到了她身上，竟然響了起來，每走一步，就發出一聲清脆的鈴音。

高宗晚期，武后和李唐皇室的舊臣爭鬥激烈，朝臣們各自站隊，蕭無忌不願捲入其中，上書請求外任，高宗任命他為西域都護。

離開長安的前一晚上，露娜來向他辭別，她說：「昔年父兄被隱蟒所殺，郎君救了我，後來在侍神泉的山洞裡，我發現了隱蟒蛻骨，故而攜骨離你而去，完成父兄的使命。你救我一命，我發誓報償三次，你去虎威城求援的路上戰死，我用蛻骨將你復活，你在絕漠山遇難，我再一次將你救活。你受蘇定方牽連，我勸你隱退避難，三次已足矣。」

「原來那都不是夢？」

「是夢非夢。」

「妳要去那裡？」

「與君相伴五年，夙緣已了，當永訣矣。」

「人人都有故土，我也不例外。」

「鄉關萬里，妳一個弱女子，如何回到艾陵島嶼？」

「妾自有兩翼可飛渡。」

蕭無忌見她眼中神色決絕，知去意已決，便不再多挽留。他是一個不大會表露自己感情的人，縱然捨不得，也不知該如何說出來。那天晚上，他整夜都沒有安眠，倒是露娜睡得像往常一樣安穩。她依舊像個少女，長而蜷曲的睫毛密密的，和初次相見時一模一樣，他意識到，這五年裡，她

的容顏沒有發生絲毫變化。

「郎君出城二十里，向西回首，當與郎君訣別。」她的臉枕著他的肩膀，彷彿在囈語。所有東西早已收拾完，家將已在門口等候，只等他上車。他抱著女兒看了一會兒，將她交給了女僕，吩咐總管照料好家人，便上馬了。

出長安城東行，蕭無忌想起露娜的話，向西回首，路右的小山上一大一小兩隻鳥翹首相望，大鳥如車輪，小鳥如烏鵲，不停地鳴叫著。見他回頭，一起展翅飛向了高空，很快消失在了天際。不一會兒，又飛了回來，似是不捨，盤旋飛翔，久久不去，如是達半個時辰才飛走。蕭無忌想起了什麼，命車隊停下，獨自騎著馬朝鳥兒停駐過的小山上奔去，山丘頂上光禿禿的，他一眼就看到裸露的黃土上有東西在閃光，辟邪鈴靜靜的躺在那裡。

當日，欽天監向高宗上奏，長安出現了重明鳥。高宗視為祥瑞，下詔給朝官全都加一級。

原來露娜說的都是真的，她有兩翼可以飛渡大海，回到故鄉。

二十年過去了，蕭無忌經歷了大小數百場戰鬥，他老了，揮舞不動戰刀，也拉不動硬弓，他回到了故鄉，經常坐在夕陽籠罩的屋簷下發呆，控制不住的口水從嘴角淌下，拉出一道透明的長線，在暮光裡閃閃發亮。他知道大限已至，在閉上眼睛的這一刻，他想到了她，他聽到叮鈴叮鈴的鈴鐺聲，是她來了，由遠而近。他甚至能猜度出是那一枚鈴鐺響，金鈴鐺聲音激越，銀鈴鐺聲音透亮，銅鈴鐺聲音渾厚，鐵鈴鐺聲音清脆，錫鈴鐺聲音乾澀，隨著腰肢的扭動，纖細而潔白的足尖落地，腰間的鈴鐺此起彼伏，宛若波浪。

鳥兒在鳴叫，她來接他了。

他想起渡河時，她說過的話。

「活著，一定要活著，活一次，就是活一百次，一千次，無數次。」

生命是無數輪迴鏈條中的一環。

荒原上的少

頸環

1

我是在整理祖父的遺物時發現那個祕密的。

我的祖父是個藏書家，他收藏了大量珍貴的典籍，有經學著作，也有歷史著作，還有各個朝代的文人別集，藏書囊括經、史、子、集，其中有些書籍非常古老，卷首鈐印纍纍，有的書籍尾頁還有跋文。儘管祖父很少在自己的藏書上留下文字，但我還是在一本書上發現了幾行堪稱娟秀的蠅頭小楷，那是一部《顧氏文房小說》叢書的零本，薄薄一冊，名為《楊太真外傳》，係宋人樂史所撰，明嘉靖時顧氏夷白齋刊本。所用的紙薄而且透，但是柔韌性很好。尾頁上有兩行字：

與群星一起閃耀，是你我的宿命。

從落款時間看，那年祖父正當三十歲，書重新裝訂過，舊的書頁中襯了新紙，是所謂「金鑲玉」，我猜這是他早年最珍視的收藏品之一。

我的祖父和祖母關係很好，一生彼此相伴，從未分離。他們總共養育了六個孩子，三個男孩，三個女孩，我的父親是他們的長子。年輕的時候，祖父和兒女們相處的很好，他那藏了十萬卷書籍的幽深藏書樓，是孩子們的天堂，父親和叔叔、姑姑們經常在書架間捉迷藏，最小的姑姑甚至還曾在書架間迷路，成為家族的笑談。不過後來發生了一件事，祖父就不讓孩子們進他的書房了，即便是祖母，也只能把飯送到書房的門口。

我曾問過父親，究竟發生了什麼。

父親卻語焉不詳。

祖父去世時，我已經是個成年人了，也許是受祖上藏書傳統的濡染，我從小就喜歡買書，雖然都是近年來刊刻的新書，仍得到祖父的讚許。他去世後，遺囑指定我來管理家族藏書。藏書樓上下六層，有的藏書室專門用來藏經世致用之書，插架的多是地理學、水利學和農學著作；有的藏書室是善本書庫，宋版書、元刻本裝在精心製作的金絲楠木書匣裡，書匣的隔板是樟木的，可以防蟲；有的藏書室裡整整齊齊整齊擺放著書版，那是祖父主持刊刻的一大套叢書的雕版。有人說祖父的藏書有十萬卷，也有人說有十五萬卷，誰也說不清楚具體的數字，我和二弟決定編一部《藏書志》，記錄下書名、卷數、撰述者、刊刻年代和遞藏情況，對祖父的收藏做一次徹底的清查。

三樓樓道末端的藏書室似乎很久沒有打開過了，以至於找不到鑰匙，我不得不使用了些點「蠻力」，將門鎖撬壞才進去，屋內黑咕隆咚，那感覺像一間密室，聞起來有股霉味。我呼喚二弟拿來燭臺，才發現所有的窗戶上都糊了厚厚的麻紙，一層壓著一層，有三四層之多，怪不得連一絲光也透

不進來。奇怪的是，這間屋子是空的，除了東壁牆上掛著一幅肖像畫軸，四壁無一物，地上也積了層厚厚的塵灰。

牆上的肖像畫是個女子，豐姿雍容，頭戴白蓮冠，身著紫綃裙，腰懸銀弓金箭，足蹬藕荷色鞋子，手持拂塵。

我與二弟面面相覷，空屋肖像，意味著什麼？

2

編藏書志的事體持續了三年，這期間我也讀了一些書，藏書樓裡的空屋始終是我心中的一個謎團，但我隱隱覺得，我已經快找到線索了。我鬼使神差的翻開了祖父題字的那本《楊太真外傳》。

那天廊簷下有風，已是暮春天氣，我脫掉了襖子，穿上了裌衣，手裡捏著飴糖，在桌前翻書。祖父在的時候，這是絕不允許的。

楊貴妃，小字玉環，弘農華陰人也。後徙居蒲州永樂之獨頭村。高祖令本，金州刺史；父玄琰，蜀州司戶。貴妃生於蜀。嘗誤墜池中，後人呼為落妃池。池在導江縣前。妃早孤，養於叔父河南府士曹玄家。開元二十三年十一月，歸於壽邸。二十八年十月，玄宗幸溫泉宮，（自天寶六載十月，復改為華清宮。）使高力士取楊氏女於壽邸，度為女道士，號太真，住內太真宮。天寶四載七

月，冊左衛中郎將韋昭訓女配壽邸。是月，於鳳凰園冊太真宮女道士楊氏為貴妃，半後服用。進見之日，奏〈霓裳羽衣曲〉。

……

十五載六月，潼關失守，上幸巴蜀，貴妃從。至馬嵬，右龍武將軍陳玄札懼兵亂，乃謂軍士曰：「今天下崩離，萬乘震盪，豈不由楊國忠割剝庶，以至於此。若不誅之，何以謝天下？」眾曰：「念之久矣。」會吐蕃和好使在驛門遮國忠訴事。軍士呼曰：「楊國忠與番人謀叛！」諸軍乃圍驛四合，殺國忠並男暄等。上乃出驛門勞六軍。六軍不解圍，上顧左右責其故。高力士對曰：「國忠負罪，諸將討之。貴妃即國忠之妹，猶在陛下左右，群臣能無憂怖？伏乞聖慮裁斷。」

上次入驛，驛門內旁有小巷，上不忍歸行宮，於巷中倚杖欹首而立。聖情昏默，久而不進。京兆司錄韋鍔進曰：「乞陛下割恩忍斷，以寧國家。」

逡巡，上入行宮。撫妃子出於廳門，至馬道北牆口而別之，使力士賜死。妃位涕嗚咽，語不勝情，乃曰：「願大家好注，妾誠負國恩，死無恨矣。乞容禮佛。」

帝曰：「願妃子善地受生。」

力士遂縊於佛堂前之梨樹下。才絕，而南方進荔枝至。上睹之，長號數息，使力士曰：「與我祭之。」

據這本書裡講，楊玉環原本是唐玄宗的兒媳，是兒子壽王李瑁的妃子，他看中了這個女人，下詔命她做道士，道號太真，之後又將她納入了後宮，等級為貴妃。安史之亂爆發後，叛軍長驅直入，天寶十五年潼關失守，玄宗與楊貴妃、楊國忠等皇親國戚和大臣們逃出了長安，到了馬嵬驛。士兵譁然，聲稱楊氏兄妹造成了朝政之失、國家之亂，玄宗不得已，命高力士將楊玉環縊死。

清理祖父的藏書時，我發現了另外一部殘書，書的前半部分已不見了，不過從行款、字型判斷，這是一部元刻本，部分內容與《楊太真外傳》所述一致，從馬嵬驛士兵作亂開始，便不同了。

妃臨終云：「陛下忍使妾死乎？」

帝曰：「朕不忍，然則奈何？」

時有宮人因故死，陳玄禮不忍殺妃，施以李代桃僵之計，請以貴妃之衣著宮人，裝棺槨中以示人，兵士何曾見貴妃真容，略遠觀，六軍皆安。玄禮祕使人送貴妃往東南，後至泉州，出海，見山岳高入雲間，名曰方壺，遂止。

殘本說楊貴妃未死，逃到了大海中的一座島上。

為了挖出更多資訊，我將這冊殘本反反覆覆看了多遍，發現版心下方間或刻有高二、高樸、高、樸民、大民等字樣，這是刻工的名字。早期鏤版的刻工大多是家族式的，父子兄弟相承，這本書顯然出自姓高的刻工家族，高樸或許是高樸民的簡寫，樸民和大民也許是兄弟倆，高二可能是兄弟倆人中的一人，也可能另有其人。探究他們之間的關係，意味著我找到了路標。不久，我就在另外一部元代刻書中發現了相似的名字：高、德民、樸、高二民，除了高這個姓氏外，其他名字都不

太對得上，但是他們之間存在相似性。這是否意味著，這本書與那部元刻殘本出自同一群人之手。這本書名叫《燈下閒談》，記錄的多是荒誕不經之事，其中一條引起了我的注意。

海外有仙山，高入雲間，常有女子出入，綽約妖嬈，光彩煥然。有船偶遇風浪，舟子誤登其岸，見一女，右手持劍，右手攜環。舟子問曰：「此何處耶？」

女云：「此為方壺山，非汝所宜處者也，速去。」

舟子恍然若夢，見海水如沸，則已在舟中矣。望仙山，忽不見。

方壺山三個字，猶如黑暗地穴裡的一盞明燈，讓我看到了一種可能。

《燈下閒談》係雜纂之書，所列條目，皆從他書摘錄，這條下注引自《異聞錄》。不過我與二弟翻檢數月，也未見《異聞錄》一書，或許祖父的藏書中沒有這本書，也可能這是一本早已亡佚的書，依賴於《閒談》保留了吉光片羽。

3

在祖父的舊藏書裡，我發現了幾部用淡綠絹布裝幀的書，都鈐著「水月亭」的印，其中一部書裡夾著兩張殘頁，版心下方的刻工人名裡赫然有「樸民」、「大民」字樣，我的手顫抖了起來，其中一段寫道：

太真至方壺山，見祭司冥昭，司云：「上國喪亂，莫不奔播四出，汝安往乎？」

妃曰：「今安祿山作亂，以三屍神頸環挾持百萬眾，其勢甚大，陛下偏居蜀中，太子雖自立為帝，然不能平賊。欲早安天下，唯有喚醒臞靈諸神。」

祭司稱是。

從書頁上刻工的名姓，字型和紙張來看，與元刻的《太真外傳》、《燈下閒談》高度相似。它是否就是《異聞錄》呢？

為了早日解開謎團，我夜以繼日的翻閱著藏書。當我翻開一部明版的《列仙傳》時，不由屏住了氣，隨著書頁翻動，飄起一股白色的粉狀霧，書頁上布滿了書蟲蛀出的窟窿眼兒。書蟲又稱蠹魚、白魚、壁魚，是讀書人最不喜之物，與兵亂、水難、火災並稱為「兵、蟲、水、火」四大書厄。我小心的翻檢著，腦子裡思索著修書的辦法，一個半月形的環狀物墜落於地，我撿起來放在桌上，它似乎在蠕動，隱隱有生命的光澤，這是何物？

我猛然想起一則典故，據《仙經》記載，書蟲如果連續三次吃了「神仙」二字，就會化為一種名為「脈望」的神奇之物。《原化記》記載，唐德宗建中年間，有個名叫何諷的書生，得到一卷黃紙古書，翻閱時見書中有環狀物，約四寸。他信手折斷，斷口流出了一升多水。他將此事告訴了一個道士，道士嘆息著說：「這是脈望啊，藉助它可以脫離凡胎俗骨，看來你命中無仙緣。」

書生請求詳說。

道士說：「晚上用脈望照射夜空中的星星，神使就會降臨。可以討要一枚仙丹，用脈望體內流出

的水服下，當晚就能脫胎換骨，飛昇成仙。」

書生回家翻閱那卷書，不少地方被書蟲咬穿了，根據文義推斷，都是神仙二字。不由跌足長嘆。

我又驚又疑，莫非這是古書中所說的脈望？我盯著它看了將近一刻鐘，那東西毫無神異之處，彷彿被人丟棄的一塊廢墨錠。我將它置於桌上，繼續取閱書籍，但再也無法集中心思，只好作罷。

陽光從窗外照進來，落在屋內高高低低的書堆上，是的，我已經將原來糊在窗子上的麻紙都撕掉了，並命僕人們一個窗櫺一個窗櫺擦拭乾淨，在窗格裡安裝上了明瓦，那是用雲母片磨製而成的，六百多塊明瓦，總共花了三百多兩銀子。一束束光透過明瓦，光影好像一隻巨大而緩慢的動物，慢慢向前挪動，一寸一寸挪到了那塊墨錠似的東西上。彷彿閃電劃過室內，好像有什麼東西從琉璃盞中跳了出來。我驚訝的發現，我所處的藏書室變了，被書架遮擋住的牆上開了一道門，一團紫色的光在門內閃爍，彷彿是怕那扇門關上，我毫不猶豫的走了進去。

那是一個更大的藏書室，書架上塞滿了書函和卷軸，有些架子塞的太滿，卷軸墜落到了地上。我隨手拿起卷軸展開，紙如卵膜，堅潔如玉，細薄光潤，上面的字都是抄經生的手書，是失傳已久的南唐澄心堂紙。我又拿起另一部書，小心的抽開函套上的書別子，翻開書籍，葉子發黃，赫然是一部宋版書，而且是蝴蝶裝舊制。我又翻開其他書，不是唐寫本，就是宋刊本。

我被狂喜所襲，渾身戰慄，這才是祖父那神祕的、珍藏絕世祕本的善本藏書室啊。

為了全身心的整理這批世所罕見的寶藏，我將二弟喚到了門口，我告訴他，從此之後，由他暫代我掌管家族事務，沒有我的允許，任何人不得再進入藏書樓。就像我的祖父一樣，我也叫來了妻

子，命她為我送飯，但也只能送到一樓的客室裡。

在族人們的眼裡，我就是那個祖父的魂附體的人，但我並不在乎這些。

4

神祕藏書室內的書，尤其是那些卷軸上記錄的事，令我震驚。傳世書籍中，從未有此類記載。我意識到，樂史《太真外傳》所記載的，並不是真正的歷史，而我所看到的，也許才是真實。

我完全沉迷在了對卷軸的閱讀中。

這些紀錄非常私密，有些是宮廷的起居注，記錄了皇帝和後妃的一言一行，有些可能出自楊貴妃的侍女之手，有些甚至出自她本人的親筆。

開元二十五年，武惠妃稱太子李瑛、鄂王李瑤及光王李琚協同謀逆，玄宗詔廢太子，隨後將三子一併賜死。

三位皇子被殺後，不久武惠妃亦病逝。

諸大臣以為，廢太子李瑛、鄂王李瑤、光王李琚皆蒙冤，上書重申案件。

籠罩在皇室頭上的「血親相殺」魔咒讓玄宗產生了巨大的精神混亂，他的曾祖父、太宗文皇帝李世民就是透過玄武門之變，從開國的高祖皇帝手中奪了皇位。太宗皇帝一生雄才大略，卻深陷「子反

父」的陰影中，貞觀十六年，太宗皇長子、太子李承乾謀反被廢黜、流放黔州病死；次年，太宗皇帝第五子、齊王李祐又在齊州謀反，兵敗後被賜死。

子反父，父殺子，玄宗皇帝也未能免，他被流血的家族歷史折磨，難以安枕。

名叫羅天星的方士進入宮廷，自稱葉法善弟子。

葉法善曾是玄宗最寵信的方士，雖然早在開元十年，葉法善就已仙逝，但玄宗對他始終念念不忘。羅天星勸玄宗前往泰山封禪，祭祀天地，贖罪脫難。

只有帶著偉大的召喚，才能成為偉大的帝王。

然而偉大之名所召喚出來的，未必是光明，或許是黑暗之門的打開，甚至是死神的降臨。

5

溫泉鎮是我家族的另一處產業，在我沒有接手以前，一切營生都是父親操辦，不過隨著他上了年紀，我不得不放下書生的矜持，親自照理生計。再者，管了三十多年田莊事務的老管家文叔的兒子們都已結婚，他也到了安享晚年的時候。他親自駕著馬車，送我和二弟往溫泉鎮，把各個房頭的管事人召來，進行事務交接。

暮春花事荼蘼，開遍了城內通往城郊的道路，路邊多茶樹、楓樹、還有高大的美人松，車子出

城後，走了十餘里，從寒山寺前經過，雲生石根，春籜始解，胸中塊壘頓消。祖父的小院名叫「鈞天小築」，總共兩進，外院住的是各房頭的管事人，內院是他的居所，內院雖小，但植了兩株山茶花樹，房舍樸素整潔，臥具雖是舊的，但十分乾淨，除了日常用品外，再無奢侈之物，與臥室相連的房間裡放著一個舊蒲團，那是他冥想的地方。挨著牆的地方，放著一排書架，還有一張琴桌，桌子上放著一張仲尼式琴，斷紋如蛇腹，看起來很有些年頭了。

文叔喚來一眾管事人，逐一向我和二弟介紹，他們分別上前行禮，我與二弟也頷首致意。事罷，眾人在外院飲酒，我與二弟在內院飲茶。來溫泉鎮，固然是為了與管事人們混個臉熟，但卻並非我的主要目的，我心中所念，還是祖父留下的那一樁懸案。我將冥想室內的書架翻了個遍，結果大失所望，架上的書，多是記錄禪宗公案的書，如《碧巖錄》之類。不過，也並非毫無收穫。在一本破舊的書中，我發現了一封沒有落款的信，從筆跡判斷，是祖父的手筆無疑。

> 計與卿別十年矣，雖通音問，不解闊懷。所藏舊籍，積不下於十萬卷，此汝所最切盼一睹者矣，然族大事繁，眾目睽睽，終不能同閱籤軸。匣中之珍，勾連世外；頸環已失，仙子難尋；空懷歲月，遂成此恨。落筆泫然，不能盡言。

信是寫給一個女人的。

據我所知，祖父與祖母感情極好，祖父終生不曾納妾，也未聽說過有別的女人，那這個「卿」是誰？

6

回去的路上，我始終被那封信困擾著。馬車行走在坑坑窪窪的泥濘路上，車身不停地晃動，幾近使人眩暈，我才發覺這條路糟糕至極。我掀起車簾，外面的陽光極好了，我建議二弟下車步行，他連連贊同。我讓文叔駕著車，在前方的八里鋪等我們，他應諾。

春天的泥路柔軟如酥，腳踩下去，一踩一個坑，與此同時，紅泥也沾染在了鞋幫子上。我們走了四五里，都冒了汗，脫掉長袍，僅穿著白色短衣，在這山林中說說笑笑。濃綠的藤像一面瀑布，從右側的山石上掛了下來，密密實實，彷彿一面突然壘砌出的高牆，截斷了陽光，留下一大片陰涼。我們相視一笑，依著藤牆坐了下來。

「你可曾聽過祖父的故事？」

二弟愣了一下，說道：「你聽人說了什麼嗎？」

「沒有，我就是……隨口一問。」

「他年輕的時候，據說曾經犯過一次病。」

「犯病？我怎麼沒聽說過。」

「你那時候在族叔家居住，家裡住的少。後來上縣學，你又中了秀才，去考舉人，在家裡的時間就更少了。祖父的病……這都是我偷聽來的，你別讓爹知道我嚼舌頭……」二弟朝我眨了眨眼。

「別繞彎子，說犯病的事。」

「我們家從曾祖父的時候，就開始藏書，不過真正成為我們這吳縣的藏書世家，還是從祖父開始的。祖父年輕時曾在戶部任職，但不知何故，後來辭了官，終生不提官場之事，只以藏書為樂……」

「這些我都知道，你說那病。」我打斷他。

「事情還要從這書上說起。當時，我們這吳縣有四大藏書甲第，黃丕烈『士禮居』、周錫瓚『水月亭』、袁廷檮『五研樓』和顧抱沖『小讀書堆』，周錫瓚身故後藏書為子弟瓜分，雖然其子周世敬繼承了藏書的衣缽，但終究不復有水月亭之盛。周家的其他子弟得到書後，大多販賣於他人，其中一大部分，便賣給了祖父。祖父得到這些書，當然是欣喜若狂，整日沉浸於書海中，足不出戶，時日一久，漸漸成痴，後來就發狂了。」

「有此等事？」

「我聽祖母親口所說。」

「後來呢？」

「後來的事我就不知道了，也許突然就好了吧。」

7

在一部可能是唐代宮廷史官所寫的卷軸上，我從潦草的文字裡看到了這樣一段記載：

大唐開元二十六年，玄宗召宰相張說問封禪事。

張說答：「陛下登基以來，打擊回鶻，重開西域，功業遠邁秦漢，封禪可也。」

玄宗問：「前代封禪帝王，都有何人？」

張答：「前代封禪之君，計有秦始皇、漢武帝、漢光武帝、漢章帝、漢安帝等，加上我朝高宗皇帝，共計六人。」

玄宗又問：「朕與秦皇漢武比之如何？」

張答：「陛下開元盛世，可與秦皇漢武比肩。」

玄宗說：「愛卿過譽了，朕之功距秦皇漢武尚遠，當與光武、章帝相當。」

張說：「陛下謙恭自抑，實為我朝之福。」

玄宗隨即下詔任命張說、羅天星二人為封禪正副使，籌備大典。

這是大唐立國以來最盛大的活動，扈從玄宗的不但有皇族宗室、勛貴世家、文武官員，後妃命婦，還有來自突厥、于闐、波斯、天竺、倭國、新羅、百濟等國的使臣和部落豪酋。此外，尚有三萬左右神策軍隨駕。龐大的隊伍當年十月從長安出發，兩個月後才到達泰山下。羅天星率領八萬軍

民重建了高宗時期的「封禪三壇」，分別是位於泰山之巔的「登封壇」，位於社首山的「降禪壇」，還有泰山之南四里處的「封祀壇」，其中以登封壇最為宏大，高九丈五尺，方圓三丈六尺五寸，四面出陛。封禪活動從開元二十七年正月開始，持續了將近半個月，之後貴妃楊玉環請求玄宗下詔，在社首山降禪壇四周營建了十五里的長牆兩重，這些城牆高達五丈，牆面光滑如鏡，出入只有一座門，但守衛士兵卻有一千多人，沒有皇帝的手諭，任何人不得入內。

為何要將降禪壇封存起來，恐怕只有玄宗皇帝和貴妃楊玉環知道。

8

卷軸上的文字，祖父肯定也讀過，甚至那些卷軸，極有可能來自周錫瓚家。我讓二弟把鈐有「水月亭」、「香巖書屋」、「漱六樓」藏書印記的書都找出來，為了便於取閱，我讓僕人們將書搬入藏書樓的那間空屋，起初沿著四壁安置書架，後來搬來的書越來越多，只好隨意放在地上。

我逐一翻檢，將每部書都加以記錄，累了，我就睡在書堆裡，餓了，讓二弟送飯來，其他任何人都不得打擾。家人們都以為我瘋了，尤其是文叔，他好幾次勸說我離開藏書室。

我拒絕了他。

他眼中除了痛惜和驚愕外，似乎還有些別的什麼，那是一種欲言又止的神情，只是礙於二弟在

場，他最終什麼也沒說。第二天，我讓二弟去溫泉鎮取祖父的琴，實則是將他支開，之後命僕人喚文叔來藏書室。

我單刀直入：「文叔，你有什麼想對我說的嗎？」

文叔猶豫了一下，支支吾吾的說：「我伺候大老爺，還有老爺，還有少爺您，你們家三代了。」

「這我知道。」

「我老了，老了，不想再看到少爺您，像大老爺年輕時……」

「我祖父年輕時的事，你知道？」

他重重的點了點頭，說出了一個祕密。

我祖父年輕時購買了周錫瓚留下的最珍貴的那批書，當時周家主事的人是周錫瓚的弟弟周錫瑜，當我祖父交付了八千兩銀子去取書時，卻遭到了一個人的阻撓，她是周錫瓚的女兒、周家大小姐，名叫阿柔。阿柔讓祖父立誓，要對書籍善加守護，並盡可能收羅那些從周家散出去的書，讓它們歸於一處。吳縣人皆知周錫瓚嗜書如命，藏書多達十餘萬卷，而祖父所購得的，不過幾千卷罷了。立這樣的誓言，實則是故意刁難。

祖父沒有猶豫，當著阿柔的面立下了誓言。

阿柔送給他一個檀木匣子。

聽到文叔說起「匣子」，我立刻想到了那封信，問他：「你可知匣子裡裝的是什麼？」

文叔搖了搖頭，繼續說那些往事。

阿柔年滿十七歲時，上門提親的人絡繹不絕，但她始終不肯出閣。數年後，遭到其叔周錫瑜的逼迫，在鏡花庵落髮為尼了。祖父曾去庵中看過阿柔，阿柔以不再入紅塵為由，不肯相見，讓人把一封信交給祖父。至於信中的內容，文叔也不大清楚。

祖父頗善經營，數年後家資百萬，富甲一方，專意藏書，得遇善本，不惜斥資千金購求。蘇州城裡的書肆，但凡得到一部古書，立刻送上門來，祖父讓夥計放下書，若是他看上了，月底結帳，若是沒看上，月底再把書拿走。這樣送書上門來的書肆，總有幾十家，有時候甚至有從京城順天府送書來的人。祖父不到四十歲，藏書十餘萬卷，不下於盛年時的周錫瓚。有一次，他得到了一部周錫瓚收藏過的宋刊本，派了一乘綠呢小轎，請阿柔小姐來看書，那時候她已是素塵大師了，沒料到小姐竟答應了。兩人在藏書樓裡看書，十個僕人在旁邊伺候，阿柔說到一部書的書名，僕人們總要找半天，往往是手忙腳亂，忙乎半天才能找到，她先後說了上百部書的名目，並告訴僕人們函套是何種顏色，有多少冊，僕人們找到後，和她說的完全一樣，無不驚訝於她的記憶力，皆因為這曾經是她父親的舊藏，她小時候都見過。

那是祖父和阿柔的第二次相見。次年，阿柔就香消玉殞了。

那封沒有送出去的信，是不是祖父寫給這位周家大小姐的信呢？若是，則信中說「通音問」，就不止這一封信。

找到其他的信，也許就能解開祕密。

阿柔去世後，祖父曾去拜祭，看起來並無異樣，過了兩年，有一天他將自己關在藏書室裡忽然不再出來，連續幾個月蓬頭垢面，衣不解體，似乎發了癲狂。

我終於知道，祖父在祖母之外，還有另外一個女人，他們沒有肌膚之親，但或許有精神之愛。當然，這只是我的測度。

文叔一再說，祖父和書一起待的太久，才發瘋的。

我一再保證，我不會瘋，文叔才半信半疑的離去。

9

一卷宮廷特有的黃色灑金紙上，記錄一件詭異的事，楊貴妃也參與了封禪。

開元二十七年正月一日，玄宗在封祀壇舉行了祀天儀式；次日，率領群臣登上岱嶽之巔，在登封壇唸誦了親手書寫的冊文，並將鐫刻有祭文的金冊玉版藏在了山中；第三天，玄宗到降禪壇祭祀大地之神，皇帝一個人登壇完成了初獻禮，接著貴妃娘娘楊玉環登壇，行亞獻禮。這也是祭祀儀式中唯一允許後妃參加的儀式。

所有的祭祀儀式都是祕密舉行的，高大的祭壇四周圍攏著黃色布幔，除了主祭的皇帝和貴妃，祭祀的鐘聲一旦響起，群臣都要退到祭壇十丈之外，跪地俯首等候。守衛在祭壇四周的士兵，則要

用棉花堵上耳朵，避免祭祀密語外洩。

這是一場漫長的等待，封禪儀式長達兩個多時辰，有些年老體弱的大臣跪的太久，甚至暈了過去。

高宗的初獻禮完成後，貴族和大臣們山呼萬歲，向皇帝祝賀。貴妃楊玉環從侍女手中接過描金朱漆托盤，盤中盛放著一柄黃金裝飾刀柄的鸞刀，當她端著托盤登上祭壇，走進帷幕環繞的平臺時，九個身穿絳色袍服的高大武士也從祭壇另一側的斜坡上將一匹匹白馬牽了進來，總共九匹馬，祭壇的中央是用黑色玄武岩砌成的圓形池子，環池樹立著一圈石柱，武士們將馬牽到柱間，用繩索緊緊的將馬的四條腿分別束縛在柱上，集體躬身向貴妃行禮，倒退三步，這才轉身離去。

楊玉環拔出刀，刀柄上的鈴鐺發出清脆的響聲，馬兒的瞳孔裡映照著雪亮的刀鋒，祭祀的時辰到了，帷幕外響起三聲鐘鳴，她持刀刺入馬兒頸部的動脈，連刺了九次，馬兒的哀鳴聲此起彼伏，血液嘩嘩的流淌著，流成了一條條血的河流，順著石頭地板上的凹槽，流入玄武岩砌成的圓池中，形成小小的血湖，濃烈的腥味令人作嘔，她差點暈過去。她一件一件脫下自己的裙服，摺疊整齊，放在池邊的螺鈿象牙箱內，又摘下全部首飾，也放入箱中，直到一絲不掛，這才赤著足走入血池中央。她的頭髮很長，完全披散後，幾乎垂到了小腿，像一匹黑緞子。玄宗曾說，她那一頭秀髮值一座金山。

熾熱的馬血淹沒了她的腳踝，順著她的小腿快速向上爬，她覺得眼前的一切都變成了暗紅色，視野裡跳動著無數紅亮的星星，它們肆無忌憚的到處擴張，吞噬著泥土、石頭、樹木、遠山，直到

連天空也是紅亮的一片。空氣中瀰漫著乾燥的、熱烈的氣氛，血池已經浸沒了她那豐滿的臀部，在她的身體周圍湧起一片血霧，血霧中似乎有一張臉，藍色的臉，那張臉時而凝聚，時而飄散，重疊、交織，緩慢消失，只剩下唇邊的微笑。也許是習慣了血的氣味，她已不再眩暈，但她懷疑眼前的一切都是自己的幻覺。

馬血彷彿自帶生命意識，淹沒了她白皙，堅挺的乳房，猶如巨大的手臂托舉著她，那是強而有力的手臂，使她躲開了血浪的撲打，她突然聽聞到一絲呼吸聲，那是幾乎可以忽略的聲音，但她確信，那的確是呼吸聲，頓時警惕起來，柳眉倒豎，鳳眼圓整，搜索著，看是誰闖入了祭壇。四周的一切早已被紅色吞噬乾淨，呼吸聲是從血池的底部傳上來的，浮在表層的血泡，一個個破裂，彷彿是被呼吸吹破的。她感到渾身燥熱，一股厚重的情慾覆蓋著她，似乎有人在輕輕舔著她的耳垂，臉龐、下巴、玉頸、肩膀、乳頭，並慢慢下滑，一直到她的小腹，最後含住了陰唇，吮吸起來，一股強大的力量進入了她的身體，高潮來得如此不可抵擋，她咬著嘴唇，發出了一聲呻吟，像一匹母馬在嘶鳴。

血沒過了她的頭頂，只有一縷縷頭髮漂浮在血液上，烏亮的黑色長髮閃爍著光，彷彿血池中游弋的黑蛇。她並未沉入血池的黑暗底部，而是被一股強大的力量推著向前走，炫目的光刺的她幾乎睜不開眼。大地上到處是白色巨巖，岩石間點綴著星星點點的野菊花。一群藍色皮膚的人將她圍在中間，他們身形高大，有金色的眸子，向她躬身行禮，說道：「偉大的女王，恭迎您來到臞靈世界。」

「我不是女王，我是陛下的妃子。」楊玉環說。

藍皮膚的人說：「終有一天，妳會成為女王。」

楊玉環問：「你是誰？」

藍皮膚的人答：「我們的名字是冥昭。」

楊玉環問：「我為何會在此？」

冥昭答：「使命，為了完成妳的使命。」

「什麼使命？」

「成為女王。」

她以為自己在做夢。

10

我再一次去了溫泉鎮。

祖父身為一方士紳的首領，為何要在郊外建一個小院，和雜役們住在一起，說他是為了清修，當然沒有錯。不過更多的，卻像是掩人耳目。

我得猜測沒有錯，在琴桌下的磚地上，我發現了幾塊鬆動的磚，當我將磚全部撬起來後，我發

現了一個暗格，那裡藏著二十多封信。有他寫給周家小姐阿柔的，更多的則是阿柔寫給他的。祖父和祖母兩家是世家，祖輩指腹立約，如果生的都是兒子，則結為兄弟，若生的都是女兒，則拜為姐妹，若是一男一女，則結為夫婦。所以，祖父遇見阿柔時，已經是使君有婦，他愛眼前的這個女子，不願讓她屈居妾位，但又不能辜負結髮之妻，因此未向阿柔表白心跡。

阿柔是愛祖父的，但她又是高傲的女子，不肯為了愛情，讓自己受辱。

他們在短短的時間裡，通信之多，令人感到意外。

他們之間，當然不止是愛情。只有理清了那些信的內容，一切才會浮出水面。

11

玄宗的起居注中，記錄云：

帝於泰山封禪，有神降臨。帝問：「汝何神？」

神不言，賜予帝頸環一枚。

帝不能識，問羅天星。

天星答：「三屍神頸環。」

12

阿柔在給祖父的一封信中說：

吾父藏書十餘萬卷，可惜吾兄弟子姪皆非讀書人，無人能窺得個中事。想君已知其中之隱祕。頸環失傳千年，為蓋世利器，若君已尋得，萬不可洩漏於世人。切記。

13

我在密室中又找到了一些毀了大半的卷軸，有的似乎被火燒過。殘存的文字記錄道：

封禪歸來後，玄宗皇帝對皇室內的血親相殺依舊不能釋懷。

問羅天星：「愛卿，父子相殺，何以解之？」

羅天星答：「回稟陛下，在過去的數千年裡，沒有一個王朝能夠避免血親相殺，秦二世屠盡了始皇帝的子女，漢武帝滅了自己的三族，晉武帝的皇子們自相殘殺……若欲一勞永逸的解決，只有一個方法，啟用神所賜予的三屍神頸環。」

玄宗從身後的錦盒中取出一半金色一半黑色的圓環，交給他，問道：「此環如何用法？」

羅天星答：「據《三屍神大誥》記載，黃帝時天降神人，自稱來自遙遠的星河世界，所居星球為三屍神星。三屍神的神族們相互爭鬥，戰爭幾乎毀滅了所有人，有個名叫聞仲的神人，發明了三屍

神頸環。頸環用黑玉製成，戴在脖子上後，化入肉體。頸環能感知人的內心衝突、情緒變化、心臟跳動，當一個人內心有了惡念，試圖作惡時，頸環就會顯現，並閃爍紅光，神吏就將他投入獄中，從而避免惡的發生。三屍神星的神族自從戴上頸環後，再也沒有發生過混亂，產生惡念的神都被永久禁錮或處死。」

玄宗說：「可以為朕演示否？」

羅天星舉著圓環，口中唸唸有詞，圓環一分為二，變成了兩個月牙形。他將黑色的環交給玄宗說：「此為主環，陛下試戴之。臣所持金環為副環，臣試戴之。」說完，他將金色的半個環卡在自己的頸項上，一陣金光閃爍，頸環消失於肉中。

玄宗自戴黑色半環，果然能知羅天星心中所思所想。大喜，說道：「果然是神物。」

羅天星說：「一枚主環，可控制千萬副環，陛下欲知他人心事，可多打造副環，令之佩戴。此物還能別善惡，辨忠奸，但凡懷有貳心者，頸環就會閃爍紅光。」

玄宗說：「朕任命你為繡衣神使，專事打造神環。」

羅天星說：「打造神環，需二物，一物為黃金，一物為黑玉。黃金尚屬容易，只是黑玉難以開採。」

玄宗說：「何處產黑玉？」

羅天星說：「范陽。」

玄宗說：「朕這就給你一道詔書，命范陽節度使安祿山與你一道開採黑玉。」

羅天星奉詔。

14

祖父和阿柔之間的通信，寫得十分隱晦，有些似乎是他們之間約定的隱語。他在一封信中說，他已經找到了控制人心的邪器，曾經嘗試摧毀，但這件東西太堅固了，刀切斧斫，火燒，重錘敲，都不碎。不知道阿柔是否有辦法，他打算親自送過去。

15

卷軸裡寫道：

天寶三年，安祿山和一眾節度使入朝，玄宗稱天賜神環，命宦官邊令誠為諸官一一戴上。諸將視之為莫大的榮耀，無不拜謝天恩。不過很快，玄宗就將部分節度使罷免，有的還被下獄處死。

天寶十四年十一月，平盧、范陽、河東三鎮節度使安祿山舉兵叛亂，玄宗大驚，當即召見羅天星，卻杳無蹤影。據邊令誠稟奏，一個月前羅天星就不見了，據他的線報，已逃出長安投向了安祿山。

玄宗悔恨不已，懷疑羅天星是安祿山安插在自己身邊的間諜，他召回李光弼、郭子儀等十餘位節度使，念動神咒，取下他們所戴的頸環，全部用巨錘敲碎。

羅天星早已投靠安祿山，並向他獻了一個名為「三屍神計畫」的計謀，由於范陽產黑玉，故而可

打造成千上萬的頸環，不但所有將士百姓要佩戴頸環，每一個剛出生的嬰兒都必須佩戴。順從於安祿山，則不會感受到頸環的存在，但如果有那怕一絲的不敬，頸環就會立即收縮，致使身首分離。

安祿山掌握了三屍神計畫後，將士百姓莫不臣服，以死效命，一時間叛軍長驅直入，官軍連戰連敗。玄宗下令高仙芝、封常清二將率軍出戰，二人一時不敵，戰敗潰退，玄宗命太監總管邊令誠督戰。邊令誠到大營後，見了封常清，向封常清索賄，遭到封常清的拒絕，只見邊令誠唸唸有詞，封常清的頸部頓時閃爍一片紅光，頸環中冒出鋸齒，旋轉了起來，瞬間封常清的頭顱滾落在地。

原來，邊令誠早已投靠了安祿山，安祿山賜予他主環，讓他幫自己消除異己。當年玄宗召回諸將時，邊令誠故意遺漏了高仙芝、封常清二人，致使頸環留在他們體內。

高仙芝聞訊封常清被殺，騎著馬從自己的營中趕來，見到邊令誠後，責問道：「他有何罪？」

邊令誠假傳聖旨說：「高將軍，皇上命我向你問罪。」

高仙芝辯解道：「我戰敗有罪，但正欲整理兵馬，與叛軍再戰，請陛下容許我戴罪立功。」回頭望著身後的士兵們，士兵們一起高喊：「戴罪立功，戴罪立功。」

邊令誠害怕士兵們作亂，立刻唸起了咒語，高仙芝的頸部也像封常清一樣閃爍起紅光，瞬間人頭落地。士卒們驚恐不已，化作鳥獸散。

玄宗得知邊令誠矯詔殺了封、高二人後，方知上了羅天星的大當。

安祿山不但用頸環控制了平盧、范陽、河東三鎮的兵馬和百姓，還能反過來殺死朝廷大將。玄宗知道長安守不住了，下詔貴族和百官一起撤往蜀中避難。

16

有一封沒有署名的信，我懷疑是阿柔給祖父的回信。事實上，阿柔是一個摹寫高手，她的很多信與祖父的筆跡幾乎一致，為了避免人們發現他們的祕密，她的很多回信用了這種辦法。她在信中說，她也沒有找到摧毀妖環的辦法，因此決定「捨身為祭」。

什麼是捨身為祭？很顯然，這是一句隱語。

17

我繼續閱讀密室中的卷軸，有些卷軸上的內容語焉不詳，我只好將能看明白的整理出來。祖父和阿柔所說的「環」，也許就是卷軸中提及的「頸環」。

玄宗皇帝和眾人逃到馬嵬驛時，玄宗對貴妃楊玉環說：「當初悔不該聽羅天星之言，用邪神之環控制諸將，致使弄巧成拙。」

楊玉環說：「若要破叛軍，臣妾倒有一計。」

玄宗問：「愛妃有何辦法？」

楊玉環隱去了祭祀時自己遇神之事，只說：「臣妾早年未進宮時，曾遇到一位異人，能破邪術，只是這位異人現今在南海外仙島。」

玄宗抱著微茫的希望說：「愛妃可願為朕分憂？」

楊玉環說：「臣妾願意，只是如今要去南海，還需要一個金蟬脫殼的辦法。」

玄宗當即召來將軍陳玄禮，君臣二人商議了「金蟬脫殼」之計。陳玄禮鼓動士卒，說天下之亂，都是楊氏兄妹亂政，隨後高力士縊死貴妃楊玉環。實則，楊玉環、楊國忠皆未死，而是在陳玄禮心腹的護送下，奔往了泉州。從這裡出海，到達了方壺山。

18

阿柔說，她已經找到了摧毀邪器的辦法。

那是一片盛開著野菊花的地方，那裡閃爍著群星。

她會在那裡等待祖父。

「即便是相愛，也仍然會分離，這是婆娑世界的命題，不是宇宙的法則。我們的宿命是和群星一起閃耀。」

「在婆娑世界，我們無法避免痛苦，但愛仍然是世間最珍貴的存在。」

她把自畫像留在了庵中，那是她給祖父的思念，如果他想她，會知道怎樣找到她。

時間是不重要的，它只是虛無的概念。

我終將與你相見。

（原來，《楊太真外傳》上的那句話，不是祖父寫的，是阿柔所書。）

19

隨著藍色的大霧散去，狂風停了。

碟形的飛車冉冉從天而降，四周閃爍著玫瑰色的火焰。

楊玉環走上前去，用手撫摸飛車，冰涼、絲滑，彷彿表面覆蓋著一層細細的鱗片。

與她夢中見到的一模一樣，自從那次泰山封禪之後，她無數次夢見飛車，還有那些藍皮膚的人。

這是來自未知世界的龐然大物，然而她的內心如此平靜。

她見識過世界被拖入巨大的深淵，叛軍四處攻城略地，百姓流離失所，白骨遍野。

因此，她決定結束這一切。

飛車的門緩緩打開，藍皮膚的人跪在她的腳下，獻上了一頂王冠。他們的手掌是藍色的，微微凸起的血管是綠色，彷彿潛伏的綠色的蛇。

成為女王，是要付出代價的，那需要獻祭自己。

她登上了飛車，和他們一起飛向那到處都是白石，遍地開滿野菊花的世界。

這裡是永恆的安靜世界，除了白石和野菊花，再也看不到任何植物與動物，甚至連風都沒有。當她走出飛車的瞬間，一切就消失了，包括飛車本身。

「你們去哪了？藍皮膚的人。」

「我們就在你身邊。」

「我為何看不見你們？」

「諾，我們就在你的視野裡。」

「為何變成花與石。」

「我們並未變化，你只是看到了你想看到的樣子。」

「莫非，你們本來就是花與石？」

「不，我們沒有任何形態，你可以叫我們藍皮膚的人，也可以叫我們花與石。當然，我們偶爾會稱自己為冥昭。」

「我已經習慣了你們原來的樣子，你們若不變回去，我會以為這個世界只有我一個人。」

「我們原來是什麼樣子？」

「高大，藍色的皮膚，金色的眼睛，其他和我一樣。」

「哦，我說過，那不是我們的樣子，那只是你看到的樣子。」

話音一落。

白色的石頭慢慢變軟，彷彿是融化了的奶油，從奶油中走出一群藍皮膚的人。他們引領著她走到了一棵大樹下，也許那也不是樹，只是她看到的東西而已。樹枝上垂下無數條細細的藤，像無數觸手，當她走到樹下時，無數條觸手刺入了她的身體，她感到身體變空了，輕飄飄的。

當他們痛苦時，她也痛苦；當他們快樂時，她也愉悅。沒有人可以獨自享受快樂，凡有人痛，她必痛，凡有人得到力量，她就增加十倍的力量。她知道，她已經成為了他們的一員，成為了他們的女王，她的力量至廣至大，無所不在，無所不能，不可言喻。

20

阿柔和祖父之間的通信沒有寫時間，很難明白信件往來的邏輯，透過那些互贈禮物的信，我多少理清了一些頭緒。

阿柔在信中說，她已經毀掉了邪環，但是留下了半個殘環，那是送給祖父的禮物。也是她與現世之間的通道。

祖父親手製作了一架琴，她已經收到了。琴弦不夠好，她換成了天蠶絲。

她覺得自己的身體不允許再彈琴了，所以把琴還給了祖父，如果祖父想見她，就彈琴吧。

21

楊玉環從方壺山出發，回到了大唐。

她知道玄宗依舊思念著自己，她感受得到，然而此時的她已非她。縱然她出現，也沒有人能看不見她，除非是在夢裡。是的，只有託夢。

肅宗做了一個夢，夢見藍皮膚的女神。

女神告訴肅宗，叛軍之所以能接連取勝，就在於三屍神降世，大地之神沉睡，神環惑人心智，今欲破其道，可在五嶽四瀆設祭，派郭子儀祀之，喚醒大地之神。五嶽者，南嶽衡山為神額，中嶽嵩山為神鼻，北嶽恆山為神顏，東嶽泰山為左顴，西嶽華山為右顴。四瀆者，耳為江，口為淮，眼為河，鼻為濟。

肅宗當即任命郭子儀為祭祀使，按照夢中的神諭赴全國各地祭祀。

郭子儀鑄造了五口大鐘，將鍾懸掛在五嶽主峰峰頂，鍾懸掛之日，舉行了告天儀式，鐘不撞自鳴。他又鑄造了四口大呂，祭河時沉入水中，凡有河流之地，都聽到水中傳出的音樂之聲。洪鐘大呂，聲聞九州。官軍聽聞鍾呂之音，個個振奮；叛軍聽到鍾呂之音，人人口吐綠色的液體，有褐色的大蜥蜴從綠液中爬出，叛軍將士的脖子上頸環顯露，墜落於地後碎裂。被裹挾的人知道自由了，紛紛背棄了叛軍。

安祿山得知戰場上的頹勢後，十分惱怒，連殺三員大將，但依舊未能控制住敗退。有軍士來

報，皇宮外有個道姑求見。安祿山正在煩惱，那裡還有心思見道姑，但那道姑卻到了他的大殿。

安祿山責問道：「你是何人？竟敢闖寡人的寶殿。」

道姑微微一笑，說道：「你一個雜胡兒，竟也稱孤道寡。」

安祿山凝視著道姑，此時他眼睛幾乎已半盲，視物模模糊糊，然而那個倩影是如此熟悉，但就是想不起來那人是誰。

他越想越糊塗，便不再想了，反問道姑：「稱孤道寡又怎樣？」

道姑說：「臣淩辱其君，則子必弒殺其父，你不怕你的兒子殺了你嗎？」

安祿山見道姑言語無狀，十分生氣，對身邊的內侍李豬兒說：「快將她轟出去。」

李豬兒上前驅趕，道姑輕輕一揮手，他便懸在了半空，彷彿空中有一把大手拎著他。李豬兒大喊道：「快來人呢，來人，有刺客。」

大殿門外的侍衛們聽到後，衝了進來，弩箭上弦，將道姑圍住。

李豬兒喊道：「還不放箭？」

侍衛們弩箭齊發，黑色的箭鏃像一窩馬蜂朝她撲來，她舉起袖子一揮，箭便停留在了空中，她轉了個身，箭也跟著轉身。她再次揮手，上百支懸停在空中的箭朝安祿山飛去，安祿山慘叫一聲，他那肥胖的身體頓時被射成了刺蝟。

他醒了，原來是南柯一夢。他猛然想起道姑像誰了，楊玉環，是的，是她。當年他率軍攻入長

安，自立為大燕國是皇帝，曾夢想立楊玉環為后。然而派出去追擊的將軍們卻告訴他，楊玉環已經死了。

他想著夢中那道姑說的話，對李豬兒說：「去，把安慶緒那混小子叫來。」

到了半夜，李豬兒沒回來，安慶緒也沒來。

安祿山無法入睡，召喚門外的宿衛軍將領進殿，說道：「我命你去找安慶緒來，他要是敢不來，你就殺了他。」

過了片刻，李豬兒握著一把刀進了殿，直奔安祿山。

安祿山看見刀鋒閃爍寒光，起身取床頭的刀，但已經來不及了，李豬兒一刀劈開了他那肥胖的肚子，腸子流了一地。安祿山哀嚎道：「原來是家賊作亂啊。」

大唐至德二年正月五日夜，安祿山被其子安慶緒所殺。

22

卷軸我幾乎快讀完了，祖父和阿柔之間的通信我也按照自己的理解編上了號。

我終於知道，溫泉鎮的存在隱祕。

我帶著琴，又去了溫泉鎮，我要在這裡待幾天。

在我祖父的人生中途，他遇見了阿柔。我看見他們在春天一起出門，駕著馬車，穿過蘇州城那喧囂的街道，經過拙政園或者寒山寺。寒山寺的晨鐘每天都會響起，只要時辰一到，僧人們就會將它敲響。金雞湖的湖面上，倒映著五彩的雲霞，白色的飛鳥掠過，不留一絲痕跡。笠澤江奔騰不息，江邊長滿了高大的美人松，南方的雪總是那麼輕，落在他的頭上，也落在少女的肩膀上，他們彼此對望，永遠不會消逝在彼此的視線裡。

他在自己的世界裡折衝樽俎，四面出擊，是商人中的鉅子、士紳的領袖，也是藏書家中的魁首。他有妻子，有兒女，有商舖，有田莊，有現世的安穩。但他還有另外一個隱祕的世界，那裡有戰鬥與火焰，精靈與閃電，從一個星星飛往另外一個星星。當然，在這個世界裡，他也有一個愛人。她是女戰神，他是她柔軟皮膚上的鎧甲，他是她的無名愛人。

這裡沒有傷心的街道，沒有被關閉的門扉，沒有被拒絕的笑容，他們隨時可以擁抱，沒有底線的信任，不用把肋骨打斷煮湯喝。

他的衣服是敝舊的，面孔是蒼白的，手指也是蒼白的，但這是他的獻祭，他將這一切不做任何保留，獻給腰懸銀弓的女子。

他們走過不存在的街道，用一千雙手摘下秋天熟透的果子，用一千雙腳踏過回家的夕陽，擊穿朝生暮死的蜉蝣歲月。

她說，我要做一座開滿花朵的樂園，春天的時候你能看到晚櫻花、紫藤花、木香花、薔薇花、木繡球，還有成片的油菜花；夏天的時候，你能看到茉莉花、白蘭花、凌霄花、紫薇花、玳玳花，

還有夾竹桃；秋天的時候，你能看到粉黛花、馬鞭草、薰衣草、菊花、蘆花，還有四處飄香的桂花；冬天的時候，你也不會失望，你能看到臘梅、冬青、仙客來、君子蘭，還有寒菊花。我的採花人，來吧，來到我這裡，來到我的高山和幽谷，讓我給你所有的芬芳。

23

安祿山死後，在嚴莊等叛將的支持下，安慶緒登上了皇位。在鳳翔巡視的肅宗皇帝得知後，命令郭子儀率軍進攻河東郡。河東叛軍首領是悍將崔乾佑，曾擊敗唐軍大將封常清。並在靈寶、潼關相繼擊破朝廷軍隊，俘虜了名將哥舒翰。他得知郭子儀率軍前來，並未放在心上，而是將五萬精銳騎兵擺在了陣前，兩翼為強弩手。唐軍無論戰與不戰，都要面對叛軍的鐵蹄碾壓。

觀軍容使、太監魚朝恩，未曾像郭子儀請令，就擅自調動三個節度使出兵，各自為戰。崔乾佑見唐軍旗號不一，大喜過望，命令手下悍將李大刀率領五百重騎兵衝擊突出在最前面的，直奔魚朝恩的車駕。距離只有三十丈時，叛軍騎士發現陣前不知何時多了個身穿青袍的道姑，戰馬的鐵騎離道姑只有一尺，道姑輕輕一揮手，陣前彷彿多了一道透明的鐵牆，撞在牆上的敵騎血肉橫飛。崔乾佑不知發生何事，命令第二隊進攻，依舊像撞在銅牆鐵壁上一般，有去無回。

崔乾佑懷疑陣前有玄虛，命令一千弓弩手前出放箭。

漫天的箭雨從天而降，卻變成了一片花雨，白色的梨花，還帶著淡淡的花香。

郭子儀見有神人相助，當即揮軍殺向敵人。

叛軍大敗，崔乾佑率領殘軍逃向鄴城。乾元二年，安慶緒和崔乾佑被自立為燕王的史思明誘殺。上元二年三月，史思明為其子史朝義所弒。寶應二年，史朝義自縊身亡。

唐軍包圍了范陽城，史朝義部將李懷仙獻范陽投降，同時將羅天星捆綁交給了唐軍，解往長安。安史之亂，徹底被平定。

肅宗下令將羅天星處死，羅天星卻請求再見太上皇玄宗一面。

玄宗對羅天星恨之入骨，不過還是見了他。

「你這個奸佞，見了朕還有何話說？」玄宗罵道。

羅天星笑了，說道：「我能知陛下心中所想，陛下怎不知我心中所想。」

玄宗不以為意的道：「我已猜到頸環有玄虛，將之取下譭棄。」

羅天星說：「自願戴上的頸環，是去不掉的。陛下取出的頸環，只是表象。當你控制別人的時候，也要做好被控制的準備。別忘了，還有比你更強大的存在。三屍神族敗了，並不是敗給你，而是敗給了冥昭，敗給了另外的神族。我知道自己會死，你也會死，但我們都會帶著頸環死去。我們死了，靈魂也是不自由的。我們都是三屍神的奴隸。」

玄宗怒極，下令將羅天星凌遲。

24

看著火焰在書箱間蔓延，我祈求道：「書箱著火了，快救火，快救火。」

道姑說：「焚便焚吧，不過是一堆紙，為何要救？」

「紙上皆為前賢之語錄，聖人之經典，先救火呀。」我帶著哭腔說。

「所謂聖賢經典，不過是另一種繩索而已，獄吏縛人以枷鎖，聖人困人以學問，豈不聞，聖人不死，大盜不止。」

她的話令我一時無從反駁，我不能看著大火吞噬藏書樓。撲向火焰，醒了，原來是個夢。

這不是夢，因為在溫泉鎮的這幾天，每次彈琴時，我都會看見她，她就是畫像上的女子。

她是楊玉環。

不對，她是阿柔，也許她們根本就是一體。

我騎上馬，以最快的速度趕回了城裡，大火依舊沒有停息，家人們哭著，喊著，好在沒有人傷亡。

那半個環也在火中，還有那些卷軸。

不會再有人知道那些故事了。

二〇二四年十一月十五日

後記

十五歲的寒假非常長，近乎兩個月。

那是我第一次嘗試寫長篇小說，寫在400格的作文紙上，每天將近寫完半個本子，夥伴們在外面玩的時候，我像根釘子一樣釘在椅子上，一個長假沒出門。每寫完一個本子，我就把天花板拆開一塊，把本子藏在裡面的承重梁上，然後將天花板恢復原狀。假期結束後，總共寫了11個本子，粗略估計有20萬字。家人覺得我沉迷於寫作，不利於學習，吵了一架。我從天花板裡取出手稿，全部扔進了火膛。

本以為這是與寫作的告別，豈料是鳳凰涅磐。

高中二年級時，我又寫了一部長篇小說，《懷念那場雪》。除了女友讀過外，沒有第二個讀者寓目，至今仍然躺在我抽屜的深處。

在寫小說的同時，我寫詩與散文。尤其是詩，從13歲開始，就一直伴隨著我的生活，有時候一天一首，有時候能寫兩首。但我一直認為，寫作者如果不寫小說，只有散文和詩，很難算得上是個合格的作家。因此，我一直把寫小說排在創作的第一位。早期的小說作品，大多寫的比較幼稚，有很強烈的中二色彩。所以，每當有編輯朋友建議我出版青春期寫的那些作品時，都被我婉拒了。

後記

儘管寫作一直是我自少年以來的理想，但由於生活無著，寫作總是處在夾縫中，時斷時續。為了生活，大部分時候我寫著自己並不想寫的東西，廣告文案、策劃案和雜誌的專題性文章，這幾乎占據了我的全部時間。屬於自己的寫作被擠壓到了深夜，只有到了凌晨兩三點，我才能安穩的坐在書桌前，進入那個愉悅的精神場域。

2006年的冬天，我開始寫一部新的長篇小說《寂寞人間》。這是我寫作時間最長的一部作品，也是那些年我投入精力最大的作品，寫了三年，初稿寫完後，我不甚滿意，推翻後又重新寫了一遍。過了幾個月，當我重新審視時，我對自己很失望，這並不是我想要的作品。

此後，我的寫作停滯了將近兩年的時間。時間繼續在搞策劃、寫文案、開會、飯局和四處奔波中流逝。

今天之後，不再是今天的循環，是花與花開。

我的頭腦裡一再湧起寫點什麼的衝動。突然有一天，一個聲音告訴我，你唯一要做的，就是不要停下來。寫作是作家的靈魂，不寫作的作家其實已經死了。寫點什麼，這非常重要，幾行詩，一篇關於風景的散文，只有一幕的劇本，甚或就是幾行帶韻腳的句子，都是有意義和價值的。

我開始寫一些短篇，實際上從少年時代起，我就對奇幻作品充滿了濃厚的興趣。我的啟蒙文學作品，是明代許仲琳的《封神演義》，那是一部沒頭沒尾的殘書，但我愛不釋手，看了一遍又一遍。少年時代，我幾乎讀遍了所有能找到的古典神話、奇幻作品，《西遊記》、《鏡花緣》、《濟公傳》、《南遊記》、《三遂平妖傳》……，成年後，我更是沉溺在世界奇幻文學的海洋裡，艾薩克·阿西莫夫、喬

治·馬丁、克萊夫·路易斯、托爾金、J.K. 羅琳……，當然，還有洛夫克拉夫特，他所創立的克蘇魯神話體系，是我的至愛。

我想我找到了自己的賽道。

2022 年 5 月，我的短篇神話故事集《美繪中國神話》出版了，讀者反響十分良好，多次加印；2023 年，出版了《中國神話傳說奇譚》，這是一本取材於中國神話傳說的短篇小說集；2024 年，出版了第二本短篇小說集《中國科幻志怪譚》；加上《忠與詭，夢與塵——唐朝幻譚》，便是我的「奇幻三部曲」，這本書的寫作時間更長，投入長時間的思考與探索，有些故事情節在我的腦海裡盤踞了十餘年，終於有機會將他們呈現在讀者面前。

我曾經打過一個比方，寫作就像是在地下挖洞。

選一個地方，進行打洞，初期的挖掘會非常辛苦，很可能遇到堅硬的石頭，也可能手指磨出了血泡，手臂痠麻，腰部疼痛，但是只要調動全身的力量，堅持下去，就會看到明顯的進度。隨著日復一日的工作，一個看起來有些醜陋的洞穴逐漸在地下延伸，為了防止塌方，這時候就需要一些專業能力，比如觀察洞穴內部砂石的特點，用圓木和木板進行支撐之類。揮動鎬頭，隨心所欲的向大地深處推進，不必介意時間的流逝，不必在乎榮譽，每天將精力和心力全都集中在手中的工具上，看著崩落的一塊塊石頭，背出去一筐又一筐砂子，一個完美的、近乎藝術性的洞穴誕生了。

我猜測先民們在挖掘居住用的洞穴時，也發現了這種挖掘的喜悅，否則他們只要挖一個淺淺的洞穴即可，不必在地下開掘龐大的地穴系統。

挖掘本身，已經成為一種野心。

人類不是唯一挖掘洞穴的生命，一隻昆蟲，一頭兔子同樣也會掘洞。那麼，一隻兔子在挖掘縱橫交錯的洞穴時，除了獲得居所和安全通道，牠還得到了什麼？大地之下是黑暗的，潮溼並且陰冷，一根粗大的樹根，一塊堅硬的石頭，乃至一個泉眼都是災難性的，然而這也許正是上天之賜。在一根巨大的樹根系統裡，牠獲得了水，以及植物所擁有的甜度，而在一塊石頭那裡，牠學會了迂迴，也就是另外一種形式的前進。就連兔子都懂得，與沒有生命的東西較勁，只能證明愚蠢。至於遇到一眼泉，好吧，這也許是宿命，崩開的泉眼會淹沒整個兔子洞，如果牠來得及逃走的話，意味著另一個開始；不然，就是生命的終點。總之，挖掘並不總是伴隨著好運，文字的世界同樣如此，有時候也許會挖到鑽石或黃金，有時候可能兩手空空。小說寫到一半，死也寫不下去了，也許只是暫時沒了靈感，但也可能永遠也寫不出來。就此終結了寫作生命。

寫作是對身體機能的巨大考驗，也是對心靈的錘擊，早期的作家，尤其是古希臘的那些作家和戲劇家們，他們除了天賦外，還擁有運動員般的體魄。托爾斯泰和海明威則簡直壯的像牛一樣，外形看起來像個老年拳擊手。由於年輕時熱愛運動，所以我對自己的身體十分自信，但寫作本身需要長期伏案投入，這導致缺乏運動和血液流動不暢，最先抗議的是頸椎，後來是腰椎。2024年7月中旬，我的左腿出現抽筋現象，起初以為只是冷氣吹久了，引起的痙攣，但是過了一個星期，情況

依舊沒有好轉，去協和醫院檢查，結果是腰椎間盤膨出，那時候，我正在寫這本書，不得不暫時終止。最嚴重的時候，每移動一步都椎心的痛，我只能依賴於一根登山杖，才能免於被別人照顧。快步走、搬東西，甚至於去取一本書，端一杯水，都需要付出巨大的心力，我提前體驗了一把老年人的生活。有一段時間我的內心充滿了絕望，每天躺在床上時，我腦子裡反覆湧動的是小說情節，它們是我對現實仍然充滿熱情的力量之一。10月分後，我的病徹底痊癒了，我知道，我不能再浪費任何時間了。

卡羅爾．希爾茲在《頓悟與啟迪》中說：「還有一個令人遺憾的奇怪說法，那就是，故事一旦開始，它就會自己寫完。不要相信這種鬼話。寫作在故事開始的時候很艱辛，中間很艱辛，結尾的時候也很艱辛。也許會有輕鬆快樂的好日子，時不時讓你有點小動力，可是，正如E.L.多克托羅所說：『如果你有一天好日子，接下來的一天你就要遭罪了。』」希爾茲真是說出了我的心裡話，內心有了一個好故事的時候，寫起來卻並沒有那麼容易，為了讓起筆與眾不同，我不得不一遍一遍嘗試，有時候寫了四五千字，睡了一覺醒來後發現無比糟糕，不得不推翻重來。終於順順當當的寫起來了，除非你寫完，不然心裡總是記掛著，睡覺不安穩，吃飯沒滋味，走路也在思考情節，就像有個帶鉤的爪子抓著你，無時無刻不在惦記著它。終於寫完了，是不是可以歇一口氣了呢？沒有，新的故事又在腦海裡浮現……總之，一旦寫起小說了，就別想停下來。

奇幻作品雖然是虛構的，但它的核心仍然與我們的世界根系相通。

我將以虛構，還以真實。

後記

感謝戴維娜博士為本書撰寫序言，感謝每個幫助過我的人；感謝我的家人，在寫作中給予我生活上的鼓勵與支持。

願每個喜愛閱讀的人，櫛沐紅塵，猶存豐盈之心。

白羽

U0537860

忠與詭，夢與塵——唐朝幻譚：

從邊塞狼嘯到宮闈密謀，走進史書之外的東方奇幻異聞

作　　者：白羽
發 行 人：黃振庭
出 版 者：崧燁文化事業有限公司
發 行 者：崧燁文化事業有限公司
E-mail：sonbookservice@gmail.com
粉 絲 頁：https://www.facebook.com/sonbookss/
網　　址：https://sonbook.net/
地　　址：台北市中正區重慶南路一段 61 號 8 樓
8F., No.61, Sec. 1, Chongqing S. Rd., Zhongzheng Dist., Taipei City 100, Taiwan

電　　話：(02)2370-3310
傳　　真：(02)2388-1990
印　　刷：京峯數位服務有限公司
律師顧問：廣華律師事務所 張珮琦律師
版權聲明
本書版權為淞博数字科技所有授權崧燁文化事業有限公司獨家發行電子書及紙本書。若有其他相關權利及授權需求請與本公司聯繫。未經書面許可，不可複製、發行。
定　　價：420 元
發行日期：2025 年 07 月第一版
◎本書以 POD 印製

國家圖書館出版品預行編目資料

忠與詭，夢與塵—唐朝幻譚：從邊塞狼嘯到宮闈密謀，走進史書之外的東方奇幻異聞 / 白羽 著 . -- 第一版 . -- 臺北市：崧燁文化事業有限公司 , 2025.07
面；　公分
POD 版
ISBN 978-626-416-660-7(平裝)
857.63　　　114009393

電子書購買

爽讀 APP

臉書